SUR LES SENTIERS

SUR LES SENTIERS

Julie Jasmann

Roman policier

© 2024 Julie Jasmann

©Conception graphique de la couverture : Anne-Sophie Perreault

Photo de la page couverture : Dave Hoefler sur unsplash.com

Relecture et révision : Johanne Comeau

Dépôt légal – Bibliothèque et Archives nationales du Québec, Bibliothèque et Archives Canada, avril 2024

ISBN 978-2-9822413-0-5 (br.)

ISBN 978-2-9822413-1-2 (ePub)

À Nicolas,
Pour ton support, tes encouragements, ton amour.

Prologue

— Alors mon bonhomme, tu vas être gentil pour ta maman ? demande Christopher à Maxime, son petit bout d'homme de trois ans. On va se revoir dans huit dodos, mon grand. J'ai déjà hâte qu'on se retrouve ensemble, dit-il en arrivant dans l'entrée chez Johanne, son ex-conjointe et mère de Maxime.

En stationnant l'auto, Christopher soupire. Il se prépare à recevoir la mauvaise humeur de Johanne, car il est en retard… encore. C'est le même refrain à chaque fois… Il arrive avec un peu de retard et Johanne est dans tous ses états. Christopher entend presque la voix nasillarde de Johanne qui lui fait des reproches : « Il est tard, l'heure du coucher de Max est dépassée, il doit prendre son bain et demain il doit se lever tôt pour aller à la garderie, ce n'est pas toi qui vas devoir te battre avec lui avant d'aller travailler ». C'est toujours la même rengaine.

C'est donc en prenant une grande inspiration que Christopher sonne à la porte. Constatant que Johanne n'est pas venue à leur rencontre dans l'entrée comme elle le fait habituellement quand il arrive en retard, Christopher a une petite lueur d'espoir que cette fois, elle ne déversera pas son mépris sur lui. Pourtant, c'est inhabituel qu'elle ne soit pas en train de faire le pied de grue devant la fenêtre du salon afin de guetter son arrivée. Il espère que, pour une fois, elle va le laisser souffler un peu. Elle avait peut-être quelques courses à faire avant de récupérer Maxime.

Puisqu'il n'obtient aucune réponse après trois coups de sonnette, c'est avec un sentiment de soulagement que Christopher emmène son fils attendre sa mère dans la voiture. Au moins ce soir, Johanne ne sera pas dans une bonne position pour lui faire de grandes leçons. Christopher décide de lui téléphoner pour lui mentionner qu'il est là à l'attendre. Mais en vain, ses appels aboutissent toujours dans la boîte vocale.

Au bout d'une heure, Maxime s'impatiente dans son banc d'auto. Son heure de coucher est largement dépassée et il ne comprend pas pourquoi il doit attendre dans le noir dans la voiture. Christopher aussi commence à trouver que Johanne exagère.

Impatient et exaspéré, il compose le numéro de Johanne pour la quatrième fois. C'est encore la boîte vocale. Il tente de se maîtriser en laissant à nouveau un message.

— Bon là, c'est le quatrième message que je te laisse ! OÙ ES-TU ? Tu n'arrêtes pas de me faire la morale quand j'arrive un peu en retard, mais là, tu te gâtes pour vrai ! J'en ai assez. Je quitte. Maxime dormira chez moi. Je l'emmènerai à la garderie demain, mais appelle-moi pour me confirmer que tu vas le récupérer à la fin de la journée. Vraiment, ça me dépasse là…

Il raccroche avant de dire encore plus de bêtises. Elle va voir que lui aussi, il est capable de lui faire la leçon. Il faut arrêter ces enfantillages pour prouver à l'autre que l'on survit bien à la séparation.

∞ ∞ ∞ ∞ ∞ ∞ ∞ ∞ ∞

Depuis deux jours, il ne cesse de penser à elle. Il se sent piégé, pris pour un imbécile. Cependant, il ne peut ignorer ce sentiment d'inquiétude qui prend de plus en plus de place. Quelque chose cloche. Même si elle cherche à le blesser, à toujours trouver comment lui faire « payer » l'échec de leur relation, il ne peut pas croire qu'elle puisse quitter son fils comme ça, sans avertissement, sans un au revoir.

Pour ce qui lui semble être la vingtième fois en deux jours, il passe devant son ancienne maison, celle qui est devenue la maison de Johanne et de Maxime. Tout a l'air tranquille… encore une fois. L'angoisse commence à le gagner. Ce n'est pas normal qu'elle ne soit pas encore rentrée. Elle est absente depuis dimanche et maintenant on est mardi !

Avec la peur au ventre, il se dit que Mia a sûrement raison. Depuis le début, elle l'encourage à appeler la police. Il peut bien être très fâché contre son ex, ce n'est pas du tout dans ses habitudes ni dans sa personnalité de disparaître sans rien dire à personne.

Sa voiture n'a pas bougé, aucune lumière n'est allumée à l'intérieur ou à l'extérieur de la maison, peu importe l'heure à laquelle il passe. Même sa poubelle est encore sur le bord du trottoir. En rapportant la poubelle près du garage, il remarque que les journaux n'ont pas été ramassés non plus. De plus en plus alarmé, Christopher se décide et compose.

— Neuf-un-un – quelle est votre urgence ?

— J'aimerais signaler la disparition de mon ex-femme. Je ne suis pas capable de la trouver.

Chapitre 1

Sept ans plus tard à la fin de l'été de 2023

Le son familier indiquant qu'un message vient d'entrer tire Anne de sa rêverie. Elle était bien loin de son balcon sur sa rue paisible à Montréal, loin de la vue enchanteresse de la rivière des Prairies, loin des petites familles en promenade du dimanche sur ses berges.

Tous les dimanches matin, c'est sur son balcon de la rue Gouin dans le quartier tranquille d'Ahuntsic qu'Anne s'offre un moment de répit afin de simplement regarder la rivière. L'activité générée par la rivière ; le débit, les mouvements, le son, et les oiseaux qui s'excitent ont un effet hypnotisant et relaxant. Elle pourrait y passer des heures à laisser le temps et son esprit filer tout comme l'eau de la rivière. Mais son téléphone ne lui accorde pas ce luxe aujourd'hui… En un coup d'œil, elle constate que Sl3uthst4r[1] lui a envoyé plusieurs messages.

— Mais qu'est-ce qui lui prend tout à coup à celui-là ? se dit-elle. Il doit avoir trouvé un cas très intéressant pour insister autant.

Anne a une passion qu'elle partage avec Sl3uthst4r, soit celle de se pencher sur d'anciens crimes non résolus. Des crimes passés qui ont été délaissés, comme on dit en anglais des cold cases… Ce sont des cas qui, malgré toute la bonne volonté des instances impliquées, n'ont pas trouvé résolution. Les indices et les pistes se sont refroidis et se sont espacés jusqu'à ce que plus aucun nouvel élément ne soit découvert. On met l'affaire de côté afin de prioriser les nouveaux cas ou ceux qui ont un meilleur potentiel de résolution. Bref, toutes sortes de motifs qui font en sorte qu'un grand nombre d'affaires ne trouvent pas de résolution et ne peuvent fournir de réponses aux familles des victimes.

---

[1] Sl3uthst4r se prononce à l'anglaise Sleuth Star. Sleuth veut dire détective en anglais. Le pseudo se traduit comme étant le détective vedette.

Pour Anne, ces cas délaissés sont intéressants pour deux raisons : le défi de résoudre l'énigme là où d'autres ont échoué, et pouvoir procurer aux familles une conclusion, une finalité qui va leur permettre de passer à autre chose. En fait, c'est surtout la deuxième raison qui explique son engouement pour ce type de cas. Elle est bien placée pour comprendre que les familles laissent enfin partir la personne disparue, une fois qu'ils savent ce qui leur est arrivé. Au fil des enquêtes, elle a découvert une véritable passion pour ces cas. Elle y consacre désormais tous ses temps libres.

En ouvrant sa boîte de messagerie, elle remarque que Sl3uthst4r lui a envoyé trois messages aujourd'hui. Elle lit le plus récent.

« MissNane47 as-tu lu mes derniers messages ? Je dois absolument savoir ce que tu penses de tout ça… je ne crois pas faire fausse route. Reviens-moi vite… Sl3uthst4r »

— Sl3uthst4r ne m'a jamais mené sur une affaire ordinaire, ça doit être intéressant pour qu'il veuille tant avoir mon avis, dit-elle à voix haute même si elle est seule.

Sl3uthst4r et MissNane47 ne se sont jamais rencontrés physiquement. En fait, chacun ne connaît que le pseudo respectif de l'autre. C'est la règle de base dans les forums d'enquêteurs amateurs sur le web. Il ne faut jamais dévoiler sa véritable identité. Ils demeurent anonymes sans révéler leur nom, leur sexe, où ils habitent, ni leurs nationalités. C'est ce qui fait la force de cette communauté. En utilisant les différents forums, Anne ou plutôt MissNane47 telle qu'elle est connue auprès de cette communauté, trouve toujours des cas intéressants sur lesquels elle peut plancher.

Comme dans tous les petits milieux, il y a des gens qui se démarquent. C'est ce que l'on peut dire de MissNane47. On peut dire qu'elle jouit d'une belle notoriété et que certains membres sont des « groupies » de MissNane47. Plusieurs ne sont là que pour suivre ses enquêtes. Ils ne contribuent pas nécessairement au dénouement de l'enquête, mais ils peuvent au moins dire qu'ils sont témoins de l'efficacité d'une amateure. De manière naturelle, les membres adoptent officieusement certains rôles : il y a les observateurs, les enquêteurs et les dénicheurs. Ces derniers trouvent ces anciennes affaires non résolues et les présentent aux « enquêteurs » du groupe. Anne est une enquêteuse. Elle est même une excellente enquêteuse amateure. Elle est celle qui a résolu le plus grand nombre d'enquêtes. Elle a pu contribuer à résoudre six affaires non élucidées, et est très fière de cet accomplissement.

Sl3uthst4r est un dénicheur et un très grand admirateur de MissNane47. Il la suit depuis ses tout débuts et il participe à toutes les sessions de clavardage entourant chacun de ses cas. En revanche, MissNane47 apprécie beaucoup son talent pour trouver des affaires intéressantes. Toujours à l'affût, il réussit à dénicher des affaires non résolues complexes et passionnantes pour MissNane47. Si Sl3uthst4r veut tant attirer son attention sur ce cas en question, c'est que ça doit être dans ses cordes.

En lisant les premiers courriels envoyés, Anne doute de sa capacité à pouvoir aider dans le cas présent. L'information de Sl3uthst4r est très mince… Le cas semble intéressant, mais dispose de très peu d'indices. Elle se demande si elle pourra réellement le résoudre.

Comme Sl3uthst4r ne l'a jamais déçue, elle entre dans l'appartement et s'installe devant son ordinateur pour savoir s'il possède davantage d'informations.

∞ ∞ ∞ ∞ ∞ ∞ ∞ ∞ ∞

Lorsque son réveille-matin résonne, Anne a l'impression de n'avoir dormi que deux heures. Elle a clavardé jusqu'à tard dans la nuit avec Sl3uthst4r, à propos du nouveau cas de disparition. Ensemble, ils n'ont pu recueillir que de maigres détails sur le cas. Rien vraiment qui vaille la peine de célébrer. Travaillant pour La Presse canadienne, Anne espère pouvoir dénicher d'autres informations en utilisant les bases de données disponibles au travail.

Depuis deux ans maintenant, Anne occupe le poste de réviseure de texte pour La Presse canadienne, une agence de presse qui fournit du contenu en vue de publication dans des journaux partout au Canada. Elle adore son boulot qui lui permet d'assouvir sa curiosité sans bornes. Même si son rôle se limite à corriger des erreurs grammaticales et de syntaxe dans les textes des journalistes, certains lui demandent de valider des faits afin de s'assurer que ce qui sera publié est véridique. Elle ne cesse de s'émerveiller des talents de ses collègues journalistes pour raconter une histoire. Pour elle, son boulot n'est pas seulement un travail, mais une occupation qui lui permet de plonger dans des histoires parfois rocambolesques, parfois tristes et parfois adorables qui seront ensuite publiées dans les journaux. Avoir accès aux bases de données et aux archives de La Presse canadienne comporte un avantage certain pour son passe-temps favori. Elle a accès à des archives de tous les autres journaux, locaux, internationaux, hebdomadaires ou quotidiens. Elle s'est souvent servie de ce privilège même si elle n'est pas convaincue que son patron apprécierait.

C'est donc à moitié épuisée qu'elle saute dans la douche et se prépare pour sa journée de travail. La courte marche jusqu'à la station de métro lui fera certainement du bien. Si elle ne s'était pas couchée si tard, elle n'aurait pas oublié son parapluie avant de quitter l'appartement. En sortant de la bouche de métro du centre-ville, Anne est surprise par la pluie et peste contre son oubli. Ça devra lui servir de leçon, que ce n'est pas toujours une bonne idée de passer la nuit à clavarder sur un nouveau cas. Trempée jusqu'aux os elle arrive au bureau de bien mauvaise humeur.

En voyant l'état de Anne, Violette, sa co-locataire de cubicule que l'on pourrait qualifier d'amie, ne peut s'empêcher de la taquiner…

— Ben voyons Anne, qu'est-ce qui t'as pris de ne pas apporter ton parapluie un jour comme aujourd'hui ?… t'as donc ben la tête ailleurs. Prenant un air guindé, Violette continue : auriez-vous finalement rencontré un gentilhomme digne de faire tourner la tête de Sa Majesté pendant ce weekend ?

— Arrête de me niaiser Violette. Tu le sais que je ne te le dirai jamais… répond Anne en maugréant tout bas contre Violette et ses grandes idées romantiques. C'est plutôt que je me suis couchée vraiment tard hier soir et j'en ressens encore les effets ! ajoute-t-elle en acceptant le café offert par Violette.

— C'est ce que je disais… tu as rencontré quelqu'un ! lui répond Violette avec ce petit sourire en coin comme si elle avait percé un grand secret.

N'ayant pas beaucoup d'amis sauf en virtuel, Anne ne sait pas trop comment réagir dans ce genre de situations sociales. Elle aime garder et entretenir son jardin secret. Elle est beaucoup plus à l'aise devant son écran d'ordinateur en utilisant son pseudo. Sous le couvert de l'anonymat, elle peut être vraiment elle-même et éviter le jugement des autres. Contrairement au monde virtuel, Anne a beaucoup de difficultés à tisser des relations d'amitié dans le vrai monde. La seule circonstance où elle a de la facilité à aborder des gens est lorsqu'elle travaille sur une enquête. Quand elle est sur une piste, elle pourrait interagir avec toutes les personnes de la planète s'ils peuvent fournir des informations utiles. Mais attention, les interactions demeurent très superficielles et ne concernent que l'affaire qui fait l'objet d'une enquête. Dès qu'il y a une relation plus profonde qui se profile, Anne perd tous ses moyens et s'efface.

Décidant d'ignorer les taquineries de sa voisine de cubicule et pour éviter d'avoir à réagir, Anne allume son ordinateur en pensant que la matinée sera longue. Elle attend avec impatience sa pause du diner pour pouvoir avancer les recherches sur l'histoire de disparition proposée par Sl3uthst4r. Elle est très insatisfaite du peu d'informations dénichées hier soir malgré leurs prospections. Elle est par contre optimiste de trouver des détails complémentaires lors de sa quête dans la base de données.

Parmi tous les cas non résolus, Anne préfère travailler sur les cas de disparition en particulier. Ils semblent comporter un élément d'espoir que les cas de morts suspectes n'ont simplement pas. Certains attribueront cette préférence au fait que sa toute première affaire résolue était, justement, un cas de disparition. Adolescente, une vieille histoire de disparition d'un membre de sa famille élargie avait piqué sa curiosité. Au début, elle s'y était intéressée pour aider sa mère et sa grand-mère à faire la paix avec cet événement. Malgré elle, il n'y a rien d'aussi euphorique que la poussée d'adrénaline qui monte quand elle découvre un morceau du casse-tête.

Concernant le vieux cas familial, non seulement a-t-elle réussi à résoudre le mystère, mais elle a pu ramener de la sérénité à sa grand-mère dans ses derniers jours, en plus de réparer sa relation avec sa propre mère. Pendant toute son enfance, sa mère a souffert de cette disparition et n'a pu réellement se consacrer à sa fille. Anne en a beaucoup pâti, mais depuis la résolution, elles reconstruisent une relation qui aurait dû exister depuis des années. Constatant tout le bien que la résolution d'une affaire peut apporter à une famille, Anne s'est mise à rechercher d'autres cas non résolus, afin de mettre à l'épreuve ses nouvelles habiletés de détective.

Elle attend sa pause-déjeuner avec impatience afin d'interroger la base de données des archives de La Presse canadienne qui regroupe tous les articles publiés en Amérique du Nord. Elle envisage de vérifier les maigres fruits de ses recherches de la veille et espère trouver des éléments supplémentaires pour étoffer les prémisses, qui sont, à toutes fins pratiques, extrêmement minces. Si elle ne trouve pas ce qu'elle cherche, elle devra se replier sur Internet Archive et son « Way Back Machine ». Ces archives numériques permettent aux utilisateurs de consulter d'anciens sites web, même s'ils ne sont plus actifs ou retirés. Ne voulant pas susciter toutes sortes de questions de la part de Violette, elle attend que celle-ci quitte pour la cafétéria.

Elle dispose de ces seules informations : il y a sept ans, une jeune mère de famille, Johanne, fraîchement divorcée, est portée disparue dans une petite municipalité bordée par les Adirondacks située dans l'état de New York aux États-Unis. Aucun suspect n'a été identifié, aucune trace qui pourrait suggérer qu'elle a simplement quitté sa vie pour recommencer ailleurs, aucun corps n'ont été trouvés non plus. La voiture de la disparue est demeurée stationnée chez elle. Son portable et ses clés ont été retrouvés à l'intérieur de sa résidence. Sa disparition a été signalée par son ex-conjoint lorsqu'il lui ramenait leur fils lors du changement de la garde pour la semaine.

— Essayons de voir ce que nous pouvons trouver ici, dit-elle en ouvrant la base de données des archives. Qui sait, Johanne pourrait possiblement encore être vivante et aurait laissé une trace que personne n'a vue ou comprise jusqu'à maintenant.

Dans la barre de recherche, elle y entre le peu d'informations dont elle dispose en espérant dénicher un quelconque article traitant de la disparition.

Poxton, NY, É.-U.

2016

Disparition

Johanne Reed

Heureusement, Poxton est une très petite municipalité et il n'y a eu aucun cas de disparition depuis. Elle retrouve donc assez rapidement toute la couverture médiatique entourant l'événement en question. Malgré une dizaine d'articles sur le cas, elle trouve peu d'éléments nouveaux. Cependant, Anne a déniché une photo de l'ex-conjoint de Johanne, Christopher Reed ainsi que le nom du policier qui était responsable de l'affaire en 2016, Peter Moore.

C'est un point de départ comme un autre, pense-t-elle. MissNane47 envoie un message direct à Sl3uthst4r alias le dénicheur : « Et c'est parti… Pas beaucoup d'infos, mais, j'ai trouvé le nom de l'enquêteur qui s'est occupé de l'affaire ainsi que le nom et la photo de l'ex. Je continue mes recherches. Je te reviens avec des développements… s'il y en a. »

Malgré la maigreur de ses trouvailles, MissNane47 est satisfaite. Au moins, elle a une piste à explorer.

Chapitre 2

Enfin de retour à la maison, Anne peut commencer à travailler avec la nouvelle information.

« Débutons par les canaux officiels… » se dit Anne en cherchant le numéro de téléphone du poste de police de Poxton. J'espère que Peter Moore est encore à l'emploi. Ce serait bien ma chance qu'il soit à la retraite et que tout le monde ait perdu sa trace… Reconnaissant son petit démon intérieur, Anne hoche lentement de la tête en essayant de changer son état d'esprit, « mais arrête avec tes pensées négatives. C'est assez — tu vas y aller et tu vas réussir à trouver ce que tu veux savoir. »

Pour la dixième fois depuis qu'elle a décidé d'enquêter sur le cas de Johanne, Anne hésite. C'est la même histoire à chaque fois. Malgré les nombreux cas qu'elle a réussi à résoudre au fil des années, dont le tout-premier qui était une drôle de disparition au sein de sa propre famille, Anne s'interroge toujours autant à propos de son talent d'enquêteuse amateur. Elle se remet perpétuellement en question et doute au point de presque abandonner ses enquêtes. Même si elle sait qu'elle peut se fier à son instinct et à son flair, cette petite voix malfaisante fait son chemin et la fait douter de ses capacités : elle n'enquête pas de la bonne manière, elle n'est pas aussi minutieuse qu'elle le devrait, et elle ne connaît pas toutes les méthodes d'enquête pour assurer une conviction dans l'éventualité où le cas se rendrait à des accusations et ultimement en procès. Bref, les re- questionnements et les doutes ne font que prendre de l'ampleur jusqu'à ce qu'elle décide de faire taire cette petite voix négative et qu'elle se rappelle la raison qui la pousse à s'impliquer dans de telles enquêtes : les familles.

Elle a été un témoin de première ligne de ce grand pouvoir de guérison que permet la réalisation du deuil d'une personne disparue. Anne est une enfant unique qui a malheureusement grandement souffert à cause de la disparition d'un membre de sa famille. Sa tante, la petite sœur de sa mère Olivia, a soudainement disparu plusieurs années avant sa naissance. Malgré les années, Olivia n'a jamais été capable de passer par-dessus sa peine et sa relation avec sa fille en a pâti. Anne a toujours souffert des sautes d'humeurs de sa mère, mais surtout de l'absence d'une relation aimante et de confiance. Olivia et Anne n'ont jamais eu de connexion émotive. Olivia en était incapable.

Peu de temps après la disparition de sa sœur, elle a emmuré son cœur, probablement par réflexe de survie et n'a plus laissé personne entrer, pas même sa fille. Au fil du temps, son mari a compris qu'elle était inatteignable et l'a quittée. Ce faisant, il a aussi quitté Anne, la laissant seule avec une mère qui faisait le strict nécessaire pour assurer la survie physique de sa fille. Devenue adulte et avec l'espoir de consoler la peine de sa mère, Anne a pris l'initiative de retrouver sa tante. Lorsque Anne a résolu l'énigme, sa mère a lentement recommencé à ressentir ses émotions. C'est comme si, pour la première fois, Olivia se permettait de recommencer à aimer, à pleurer et à regretter. Tranquillement, une relation a commencé à germer entre la mère et la fille. Cette relation, quoiqu'encore très fragile malgré les années, est la chose la plus précieuse et la plus belle qu'Anne aurait pu espérer lorsqu'elle a entamé les recherches pour sa tante. C'est en se rappelant ce changement de dynamique dans sa relation avec sa mère, cette guérison, qui l'incite à s'investir dans ses enquêtes et à aller jusqu'au bout.

Une petite recherche rapide sur le web confirme que non seulement Peter Moore est encore policier à Poxton, mais qu'il est désormais le chef de police, le niveau hiérarchique le plus élevé à part de celui de Sheriff. C'est de bon augure, pense Anne. Il devrait pouvoir m'aider.

Elle prend son courage à deux mains et compose le numéro du poste de police de Poxton.

— Bonjour Police de Poxton, comment puis-je vous être utile ? dit la réceptionniste

— Bonjour ! j'aimerais parler avec le Chef Peter Moore s'il vous plaît.

— Qui dois-je annoncer ?

— C'est Anne Wilson à l'appareil et je souhaite m'entretenir avec lui de l'affaire de Johanne Reed, disparue en 2016.

— C'est au sujet de Johanne Reed vous me dites ? … Il est occupé actuellement, est-ce que je peux prendre un message ?

— Non, je rappellerai. Pouvez-vous m'indiquer quel serait le meilleur moment pour le joindre ?

— Le meilleur moment pour le joindre ? … Je ne saurais vous dire…

— Pourquoi répétez-vous tout ce que je vous dis ? Est-ce que le Chef Moore est près de vous ? Je dois lui parler.

— Désolée, il n'est pas libre, dit la réceptionniste qui coupe la communication.

Même si c'est une vieille affaire, Anne sait que c'est la seule disparition à avoir eu lieu dans cette petite municipalité depuis plus de vingt ans et qu'aucun autre cas de ce genre ne s'est produit depuis. Une affaire de disparition ne s'oublie pas facilement, surtout dans une petite ville comme Poxton. Aussi, elle vient d'obtenir la confirmation que le site web était bien à jour et que Peter Moore est encore en poste. Le comportement bizarre de la réceptionniste attise davantage la curiosité de Anne.

— Je ne peux pas croire que personne n'est libre pour m'aider... se dit-elle à voix haute.

En fait, elle est convaincue que Peter Moore était présent et se tenait près de la réceptionniste qui devait répéter l'information dans son intérêt. Si tel est le cas, il y a vraiment anguille sous roche. Le corps policier ne veut probablement pas raviver cette histoire. « Qu'à cela ne tienne si la police ne veut pas m'aider ! » Elle n'arrêtera certainement pas mon enquête avant qu'elle ne soit réellement commencée. « Bon, alors, il me reste Christopher Reed à trouver.

J'espère qu'il sera plus enclin à résoudre ce mystère »,
se dit-elle en relevant les manches de son pull.

Une recherche rapide sur les médias sociaux lui
en apprend un peu plus sur son compte. Anne a
trouvé plusieurs photos de Christopher avec son fils.
Anne présume que c'est Maxime, le garçon qu'il a eu
avec Johanne. L'âge correspond. Maxime est un
grand sportif. On voit plusieurs photos de
Christopher qui prend la pose avec Maxime habillé en
joueur de hockey, de soccer, de baseball et de tennis.
Christopher semble très impliqué dans sa vie sportive
puisqu'il est l'entraîneur de plusieurs de ses sports
d'équipe.

— Forcément, Christopher doit être bien connu
dans la petite ville. On ne s'implique pas comme ça
dans la vie sportive des enfants si l'on veut vivre une
vie tranquille à l'abri des regards. Il va peut-être
vouloir me parler après tout.

Il semble également être à nouveau en couple.
Effectivement, une belle jeune femme paraissant
beaucoup plus jeune que lui est à ses côtés sur
plusieurs photos. Ils forment un très beau couple et
semblent filer le parfait bonheur. Les photos sont
toutes parfaites, retouchées et rien n'est jamais
déplacé. C'est drôle comme des photos peuvent
capter des moments mémorables et transmettre des
impressions qui peuvent être trompeuses. Anne n'est

pas dupe, elle sait bien qu'il est facile de se fabriquer un bonheur sur les médias sociaux. Elle ne fait jamais bien confiance à ces diaporamas qui n'ont pour seul but que d'attirer des commentaires élogieux. Prenant une grande respiration, Anne se met à composer un message direct à l'attention de Christopher.

— Allez hop Christopher. La parole est à toi... se dit Anne en envoyant le message et en balayant son index sur sa lèvre inférieure. Voyons voir si tu veux aider ou si tu as quelque chose à cacher.

∞ ∞ ∞ ∞ ∞ ∞ ∞ ∞ ∞

Maintenant que les feuilles commencent à changer de couleur, Anne se retrouve dans un état quasi dépressif. Les jours se suivent et se ressemblent. Tous les matins, c'est la même rengaine : elle se réveille, se prépare et prend le métro qui la mène au travail. En ce qui concerne les fins de journée, c'est du pareil au même... Elle quitte le bureau vers 17 h 30 pour se rendre au métro qui la ramène à la maison. Elle cuisine un souper sans grande inspiration et s'installe devant son ordinateur afin de discuter du cas avec Sl3uthst4ar. Elle a l'impression qu'elle répète les mêmes gestes tous les jours, et ce, dans le même ordre. Elle sait qu'elle est sujette à la dépression saisonnière et cette année semble l'affecter plus qu'à l'habitude.

Ça doit s'expliquer en partie par le fait que ça fait plus de deux semaines qu'elle multiplie les appels au service de police de Poxton et qu'elle envoie des courriels en vain à Christopher Reed. Même Sl3uthst4r commence à se décourager et ne sait plus comment ils pourront obtenir des informations additionnelles sans communiquer avec l'un ou l'autre, ou mieux, avec les deux. En soufflant doucement sur son café chaud, Anne ouvre sa messagerie et débute la rédaction d'un message à Sl3uthst4r.

« Je crois que tu as raison. Sans l'aide de Christopher ou de la police de Poxton, nous sommes dans un cul-de-sac. Même mes multiples recherches dans les archives au journal ne révèlent rien de nouveau. Ça me peine de devoir abandonner un cas non résolu. Le dernier recours que nous avons est… »

Elle est interrompue par le son distinctif indiquant qu'un nouveau message vient d'atterrir dans sa boîte de courriels. En recevant peu vu qu'elle se sert davantage de la messagerie instantanée, elle espère que c'est de la part de Christopher Reed.

Le cœur battant, elle ouvre son courriel. Effectivement, c'est une réponse de la part de

Christopher. Il explique qu'il n'a pu lui répondre plus tôt puisqu'il était à l'extérieur en tournoi sportif avec son garçon. Quoiqu'étonné de l'attention suscitée par le cas de Johanne, il ne croit pas que ce soit une bonne idée de parler de tout ça avec elle. Il se dit satisfait des efforts du corps policier dans le dossier et ne comprend pas pourquoi ressasser tous ces événements qui ont été si pénibles pourraient s'avérer bénéfiques, ni pour lui ni pour son fils. Ils se sont reconstruits une vie et l'histoire de Johanne est maintenant définitivement classée dans le passé.

Croire qu'elle pourrait laisser tomber l'enquête, surtout quand Christopher a pris la peine de lui répondre, c'est mal connaître Anne. Sa curiosité est piquée. Elle ne lâchera pas prise. Malgré tous ses doutes d'il y a quelques instants, elle continue à presser Christopher de l'aider à comprendre le fil des événements. Elle réitère qu'elle veut simplement comprendre ce qui s'est passé et qui sait, si elle réussit à trouver quelque chose, peut-être que l'affaire pourra être finalement classée, au sens policier du terme et qu'ils sauront ce qui est arrivé à Johanne il y a si longtemps.

Au bout de quelques échanges de courriels et de deux heures depuis l'envoi du dernier message, Anne n'en peut plus. Elle craint qu'elle ait poussé Christopher un peu trop loin... Ou encore, peut-être a-t-il quelque chose à se reprocher dans la disparition de son ex-femme ? Non, non et non, elle ne doit pas laisser ses pensées errer de ce côté. Elle ne doit pas avoir de préjugés si tôt dans son enquête, se réprimande-t-elle.

« Je veux juste l'aider à trouver des réponses… Je ne peux pas tout de suite commencer à douter de son innocence. Mais je lui ai peut-être fait peur… je suis qui, moi, pour lui demander de se replonger dans cette période épouvantable de sa vie ? »

Ce sont toujours les mêmes doutes qui refont surface lorsqu'elle n'obtient pas une réponse immédiate. Heureusement, elle n'a pas à se torturer trop longtemps avec ses questions et ses incertitudes. Christopher lui répond :

« *Tu dois bien te douter que je ne veux pas revivre toute la douleur que j'ai vécue il y a sept ans. Mon premier réflexe est de préserver la quiétude que j'ai créée pour moi et mon fils. Même si la blessure s'est refermée, elle est loin d'être cicatrisée. J'ai lu et relu tes courriels pour me rendre compte que tu as probablement raison. Je dois aller au fond des choses et la police a certainement autre chose à faire que de s'occuper d'un cas de disparition vieux de sept ans. Malgré tout mon bon sens, je suis donc enclin à te rencontrer. Je préfère que l'on fasse ça via le web. Je ne sais pas si j'aurai la force de te voir en personne. Avec l'horaire sportif de Maxime, j'ai de la disponibilité tard en soirée ou encore tôt le matin. Merci de t'intéresser à notre histoire. »*

Sentant son énergie revenir, c'est avec fébrilité qu'elle efface le message qu'elle a commencé à écrire Sl3uthst4ar et recommence sa composition. Cette fois-ci, c'est nettement plus positif !

Étant à environ quatre heures de route de Poxton, dans deux pays différents et aussi pour préserver les forces de Christopher, ils s'entendent pour se rencontrer via une plateforme web le surlendemain à cinq heures le matin.

Chapitre 3

C'est le cœur léger, malgré le manque de sommeil que Anne se lève vers 4h30 ce matin-là. Elle a eu beaucoup de difficulté à s'endormir cette nuit, anticipant toutes les questions auxquelles elle aimerait obtenir des réponses lors de son appel avec Christopher. Elle et Sl3uthSt4r, se sont un peu emportés hier soir quant aux scénarios et à la quantité de réponses qu'elle aurait lors de cet appel. Elle s'amuse de leur enthousiasme pendant qu'elle se prépare un café fort et ouvre son ordinateur. Elle se sent prête à attaquer cette enquête et espère de tout son cœur qu'elle trouvera quelque chose de concret qui l'aidera à avancer.

Avec près de dix minutes d'avance, Anne est déjà dans la salle de rencontre virtuelle avec son microphone et sa webcam allumés. Elle est aussi excitée que lorsque la foire mobile arrivait en ville lorsqu'elle était enfant. La foire se déplaçait de ville en ville où les familles pouvaient faire des tours de manège et manger des pommes à la tire ou de la barbe-à-papa. C'était un lieu magique où, le temps d'un après-midi, sa mère accédait à toutes ses demandes et ses désirs. À l'adolescence, cet endroit est devenu le lieu de rencontres et où elle a échangé son premier vrai baiser avec un jeune garçon.

À cinq heures précises, Christopher apparaît à l'écran. Ça fait toujours bizarre de rencontrer, même virtuellement, des gens que l'on pense connaître via les médias sociaux. Christopher ne ressemble pas beaucoup à l'homme heureux des photos publiées sur les réseaux sociaux. Il a un peu plus de cheveux gris et une barbe de trois jours. Anne remarque qu'il a de gros cernes violets sous les yeux. Elle assume que cette entrevue a sûrement eu raison de son sommeil, mais probablement pas pour les mêmes raisons qu'elle.

— Bonjour Christopher. Comment ça va ? Je suis très heureuse de vous « rencontrer », dit-elle en mimant des guillemets avec ses doigts. Je le sais que votre temps est précieux donc, que diriez-vous si nous commencions tout de suite ?

— OK parfait. Je suis un peu nerveux. Je n'ai pas l'habitude de faire ça. Qu'est-ce que vous voulez comprendre exactement concernant la disparition de Johanne ? demande Christopher d'une voix grave et rauque. C'est certainement sa voix grave « du matin ». Anne se plaît à y déceler quelques notes musicales.

Anne résume comment le cas de Johanne a capté son attention et pourquoi elle s'y intéresse. Elle expose les informations qu'elle a pu dénicher pour enfin lui demander s'il peut l'aider à mieux comprendre la situation.

— Alors, tout ça mis ensemble fait que c'est un beau gros mystère. J'ai tenté de joindre la police de Poxton, mais on ne m'a pas répondu et on n'a pas donné suite à mes requêtes répétées. Je suis donc dans un cul-de-sac et j'espère que vous pourrez me fournir des détails supplémentaires. Bref, un petit quelque chose qui pourra nous mener sur une nouvelle piste, conclut Anne.

— C'est vrai que c'est le mystère total qui enveloppe la disparition de Johanne. Jusqu'à ce jour, je continue de refuser de croire que Johanne a simplement levé les pattes afin de recommencer une vie ailleurs.

— En lisant le peu que j'ai trouvé dans les journaux, c'est effectivement l'hypothèse qui revenait le plus souvent. Pourquoi est-ce si difficile de croire qu'elle se serait installée ailleurs et aurait eu envie de passer à autre chose ?

— Elle n'aurait jamais abandonné son fils. Croire à cette histoire est vraiment mal la connaître. Ce n'était pas une femme très passionnée, en fait. Malgré toutes nos années ensemble, je n'ai jamais été capable de déceler quelle était sa passion. Je crois qu'elle n'en avait simplement aucune. En revanche, Maxime était le centre de sa vie. C'est elle-même qui me l'a dit pendant notre séparation. C'est en grande partie la raison pour laquelle nous avions la garde partagée de Maxime. Ni l'un ni l'autre ne pouvait se passer de notre garçon. Puisque notre relation n'était plus possible, nous avons toujours considéré le bien de Max au-delà de toute autre considération.

— Mais qu'est-ce qui a bien pu arriver ? Dans des cas comme celui-ci, on trouve habituellement un élément déclencheur… Quelque chose qui s'est passé, une rencontre, un événement qui a soit amené Johanne à quitter son domicile pour de bon ou qui l'a empêché d'y revenir.

— La police croit qu'elle est partie de la maison de son plein gré. Il n'y avait aucune trace d'effraction et tout était en ordre, comme Johanne aimait garder les choses. Même la poubelle a été déposée à la rue, car elle devait être ramassée le lendemain.

— Il n'y a rien de plus que vous pouvez me dire que je ne sais pas encore ? Il doit bien y avoir un détail, même s'il vous paraît insignifiant !

— Sais-tu que la police pense qu'elle a quitté la maison précipitamment ? Même ses clés de voiture étaient sur la crédence dans le vestibule. Tout y était. Donc, le motif de vol a été écarté. Les portes extérieures étaient verrouillées et la voiture bien stationnée dans l'entrée. La police croit que quelqu'un est venu la chercher ou qu'elle est partie à pied. Mais je ne suis pas capable de m'expliquer ce mystère. C'est tellement atypique pour Johanne de tout laisser derrière comme ça… surtout en sachant que je devais lui ramener Maxime le soir même. Ça fait sept ans que je retourne tout ça dans ma tête et je n'y comprends toujours rien.

— Bon. C'est très confondant tout ça. Si l'on recommençait du début, peut-être que vous allez trouver quelque chose dans son comportement qui pourrait vous mettre une puce à l'oreille ? Dites-moi, comment vous êtes-vous rencontrés ? Racontez-moi votre histoire avec Johanne.

— Ah ben, on n'était pas très vieux quand on s'est rencontrés. J'ai accompagné mon ami d'université pendant une semaine d'études. Il revenait rendre visite à sa famille qui habite à Poxton. J'avais un peu le cafard, je venais de quitter ma copine de l'époque et j'étais en échec dans deux matières scolaires. J'ai décidé de venir à Poxton afin de me changer les idées, mais aussi pour étudier et ne pas faire la fête pendant toute la semaine comme ça aurait été le cas si j'étais retourné dans ma famille. Même si je n'ai pas étudié aussi fort que j'en avais l'intention, j'ai passé la plus belle semaine de ma vie, raconte-t-il avec une certaine nostalgie dans la voix.

2010

Ne connaissant pas la ville de Poxton, Christopher peine à trouver un endroit calme et discret où il peut se concentrer sur ses études. Il doit se secouer et se reprendre en main. Ce n'est pas parce qu'il est en peine d'amour qu'il doit tout laisser tomber et foirer sa session. La petite ville tranquille semble être l'endroit idéal où se recentrer car, au fond, il n'y a vraiment pas beaucoup de distractions dans ce coin de pays. Bill avait raison, c'est une petite ville endormie du nord-est des États-Unis, identique aux villes que l'on retrouve sur les cartes postales et qui figurent dans des films à l'eau de rose. Acceptant la suggestion de son ami, Christopher se dirige vers la bibliothèque municipale à la recherche d'un coin retiré pendant que Bill effectue une visite chez sa grand-mère.

En poussant la vieille porte en bois de la bibliothèque, Christopher est envahi d'un sentiment de bien-être qu'il a beaucoup de mal à s'expliquer. Cette bibliothèque semble tirée d'un conte pour enfants. Le charme provient certainement du fait qu'elle soit logée dans une vieille maison reconvertie. Plusieurs alcôves offrent des petits coins tranquilles pour les lecteurs.

Se secouant un peu, Christopher met le cap vers une table située dans le fond de la pièce principale tout juste à droite des ordinateurs utilisés par les visiteurs à la recherche d'un ouvrage. Pendant cette semaine de lecture, peu de personnes ont le nez dans les livres. Même le comptoir de prêt est désert. Rassuré, il se dit qu'il n'y a aucune distraction qui va l'empêcher de rattraper son retard scolaire.

Il passe donc la journée à travailler sans porter attention à ce qui se passe autour. Il n'a pas remarqué la jeune bibliothécaire qui a vite repris son poste au comptoir et qui lui lance des regards curieux à toutes les cinq minutes. Elle qui connaît tout le monde dans la municipalité, est surprise de voir un nouveau visage. Cet étranger semble tellement absorbé dans son travail qu'elle n'ose pas le déranger même si elle se sent dévorée par la curiosité. Qui est-il ? Pourquoi est-il à Poxton ? Évidemment, c'est un universitaire, elle voit bien le logo de son université sur son sac à dos. Cependant, cette université est située dans l'état voisin... Alors pourquoi a-t-il élu domicile à « sa » bibliothèque ?

La sortant de ses pensées, Bridget, sa collègue, la taquine gentiment.

— Ce n'est pas tous les jours qu'un bel inconnu vient passer la journée ici. Ouah, ça doit vraiment être du sérieux, il n'a pas levé les yeux de ses livres depuis qu'il est arrivé.

— Je le sais. Il est très travaillant, mais je me demande qui il est. Je ne l'ai jamais vu ici ni ailleurs. Il doit être en visite, mais pour voir qui exactement ?

— Pourquoi ne pas le lui demander ? Allez... Trouve un prétexte et va donc lui parler. Je le vois bien que tu n'en peux plus.

— C'est probablement un gars qui se cache dans cette petite ville anonyme après avoir tué son coloc juste avant le début de la semaine de lecture, pendant une fête trop bien arrosée, dit Johanne en riant.

— Ah, arrête de niaiser. Toi et ton imagination...

Johanne s'éloigne dans la direction opposée du bel inconnu en roulant les yeux. Elle chuchote pour elle-même qu'elle préfère conserver le mystère autour de ce bel étranger. Il est sûrement ici pour une bonne raison, qui a fort probablement un joli visage. Il ne fait que passer le temps en attendant d'aller la récupérer à la fin de sa journée de travail avant de passer une soirée romantique à lui chuchoter des mots doux.

Johanne continue de se faire toutes sortes de scénarios. Il faut dire qu'elle exerce le travail parfait pour laisser son esprit vagabonder toute la journée. Elle est plutôt rêveuse et adore perdre la notion du temps quand elle est plongée dans un bouquin. Elle se laisse porter par les sentiments des personnages, qu'ils soient heureux, amoureux, jaloux, triste ou en colère. De l'extérieur, Johanne est une personne très « ordinaire ». Sans être d'une beauté remarquable, elle est ce qu'on qualifie d'une beauté classique. Quand on s'arrête pour la regarder, on remarque ses traits dessinés à la perfection. Mais si l'on ne porte pas attention, on la qualifierait de banale... pas remarquable si l'on peut dire. Même son humeur semble assortie à son physique. Elle ne se laisse pas emporter par ses émotions, qu'elles soient positives ou négatives, du moins de l'extérieur. Ce qui se passe à l'intérieur est toute une autre histoire. Étant une grande introvertie, elle aime vivre à travers les expériences des autres et se contente de presque rien.

Ce n'est pas une personne très compliquée et elle prend la vie comme elle vient. On ne peut dire qu'elle soit particulièrement ambitieuse ou passionnée. Elle possède une personnalité plutôt rassurante et sur qui on peut compter.

Perdue dans toutes ses suppositions entourant l'inconnu, elle a raté son départ. Déçue d'avoir manqué sa chance de peut-être faire un peu de conversation lors de sa sortie, elle constate que sa journée de travail est terminée. En récupérant son sac à main derrière le comptoir, elle lance par-dessus son épaule :

— Salut Bridget ! Je quitte pour la soirée… on se voit demain d'accord ? Tu n'as plus besoin de moi j'espère ?

— Non, ça va, ma belle. Bonne soirée et à demain.

∞ ∞ ∞ ∞ ∞ ∞ ∞ ∞ ∞

De retour chez Bill, Christopher est pas mal fier de tout le travail qu'il a accompli pendant la journée. Il commence à croire que ce sera possible de se tirer d'affaire. Son cœur est encore meurtri, mais au moins, il pourra reprendre le dessus sur ses études. Ayant l'envie de se détendre un peu, il interpelle son ami.

— Hé, Bill ! qu'est-ce qu'il y a à faire dans ce trou le soir ?

— Aïe, attention à ce que tu appelles un trou. Ce n'est pas si pire que ça, tsé… Nous avons un bar au moins. On pourrait aller prendre un verre ou deux. L'avantage d'avoir des options limitées est que le choix est facile… et que tout le monde se retrouve au même endroit.

— OK parfait, on devrait aller faire un tour. Je ne veux pas rester très tard, juste me changer les idées un peu. Il faut que je reste focus… dit-il d'un air déterminé en mimant un tunnel avec ses mains.

∞ ∞ ∞ ∞ ∞ ∞ ∞ ∞ ∞

Le bar en question est bondé. C'est à croire que la ville au complet s'est donné rendez-vous. Même si Poxton est située dans un coin perdu de l'état de New York, elle a quand même connu son moment de gloire. Ce soir, le groupe à succès de l'heure sera présent. Le chanteur est nul autre qu'un des jeunes de la ville et son groupe de musique vient d'enregistrer un succès instantané, un tube qui fait rage. Actuellement en tournée partout au pays, les membres font un arrêt-éclair à Poxton ; question de faire honneur à la petite ville qui a vu naitre et grandir son chanteur. Effectivement, presque tous les habitants sont venus les encourager et démontrer leur fierté. Bill et Christopher doivent rester debout, toutes les places assises sont prises. À leur grand désarroi, le bar continue de se remplir.

Les gens commencent réellement à s'entasser. Plusieurs sont debouts entre les tables et il devient difficile de circuler. Une énergie électrique se propage parmi les spectateurs, tout le monde se salue et a le sourire aux lèvres. On entend la foule devant la scène qui s'excite. En s'étirant le cou, Christopher comprend que le groupe s'installe et que le spectacle va débuter. En quelques instants, la musique commence. Même se pencher pour crier dans l'oreille de Bill devient tout un défi. Ce n'est pas le genre de soirée qu'il avait en tête. Il décide de rentrer. Ce n'est pas à être entassé avec des inconnus qu'il va réussir à se changer les idées ! En voulant signifier son départ à Bill, il accroche la personne devant lui et renverse sa bière dessus. Très mal à l'aise, il s'attend à se faire sermonner quand la jeune fille se retourne. Elle semble un peu fâchée, mais rapidement ses traits se détendent et elle affiche un grand sourire qui illumine son regard et embellit son visage. Elle semble le connaître, mais lui est certain qu'il se souviendrait d'elle s'il l'avait déjà rencontrée.

— Je suis désolée pour ton manteau. On est tellement tassés. Laisse-moi te payer un verre pour me faire pardonner, dit Christopher à la jolie inconnue.

— Pas de soucis… je devais le faire laver de toute manière. Et puis, comment ça avance tes études ? Tu n'as pas levé les yeux de tes bouquins aujourd'hui.

— Euh… Comment savez-vous cela ?

— Pas besoin de me vouvoyer. Appelle-moi Johanne, dit-elle en lui tendant maladroitement la main et en rougissant. Je travaille à la bibliothèque. Je t'ai vu là toute la journée.

Ils sont tellement entassés dans le bar qu'au lieu de lui donner la main, on aurait dit qu'il lui faisait une embrassade.

— Oh… Eh bien, ouais… Je sais que j'étais concentré. Je ne peux pas me permettre de vraiment me divertir. J'ai une grosse fin de session à préparer.

Christopher ne comprend pas pourquoi il tente de se justifier. Il se sent à la fois nerveux et détendu en lui parlant, même si la conversation devient de plus en plus difficile avec le spectacle qui bat son plein. Sur un coup de tête, Christopher lui propose d'aller prendre un verre ailleurs.

— Ce sera sûrement moins occupé et bruyant qu'ici…

À sa grande surprise, elle accepte. Ils décident d'aller au petit resto juste à côté.

∞ ∞ ∞ ∞ ∞ ∞ ∞ ∞ ∞

2023

— Nous sommes restés jusqu'à la fermeture du resto à jaser de tout et de rien. Je me sentais tellement bien avec elle... je lui aurais raconté ma vie. Le lendemain matin, je l'attendais avec impatience à la bibliothèque. Quand je l'ai vu arriver, c'était très clair pour moi que je venais de rencontrer celle qui deviendrait ma femme. Je ne peux pas dire que c'était un coup de foudre, mais c'était comme si c'était la chose la plus naturelle du monde à faire. C'était comme une certitude.

— On peut dire que le reste a suivi son cours, ajoute Christopher avec les yeux perdus dans ses souvenirs. Très rapidement, on s'est mariés et on a été heureux pendant quelques années. Nous avons eu Maxime, notre plus grande réalisation. Il faut comprendre que ce n'était pas un amour comme on lit dans les livres. C'était un amour confortable, quotidien, sans heurts.

— Mais il a dû avoir des heurts en cours de route pour que vous vous sépariez, non ? intervient Anne qui devient sceptique quand on parle d'amour. Elle n'a pas connu les grands élans ni même un sentiment qui pourrait s'approcher de l'amour pour quelqu'un. Elle ne peut même pas dire qu'elle ait éprouvé de l'amour envers sa propre mère. Il faut dire que celle-ci n'a pas été très maternelle et aimante vis-à-vis sa fille non plus, trop occupée à soigner son cœur brisé par la disparition de sœur. Même le père de Anne en a eu assez et l'a quittée quand Anne avait quatre ans. Elle n'arrive donc pas à s'expliquer pourquoi un couple en apparence si « ordinaire » peut en venir à demeurer ensemble pour ensuite se séparer. Forcément, pense-t-elle, quelque chose a dû se produire pour provoquer la séparation. Il faut trouver.

— Sans vivre le grand amour, vous sembliez filer un certain bonheur, qu'est-ce qui a bien pu arriver pour que tout ça prenne fin ? continue-t-elle.

— C'est vraiment plate à dire, mais la relation a simplement pris fin. On s'est rendu compte que tout ce qui restait entre nous était Maxime. Peut-être qu'on s'est perdus dans notre rôle de parents, mais tout d'un coup, on a réalisé qu'on était devenus indifférents l'un envers l'autre. On a donc décidé de se séparer, tout bonnement. Heureusement ou plutôt tristement, nous avons réussi notre divorce. On a facilement trouvé une entente et a convenu d'une garde partagée pour Maxime.

— Hum, je ne sais pas si c'est une bonne chose ou pas... de dire qu'on réussit un divorce. Et puis, pouvez-vous me parler un peu de sa disparition ? Comment était-elle les derniers temps ? Semblait-elle en colère, déprimée, heureuse ? Bref, y a-t-il quelque chose dans son comportement qui aurait pu laisser présager un tel événement ?

— Je ne saurais vraiment pas vous dire. Quand je dis qu'on a réussi notre divorce, je veux dire qu'on a coupé les ponts en ce qui a trait à nos vies personnelles, on ne se partageait plus rien de ce côté. Les seuls contacts et discussions que nous avions concernaient Maxime. C'est tout. Je ne peux malheureusement pas vous renseigner. Je m'excuse, mais je vais devoir y aller. On a largement dépassé le temps prévu pour cet appel.

— Oui, je comprends. Je vous remercie vraiment Christopher pour votre générosité pendant l'entrevue. Si j'ai d'autres questions, est-ce que vous me permettez de vous faire signe ? Vous m'avez donné beaucoup d'informations qui j'espère, seront utiles.

— Merci à toi, Anne, de t'intéresser à ce cas. J'espère qu'on va réussir à découvrir quelque chose. Si tu as d'autres questions, envoie-moi un message privé. Pas de problème. Bonne journée.

En repensant à l'histoire de Christopher et de Johanne, quelque chose accroche. Anne a l'impression que c'est une belle histoire qu'elle vient de se faire raconter là. Par contre, la vie n'est pas souvent aussi ennuyeuse et sans intérêt. Son instinct lui dicte que Christopher ne lui a pas tout dit. Elle va devoir creuser un peu pour pouvoir le confronter lors d'un prochain entretien, pense-t-elle en consultant l'heure.

— Merde ! je vais être en retard au travail ! s'exclame-t-elle. En se dirigeant vers sa chambre, elle envoie un texto à Violette pour l'avertir de prétexter une réunion à quiconque la cherche.

Chapitre 4

Malgré son arrivée tardive au bureau, Anne a été occupée et productive. C'est seulement vers la fin de l'après-midi que son manque de sommeil commence à se faire sentir. Elle a de plus en plus de difficulté à se concentrer sur son travail. Son esprit vagabonde.

Elle repense à sa conversation avec Christopher. Si l'on se fie à ce qu'il avance, tout semblait parfait entre lui et Johanne. Pas de crises, une relation qui se termine à l'amiable, une idylle romantique « confortable ». Mais quelque chose ne tourne pas rond. Les pièces ne s'emboîtent pas et Anne n'arrive pas à mettre le doigt sur ce qui cloche. Elle ne peut presque plus attendre d'envoyer un message à Sl3uthSt4r, son dénicheur acolyte, afin d'avoir son point de vue. Ils vont passer une grosse soirée à discuter et à examiner sa conversation matinale sous toutes ses coutures. Ce sera une autre nuit courte, elle ne pourra pas y rattraper ses heures perdues.

Absorbée dans la révision d'un dossier d'enquête sur les coulisses du pouvoir du gouvernement canadien, Anne jette un coup d'œil rapide à son téléphone pour réaliser que l'heure de la fin de journée a sonné. Malgré qu'elle soit en pleine révision d'un article, elle se dépêche de fermer son ordinateur et de ramasser ses effets personnels afin de prendre la poudre d'escampette avant qu'un journaliste, assurément en retard pour son heure de tombée lui demande de faire « une petite relecture » avant son départ. La même vieille histoire se répète sans cesse. Quand elle réussit à être à jour dans son travail, c'est immanquable, un collègue arrive au dernier moment avec une primeur à relire avant sa publication. C'est toujours à la dernière minute et toujours tellement important !

Ce soir, elle a autre chose à faire. Pendant son trajet en métro, elle en profite pour observer les couples. Observer les gens à leur insu est l'un de ses passe-temps préférés. Elle a même développé une technique qui lui permet d'observer sans dévisager les gens. En fait, à la regarder, on pourrait croire qu'elle est simplement dans la lune, mais en réalité, ses sens sont aiguisés et elle analyse aussi précisément que le meilleur psychologue de Montréal.

Aujourd'hui, ce sont les couples qui l'intéressent. Comment agissent-ils entre eux ? Est-ce qu'il y a des signes qui pourraient trahir la dynamique de leur couple ? Sont-ils passionnés ? Ennuyeux ? Confortables ? Elle observe un couple en particulier qui, à première vue, n'est pas remarquable ou ne se distingue pas de manière particulière. Elle estime qu'ils ont à peu près son âge. Quand ils parlent, un petit sourire n'est jamais loin. Ils se regardent dans les yeux et sont très absorbés dans leur propre conversation. Lorsque le train entre en station et que les portes du métro ouvrent, ils se taisent. Ils semblent simplement bien ensemble. L'homme commence à palper les poches de son veston. Il a dû recevoir un texto et se détourne un peu de sa compagne pour regarder son téléphone. Comme si c'était un code entre eux, sa conjointe se détourne subtilement de lui. Elle lui donne de l'espace, autant que possible dans un métro bondé à l'heure de pointe, afin qu'il puisse consulter son téléphone. Est-ce le signe que Anne guettait ? Pourquoi l'homme tente-t-il de cacher son écran à sa conjointe ? Est-ce que Anne a imaginé que la compagne semblait contrariée ? En voulant les observer davantage, Anne a presque manqué son arrêt. Elle descend du métro au moment où les portes commencent à se refermer et sourit de sa propre quasi-bêtise et en pestant contre son imagination et sa curiosité.

∞ ∞ ∞ ∞ ∞ ∞ ∞ ∞ ∞

Assise devant son ordinateur, Anne s'apprête à envoyer un message direct à Sl3uthst4r quand elle décide de téléphoner à nouveau au poste de police de Poxton. Elle a toujours essayé de les joindre pendant la journée en se disant qu'elle aurait plus de chances d'attraper le Chef Moore. Elle n'a pas encore essayé de les appeler pendant la soirée, peut-être sera-t-elle plus chanceuse ? La chance était avec elle ce matin lors de son appel avec Christopher, elle va donc la tenter à nouveau. Elle compose le numéro.

Elle est surprise d'entendre une voix d'homme lui répondre :

— Police de Poxton, Peter Moore à l'appareil.

Anne a failli lâcher son téléphone tellement la surprise est grande. Elle a enfin le Chef Moore au bout de la ligne.

— Bonjour Chef Moore. C'est Anne Wilson à l'appareil.

Anne remarque qu'un court silence de quelques secondes marque la surprise de son interlocuteur. Elle se permet un petit sourire de satisfaction.

— Pardon, Anne qui ? Je n'ai pas bien saisi votre nom. Qu'est-ce que je peux faire pour vous ? dit le chef Peter Moore d'un ton professionnel en retrouvant son aplomb.

Convaincue que le chef a très bien compris son nom, Anne se prête au jeu.

— C'est Anne Wilson. Ça fait plusieurs fois que je tente de vous joindre et je vous ai laissé plusieurs messages. Vous ne les avez pas reçus ? Peu importe. Je suis très heureuse de vous avoir enfin. J'aimerais vous parler d'un cas de disparition qui a eu lieu à Poxton en 2016. Il s'agit du cas de Johanne Reed. Avez-vous quelques minutes à m'accorder ?

Le silence qui s'installe maintenant est assourdissant. Pendant sa courte introduction, Anne aurait juré qu'elle avait entendu le chef murmurer un juron.

Au bout de plusieurs secondes de ce silence malaisant, Anne ne peut s'empêcher de demander s'il est toujours en ligne.

— Oui, oui madame Wilson, je suis toujours là. Euh, c'est qu'en fait... Oui... j'ai bien eu vos messages, mais je ne sais pas trop comment je pourrais vous aider.

Ne sachant pas trop comment se sortir de cette conversation minée, le Chef Peter Moore fait très attention à ce qu'il révèle à cette inconnue.

— Vous avez bien été l'enquêteur responsable de cette affaire, n'est-ce pas ?

— Oui effectivement… et on a rendu publique toute l'information dont on disposait à l'époque. Le dossier n'est toujours pas fermé d'ailleurs, je suis donc limité quant à ce que nous pouvons discuter.

— Je comprends parfaitement, répond Anne, mais vous pouvez certainement compléter l'information que j'ai en main, n'est-ce pas ?

— Euh… Compléter est un grand mot. Je peux confirmer l'information dont vous disposez, si et seulement si, cette information a déjà été rendue publique dans le cadre de l'enquête.

— D'accord, alors pouvez-vous me confirmer que Johanne Reed est toujours considérée comme étant une personne disparue ?

— Oui, c'est toujours le cas.

— Est-ce que vous avez enquêté sur son ex-mari Christopher Reed ?

— Malheureusement, je ne peux pas discuter des personnes que nous ayons investiguées ou pas.

— Ah bon, alors, qu'est-ce que vous pouvez me dire ?

— Le cas est toujours ouvert. Nous savons qu'elle a disparu dans des circonstances mystérieuses. C'est son mari qui nous a signalé la disparition quand elle ne s'est pas présentée pour reprendre son fils le dimanche soir comme prévu. La théorie demeure qu'elle est partie de son plein gré et qu'elle a recommencé une vie ailleurs après son divorce. Ça s'est déjà vu.

Le ton du Chef Moore en dit long sur la finalité de la conversation. Anne est convaincue qu'il n'en dira pas plus. Il est évident qu'il tente de mettre fin à la conversation. Au lieu de continuer à le pousser, Anne le remercie de son temps et raccroche. Elle devra tenter de créer un rapport avec lui. Ce ne sera certainement pas la dernière fois qu'elle va avoir besoin de lui. Rien ne sert de se le mettre à dos dès le début de l'enquête.

En se calant sur sa chaise, Anne pousse un soupir de satisfaction même si elle n'a rien appris de significatif. Une chose est certaine, elle va devoir passer par-dessus son malaise social et tenter de cultiver une relation avec lui. Il est quand même resté en ligne quelques minutes à discuter avec elle. Tout espoir n'est pas perdu. Elle devra gérer son angoisse relationnelle pour tenter de gagner sa confiance.

— Quelle journée productive en fin de compte ! dit-elle à voix haute même si elle est seule dans son appartement. Une entrevue avec le mari de la personne disparue et un contact avec l'insaisissable chef de police de Poxton. Ça fera beaucoup d'éléments à regarder avec Sl3uthst4r.

∞ ∞ ∞ ∞ ∞ ∞ ∞ ∞ ∞

Une semaine plus tard, malgré les multiples « analyses » nocturnes et conversations riches de scénarios et de suppositions toutes plus farfelues les unes que les autres, MissNane47 et Sl3uthst4r concluent que l'histoire ne fait toujours aucun sens. Nos enquêteurs amateurs sont découragés et Anne commence à penser sérieusement qu'elle est arrivée au bout de ses capacités. L'enquête piétine. Quelque chose leur échappe. Si elle était mieux formée, elle aurait sûrement pu déceler une nouvelle avenue. Mais, plus elle repense à cette histoire, plus elle est certaine que Christopher ne lui a pas tout dit. Elle n'oserait jamais dire à voix haute ce que cette petite voix lui chuchote. « Peut-être que tu n'es pas aussi bonne que tu le penses pour ce qui est des enquêtes. »

« Tu n'as rien trouvé, car tu n'es pas une vraie enquêteuse. » « C'est juste de la chance et non pas de véritables compétences qui ont dénoué les autres affaires. » Ces pensées reviennent souvent lorsque ses enquêtes piétinent. Malgré ses efforts pour ignorer ses doutes, ils refont toujours surface. Bref, elle se sent prise dans une cage. Quelque chose lui échappe et elle ne peut pas mettre le doigt dessus.

Tentant de mettre ses craintes de côté, elle doit reprendre son enquête autrement, sous un autre angle. N'ayant pas beaucoup d'expérience au chapitre des relations amoureuses, ou plutôt, n'ayant aucune expérience digne de mention, elle décide de questionner Violette, sa collègue et voisine de cubicule sur les raisons qui poussent un couple à se séparer. Évidemment, Violette a plus de vécu qu'elle à ce chapitre. Elle a été fiancée deux fois et elle croit que son amoureux du moment se prépare à lui faire la grande demande. Quand Anne lui raconte l'histoire de Johanne et de Christopher, Violette éclate de rire. Quoiqu'attristée par la disparition de Johanne, Violette trouve hilarant le fait que Christopher pense qu'il a « réussi » son divorce. Selon elle, aucune relation amoureuse ne peut se terminer en de bons termes. Il y a forcément un élément déclencheur qui fait en sorte qu'un des deux veuille cesser d'être un couple.

— Il est impossible, dit Violette en reprenant son souffle, que deux personnes formant un couple décident, exactement au même moment, de se séparer. C'est tout simplement improbable. Que ce soit une envie d'aller voir ailleurs, une ambition professionnelle, un sentiment d'être emprisonné, des objectifs de vie différents, bref, quelque chose doit se passer pour qu'un des deux commence à penser à quitter l'autre.

— C'est vraiment quelque chose de gros quand un couple se laisse, continue-t-elle. Penses-y Anne, en plus de la peine ressentie, il faut se retrouver un autre logement, faire toutes les démarches de changement d'adresse, acheter de nouveaux meubles, couper des liens avec des amis communs qui ont choisi de rester fidèle à l'autre... C'est beaucoup d'émotions et ça fait mal. En plus, Johanne et Christopher devaient s'occuper de leur fils à chacun leur tour. C'est tout un changement de vie. Non, il y a forcément un des deux qui a démarré cette vrille qui les a menés à une séparation. Écoute ton instinct, il y a quelque chose qui est resté de caché, c'est certain.

Anne est d'accord avec Violette... C'est vraiment un événement majeur quand un couple décide de se séparer. Encore plus quand ils sont mariés avec un jeune enfant. Elle ne peut faire autrement, elle doit en avoir le cœur net. Elle devra donc convoquer

Christopher pour un deuxième entretien. Cette fois, elle ira au fond des choses. Elle le poussera jusqu'à ce qu'elle sache ce qui a provoqué leur séparation.

∞ ∞ ∞ ∞ ∞ ∞ ∞ ∞ ∞

— Bonjour, Christopher, est-ce que vous m'entendez ? Moi, je vous entends, mais je ne vous vois pas… Pouvez-vous allumer votre webcam ?

— Oui, oui, je vous entends bien Anne. Comment allez-vous ?

Comme toute rencontre virtuelle, on commence par des questions d'usage de fonctionnalités d'équipement et ça prend toujours plus de temps que prévu. Ils n'ont que vingt minutes, car Christopher doit quitter la rencontre pour aller reconduire Maxime à un match de baseball. En voyant Christopher apparaître à l'écran, Anne constate que le temps avance et elle choisit de laisser tomber les préambules. Elle va droit au but.

— J'ai beaucoup réfléchi à notre dernière conversation. Il y a quelque chose qui cloche. Vous m'avez dit que, d'un commun accord, vous et Johanne aviez décidé de vous laisser tout simplement, mais je ne pense pas que c'est toute l'histoire. Je ne peux m'empêcher de croire qu'un événement a précipité la décision.

— Mais, de quoi parlez-vous ? Je vous ai dit ce que j'avais à dire la dernière fois, dit Christopher avec impatience.

Ça y est, il s'impatiente, pense Anne, je dois toucher quelque chose. Elle reprend :

— Non, quelque chose a dû arriver pour tout précipiter. C'est un événement important une séparation surtout avec un jeune enfant ! Qu'est-ce qui a déclenché cette rupture ? Il y a quelque chose, je le sens et je crois que vous n'êtes pas complètement honnête avec moi.

Anne remarque que la colère semble monter. Les yeux de Christopher ont changé de couleur. Il ne voit que du rouge. Anne est consciente de l'avoir poussé dans ses retranchements.

— Comment osez-vous ? dit-il en haussant le ton avec des stries rouges le long de son cou. Je me suis rendu disponible pour vous parler et répondre à vos questions et tout ce que vous réussissez à faire est de m'accuser de malhonnêteté ? Je ne vous dois rien et je n'accepterai pas de me faire traiter de la sorte. Je suis en ret...

Il était tellement pressé de raccrocher qu'il a coupé la communication avant même d'avoir fini son dernier mot.

La conversation se termine si abruptement que Anne ne peut que contempler sa réflexion dans son écran complètement noir. Sur ses lèvres, elle y voit un lent sourire apparaître avec un petit air triomphant. Elle vient de mettre la main sur une piste, elle en est persuadée.

« Alors, j'avais raison. Il a quelque chose à cacher », pense-t-elle en frottant son index sur sa lèvre inférieure.

∞ ∞ ∞ ∞ ∞ ∞ ∞ ∞ ∞

2015

Encore une fois, Johanne est seule à la maison à s'occuper de Maxime. Ce n'est pas juste ! On pourrait croire que c'est Christopher qui a grandi à Poxton. Il a tellement plus d'amis que moi, pense-t-elle amèrement en faisant tourner une mèche de cheveux autour de son index.

Effectivement, Christopher a une vie sociale très active. Au début de leur relation de couple, le côté social de Christopher l'attirait beaucoup. Ça s'explique par le fait que pour elle, il a toujours été difficile de se faire de nouveaux amis. Elle est plutôt du style d'avoir deux ou trois amis précieux tandis que Christopher aime entretenir des relations avec de grands groupes. Il est très sportif, ce qui a multiplié ses occasions de sortir. C'est soit une partie de hockey, du golf, du ski, ou encore il est invité pour aller au lac avec untel ou avec l'équipe d'une telle. Lorsqu'ils se sont installés ensemble à Poxton, c'était pas mal plaisant de toujours avoir quelque chose à faire. Au début, Johanne était incluse et invitée à participer à ses activités. Mais, depuis l'arrivée de Maxime, les choses ont changé. Il est vrai que Johanne prône une stabilité absolue pour l'enfant. Elle veut qu'il ait une routine : toujours la même heure pour le coucher. Il doit faire ses deux siestes par jour, manger aux mêmes heures et tout le reste qui, au bout du compte, a fini par écraser Christopher. Préférant sortir avec ses amis, il tente de convaincre Johanne de laisser un peu de place aux imprévus : ce n'est pas la fin du monde si Maxime se couche un peu plus tard que d'habitude une fois de temps en temps ! Selon lui, le fait de voir d'autres personnes et de socialiser comporte aussi des bienfaits pour un enfant. Il n'y a rien à faire. Johanne ne veut pas l'entendre. En tant que mère, il est de son devoir de s'assurer que son fils soit bien nourri et reposé. Après plusieurs discussions qui se sont toutes terminées par des disputes, Christopher a compris qu'il n'arriverait jamais à la faire changer d'idée. Pour économiser son énergie et épargner quelques chicanes de couple, il a arrêté de tenter de convaincre Johanne, mais il ne s'empêchera pas, lui, de voir ses amis juste parce qu'il est devenu papa.

Johanne se sent plus seule que jamais. Maxime a dix-huit mois, mais elle a plutôt l'impression qu'elle est dans cette situation depuis une décennie. Avec l'arrivée de Maxime et de son rôle de mère, elle a laissé tomber ses deux ou trois amies afin de se consacrer entièrement au « rôle le plus important » de sa vie. Jamais, elle n'aurait pu croire qu'elle commencerait à se sentir emprisonnée par ce rôle. Tranquillement, les tâches du couple se sont précisées, ancrées et solidifiées. Elle s'occupe de Maxime et des tâches ménagères. Christopher est responsable de tout ce qui est à l'extérieur de la maison, en plus de faire les courses. Douloureusement, Johanne se rend compte que la répartition des tâches s'est faite selon leurs forces ; elle, isolée à son domicile à accomplir ses corvées, tandis que lui profite de chaque occasion pour fraterniser avec les voisins lors des travaux extérieurs et à l'épicerie. En temps normal, elle s'en réjouirait, car elle avoue ne pas aimer trop socialiser en faisant la conversation, mais aujourd'hui, elle s'en désole.

Elle ne sait plus comment se sortir de ce cercle vicieux. Elle étouffe. Elle veut autre chose, mais chaque fois qu'elle tente d'en parler avec Christopher, soit qu'elle ne trouve pas les mots ou qu'il est pressé car « on l'attend ». Il faut que ça change, elle n'en peut plus.

Le lundi suivant, elle rumine encore ces pensées noires quand elle arrive à la bibliothèque.

— Bon Dieu Johanne ! As-tu passé le weekend sur la corde à linge ? lui dit Bridget dès qu'elle l'aperçoit.

Même si Johanne est habituée à la familiarité et au franc parlé de Bridget, elle est quand même surprise par les propos de sa collègue. On pourrait dire que Bridget est la seule véritable amie qui lui reste, n'ayant pas besoin de déployer beaucoup d'efforts puisqu'elles se voient tous les jours au travail. Au cours des années, Bridget est devenue la confidente de Johanne et vice versa. « Confidente » est un bien grand mot... Johanne ne lui confie pas tous ses états d'âme, ce n'est pas dans sa personnalité. Elle fait toujours très attention à ce qu'elle révèle à son amie. Elle n'aime pas penser que quelqu'un puisse connaître ses sentiments à propos de tout et ce qui lui arrive, en tout temps.

Est-ce dû à l'intensité de ses réflexions du weekend ou simplement surprise par la perspicacité de son amie, Johanne se surprend à lui faire signe de la rejoindre dans le bureau. Elle a tout juste refermé la porte du cagibi qu'on qualifie de bureau, que les larmes commencent à couler sur ses joues.

— Ben voyons ma cocotte. Je ne voulais pas te faire de la peine de même. C'est juste que je ne t'ai jamais vu comme ça ! Qu'est-ce qui se passe ? demande Bridget en ouvrant les bras pour que Johanne puisse s'y réfugier.

Hésitant un moment, Johanne accepte le réconfort offert. D'une voix étouffée, elle commence à dévoiler sans retenue ses réflexions du weekend. Elle avoue avoir l'impression d'être prise au piège.

Pendant toute leur conversation, Johanne se surprend et ne peut croire qu'elle est entrain de tout déballer. Mais maintenant que le barrage a cédé, elle ne peut plus s'arrêter. Ça lui fait du bien. Contrairement, à son habitude, Bridget lui laisse tout raconter sans l'interrompre. Lorsqu'elle sent que son amie s'est déchargée de son fardeau, Bridget se permet de prendre la parole :

— Je ne veux pas te dire quoi faire, mais une thérapie de couple vous ferait peut-être du bien, intervient Bridget après le long silence de Johanne qui n'a plus de mots.

— Bof, je ne suis pas certaine que ça me tente de raconter tout ça à un inconnu. Tu sais comment je suis. Je ne veux pas que tout le monde soit au courant des bibittes dans ma tête.

— Ben voyons Johanne, dit Bridget en riant, c'est confidentiel quand tu vas voir un professionnel. Tiens, lui dit-elle en lui tendant une note qu'elle vient de gribouiller. Va voir Marty Cole. C'est un travailleur social et je le recommande chaudement.

— C'est un ami ou un cousin ? lui répond Johanne en tentant de faire une blague puisque Bridget connaît ou est parente avec tout le monde ou presque à Poxton.

— Non, non. C'est un bon travailleur social que je te dis. Pas grand' monde sait ça, mais on est allé le consulter il y a environ une dizaine d'années Gerry et moi. Oui, oui, on est normaux nous aussi et ça n'a pas toujours été facile, ajoute Bridget en voyant l'expression incrédule de Johanne.

— Farce à part, on était dans une passe difficile et on a eu besoin d'aide, continue-t-elle. On a vu Marty qui a réussi à nous guider pour qu'on puisse se retrouver au bout de la thérapie. J'irais même jusqu'à dire que sans Marty, je ne crois pas que notre mariage aurait survécu. C'est grâce à lui si Gerry et moi sommes encore ensemble. On a été chanceux, mais, je te le confirme, on en a travaillé un coup.

Bridget attrape le bras de Johanne et en la regardant dans les yeux, ajoute d'un ton solennel :

— Appelle-le. C'est sérieux. Tu ne peux pas rester à vivre ça toute seule.

∞ ∞ ∞ ∞ ∞ ∞ ∞ ∞ ∞

2023

Suite à sa deuxième rencontre avec Christopher qui s'est avérée stérile de nouvelles informations, Anne ne voit qu'une seule façon de sortir de cette impasse. Elle doit lancer une bouteille à la mer sur le web et espérer que quelqu'un puisse venir à sa rescousse. Depuis que MissNane47 a démarré un fil de discussion sur webleuths.com, les notifications ne cessent de se faire entendre sur son mobile. Quand MissNane47 demande de l'aide, toute la communauté web veut se porter à son secours. Parfois, certains n'apportent rien qui vaille à l'enquête, mais d'autres fois, c'est drôlement payant. Ne serait-ce que pour l'aider à changer sa perspective et à revoir les pièces de l'enquête sous un autre point de vue.

Anne a dévoilé les éléments qu'elle connaît afin de tenter de stimuler de nouvelles pistes. Sans surprise, la communauté web ne l'a pas déçue. Chacun des membres est généreux en matière de commentaires. Certains encouragent Anne à continuer, d'autres lui proposent des angles différents que ceux qu'elle a utilisés jusqu'à présent. Plusieurs ont des questions qui sont très intéressantes. Anne les prend en note et se promet d'y trouver les réponses. Comme chaque fois qu'elle fait appel à sa communauté web, elle est remplie d'espoir de tomber sur LA pièce manquante qui va enfin dénouer l'impasse. Cependant, malgré toute l'activité dans le fil de discussion, elle se rend rapidement compte qu'il n'y a rien de vraiment pertinent qui pourrait la faire avancer.

Puisqu'il y a eu une certaine couverture médiatique en 2016 lors de la disparition de Johanne, plusieurs membres sont familiers avec le cas et ils ne se gênent pas de lui communiquer leurs impressions, leurs convictions et leurs hypothèses sur ce qui s'est passé et les raisons des événements. Quelques-uns jurent d'avoir aperçu Johanne dans un coin reculé des États-Unis la semaine dernière justement ! Mais au bout du compte, personne ne propose d'éléments concrets sur lesquels Anne pourrait se pencher. Elle se sent frustrée et impatiente. Habituellement, la communauté web est d'une grande aide et la pousse à remettre en question ses certitudes et hypothèses pour enfin lui permettre de découvrir une nouvelle piste jamais explorée auparavant. Mais en vain, ce soir n'est pas son soir de chance. Cette disparition occupe désormais toutes ses pensées jusqu'à l'obsession, mais elle se sent prise dans une impasse.

Après la lecture d'un énième message dans le fil de discussion, elle décide de tenter de communiquer avec CCs0lv3r[2]. Il a toujours été d'une grande aide. Elle le considère comme son arme secrète dans ses enquêtes. En y pensant bien, c'est bizarre qu'il ne se soit pas déjà manifesté afin de proposer son aide. Ce n'est pas comme si elle avait été discrète avec cette enquête. C'est la première fois qu'elle divulgue autant d'information concernant une affaire en cours. Malgré ses demandes d'aide répétées à la communauté, CCs0lv3r est demeuré muet, absent. Elle commence à s'inquiéter de son silence, et surtout de son absence sur le web.

Ils ont collaboré sur tous les cas de Anne et forment une équipe du tonnerre. CCs0lv3r est reconnu dans la communauté web pour ses talents en informatique, plus spécifiquement en tant que pirate informatique. Anne a travaillé avec lui dans le cadre de son tout premier cas. Elle l'a rencontré dans un des forums de discussion et tout de suite, ils se sont mis à travailler ensemble. Elle l'avoue franchement, sans son aide, elle n'aurait jamais su ce qui est arrivé à sa

---

[2] *CCs0lv3r* devrait se lire *Cold Case Solver*.

tante ou du moins, elle n'aurait jamais trouvé la piste qui lui a permis de résoudre l'affaire.

Ayant toujours scrupuleusement respecté le code de conduite des enquêteurs amateurs, de continuellement veiller à protéger leur anonymat, ils ne se sont jamais dévoilé leurs vraies identités. Cependant, elle est persuadée que CCs0lv3r sait qui elle est. Il est tellement curieux et tellement talentueux, qu'elle est certaine qu'il n'a pu résister à la tentation de l'identifier. Même si elle ne l'a jamais rencontré, elle est convaincue que c'est un homme. Elle ne saurait dire pourquoi, mais c'est l'impression qu'il lui donne.

Il ne peut rester caché très longtemps. Ce n'est pas du tout dans ses habitudes de l'ignorer, pense Anne en frottant son index sur sa lèvre inférieure. Décidant de prendre le taureau par les cornes, elle lui envoie un message personnel.

« *Salut CCs0lv3r ! Qu'est-ce que tu fais ? Tu prends une pause des cas non résolus ? Je travaille depuis quelques semaines sur une affaire et tu n'as pas contribué au fil de discussion. Quoi ????? Tu t'es lassé de collaborer avec moi ???? Bref, je t'écris directement, car j'ai besoin de débattre du cas avec toi. Je suis dans un cul-de-sac, comme à l'habitude quand je te supplie de m'aider. La communauté n'a pas d'éléments concrets et puisque tu ne sembles pas actif dernièrement, peut-être n'as-tu rien vu du cas encore ? J'aimerais vraiment pouvoir profiter d'un nouveau point de vue. Fais-moi signe rapidement. À bientôt !* »

Espérant avoir de ses nouvelles sous peu, Anne décide d'aller faire une promenade sur les berges de la Rivière-des-Prairies tout près de chez elle. Elle espère que sa rivière magique, avec son roulement tranquille, va lui permettre de mettre un peu d'ordre dans sa tête, dans les pistes reçues, bref, dans tout ce cas si mystérieux.

Chapitre 5

En refermant la porte de son appartement, Lucas Jansson ressent une vague déferlante de fatigue et de lassitude l'envahir. Machinalement, il retire ses chaussures, puis enlève son léger manteau devenu humide par la bruine qui tombe sur Stockholm en cette fin de soirée d'automne. Il est de retour chez lui, enfin. Les dernières semaines n'ont pas été de tout repos. Son père, qui a combattu un cancer pendant de longues années, a finalement été libéré de ses souffrances. En dépit de la tristesse de perdre son paternel, Lucas est soulagé de savoir qu'il ne souffre plus et qu'il s'est éteint entouré de sa femme et de ses six enfants. Malgré la sérénité du moment où la mort est venue le chercher, les événements des jours et des semaines qui ont suivi son décès se sont enclenchés avec une vitesse et une efficacité franchement suédoises.

Monsieur Jansson, père, était un homme très riche. Il a bâti sa fortune en étant l'un des ingénieurs ayant développé le système de transport collectif ultra efficace qu'est celui que l'on retrouve en Suède. Il a eu l'occasion de voyager à travers la planète afin de partager son savoir et d'implanter des systèmes de transport semblables dans les villes les plus peuplées du monde. Il a bâti un empire et malgré la maladie, il était toujours activement impliqué dans ses entreprises jusqu'à la fin.

Étant le troisième enfant de six, Lucas n'a jamais pressenti être celui qui devrait relever les entreprises de son père à son décès. Cela était une excellente chose, car il n'a jamais éprouvé de passion pour le transport collectif comme celle que son frère ainé a développée aux côtés de son père. Lucas a pu profiter en toute tranquillité de tous les privilèges provenant du statut de son père sans avoir eu à subir la pression de performance des attentes élevées de son entourage. Il est le troisième de six après tout. Sa fratrie est suffisante pour assurer la pérennité des entreprises familiales sans lui.

Il a bénéficié d'une éducation dans les meilleurs collèges privés d'Europe, a voyagé pendant quelques années, mais a peiné à trouver une passion. Lors d'un voyage où une escale de deux heures s'est transformée en une escale de vingt-quatre heures entre deux vols, il a découvert les polars. Il n'avait jamais été un grand lecteur avant cette fameuse escale cauchemardesque. Ne sachant plus comment s'occuper, il a acheté un livre dans une boutique à l'aéroport sans se douter qu'il découvrirait bientôt une véritable passion. De retour en Suède, il s'est mis à dévorer tous les polars qu'il pouvait dénicher. Il appréciait particulièrement ceux écrits par des auteurs suédois. Les intrigues soulevaient son imaginaire et il pouvait s'y perdre pendant plusieurs heures, voire des jours.

C'était d'ailleurs en étant à la recherche d'un prochain titre qu'il avait repéré les sites web pour enquêteurs amateurs. Il n'avait jamais compris l'engouement pour les médias sociaux, mais ces groupes de discussion entourant le « true crime » avaient vraiment allumé une flamme en lui. Au lieu de faire le voyeur sur Facebook, il le faisait sur les sites de crimes non résolus. Sans croire qu'il pouvait réellement contribuer à la résolution d'une enquête, il était très curieux de savoir comment, après autant d'années, les crimes pouvaient être résolus, par des amateurs par-dessus le marché.

En multipliant ses lectures, Lucas a réalisé que la majorité des enquêtes non résolues trouvaient réponse grâce à l'une de ces deux techniques : les analyses d'ADN ou les traces informatiques. Puisque tous ses professeurs passés s'entendaient pour dire qu'il ne serait jamais un grand scientifique, il s'est rabattu sur le volet informatique des enquêtes. Il s'est donc attelé à la lecture et à l'étude de tout ce qu'il pouvait trouver concernant l'accès informatique, le codage, le piratage et tout le reste. Il s'est avéré être plutôt doué. Il a maîtrisé les techniques d'espionnage numériques plutôt rapidement, pour commencer à contribuer réellement au dénouement des impasses des enquêtes avec la communauté web.

Il collabore régulièrement avec plusieurs détectives amateurs, mais MissNane47 est devenue plus qu'une collaboratrice, ils ont enquêté ensemble sur six cas. On peut dire qu'un lien de confiance et d'amitié a commencé à germer. Quoiqu'il ne devrait pas connaître son identité, il n'a pu s'en empêcher. Il sait qu'elle habite Montréal, qu'elle est réviseure journalistique pour la Presse canadienne et qu'elle est plutôt jolie. En tant qu'enquêteuse, elle a un talent de déduction hors pair. Elle réussit à faire des liens entre des faits qui, en apparence n'ont rien en commun, mais qui s'avèrent être le fil conducteur de toute l'affaire. La nature pragmatique de MissNane47 est une qualité qu'il admire beaucoup.

Depuis quelques semaines, il est vrai qu'il était occupé à consoler sa mère et à faire acte de présence à des réunions pour gérer l'héritage de son père, même s'il ne fait pas partie de la relève. Malgré son désintéressement des affaires familiales, il demeure très près de ses frères et sœurs et surtout de sa mère. Il a une relation pleine de tendresse avec cette femme qui a toujours encouragé ses enfants à faire ce qu'ils aiment dans la vie. Elle a respecté leurs choix, même s'ils n'étaient pas dans le sens des affaires familiales.

Lucas avait donc pris une pause du web et de son travail d'enquêteur amateur pour consoler sa mère et passer plus de temps avec sa famille. Il n'avait pas vérifié les fils de discussion aussi souvent qu'il ne l'aurait fait, n'eut été de la mort de son père.

Après les quelques semaines de tourbillon, il décide de se remettre à jour sur l'évolution des cas pendant son absence. Il est surpris et s'avoue heureux de voir que MissNane47 lui a personnellement écrit pour lui demander de l'aide sur une nouvelle enquête. Soulagé de pouvoir occuper son esprit avec un nouveau cas et surtout de travailler avec la belle MissNane47, il lui répond rapidement.

∞ ∞ ∞ ∞ ∞ ∞ ∞ ∞ ∞

Dès son réveil, Anne se dépêche de consulter sa messagerie instantanée et elle est surexcitée de voir que, finalement, CCs0lv3r lui a enfin répondu ! Sans même sortir de son lit, elle s'empresse de lui écrire.

« Hé CCs0lv3r, je commençais à me dire qu'il fallait peut-être entamer une enquête sur TA disparition. J'étais presque prête à démarrer un fil de discussion si tu ne me donnais pas signe de vie ! Ça fait un bail que je n'aie pas eu de tes nouvelles et j'étais certaine que tu serais intéressé par mes posts concernant ma nouvelle affaire. Je suis dans un cul-de-sac et j'aimerais pouvoir en jaser avec toi pour avoir ton point de vue... mais tu sais, je commençais à me dire que si ce n'est pas assez intéressant pour toi,... je devrais peut-être me trouver un autre partenaire ! Bref, je suis bien heureuse de voir que tu es bien là et que je n'aurai pas à travailler sur deux enquêtes en même temps ! »

Même si Anne écrit à un inconnu, elle a toujours eu l'impression que CCs0lv3r avait un sens de l'humour semblable au sien. Dans les messages échangés au fil des enquêtes, il semblait toujours être en mesure de comprendre son ton sarcastique, de lire entre les lignes et de comprendre le sens de ses pensées. Ce n'est pas peu dire vu qu'ils ne communiquent que par écrit. Il a aussi toujours réussi à lui redonner confiance. Elle qui se remet beaucoup et souvent en question. Ce n'est qu'avec lui qu'elle est assez à l'aise pour lui exposer ses doutes et ses moments d'insécurité. Sa formation en tant qu'enquêteuse se résume à avoir écouté beaucoup (pour ne pas dire trop) d'émissions de télévision et de balados concernant des crimes réels non résolus. Dès qu'elle prend une marche sur les berges de la Rivière-des-Prairies, qu'elle se déplace en métro en se rendant au travail ou même simplement assise sur son balcon en train d'admirer le coucher du soleil, elle est branchée sur un balado. Il est vrai qu'elle s'inspire de ces histoires. Elle a souvent trouvé une nouvelle piste en tentant de calquer une technique qu'elle a entendue dans son balado du moment. Et parfois, comme c'est le cas aujourd'hui, ces mêmes balados la font hésiter plus que jamais. Elle se dit qu'elle ne serait jamais capable de penser à toutes ces possibilités toute seule.

La première fois qu'elle a fait appel aux talents de CCs0lv3r, elle était sur le point d'abandonner l'enquête. Bon, ce n'est pas tout à fait vrai puisqu'elle enquêtait sur la disparition d'un membre de sa famille. Laisser tomber n'était pas possible, mais elle se sentait prise dans un cul-de-sac, un peu comme pour l'enquête en cours. En y réfléchissant, elle constate qu'il y a plusieurs similitudes entre les deux cas. C'est probablement pour cette raison qu'elle se doit de continuer d'avancer et doit trouver des réponses pour Christopher et Maxime. Johanne ne peut simplement pas avoir juste disparu. Forcément, elle est quelque part.

Sans son intervention dans le cas de sa tante, sa mère n'aurait pas été capable de continuer à avancer. Le temps n'aurait pas pu faire son œuvre. La blessure était simplement béante et personne ne voulait la laisser se refermer par peur d'oublier la personne disparue. Anne ne peut pas abandonner son enquête sur la disparition de Johanne, mais elle ne sait plus par quel chemin passer pour avancer. Même le balado d'aujourd'hui ne l'a pas inspirée, le mouvement de la rivière non plus ne l'a pas aidée à y voir plus clair. Elle se sent dégonflée, mais maintenant que CCs0lv3r se manifeste, elle trouvera peut-être comment dénicher de nouvelles pistes.

∞ ∞ ∞ ∞ ∞ ∞ ∞ ∞ ∞

— *MissNane47, je m'en excuse... j'ai été plus que distrait ces dernières semaines. Qu'est-ce qui se passe ? Et si tu penses que je m'intéresse au cas simplement par peur que tu te trouves un autre partenaire, détrompe-toi. Je te croyais plus brillante que ça ! Allez, raconte-moi tout.*

Rassurée par les blagues de CCs0lv3r, alias le pirate, Anne se ressaisit. Encore une fois, il est là, prêt à l'aider. Même s'il a bien pris son temps pour lui répondre, Anne ne peut s'empêcher de sourire et de commencer à lui déballer toute son enquête sur la disparition de Johanne.

— OK, MissNane47, je ne vois qu'une seule façon pour toi de sortir de l'impasse… tu dois aller sur place. Tu dois te rendre à Poxton. Tu l'as dit toi-même que c'est une petite ville. Tu dois aller constater par toi-même comment l'information circule. Peut-être qu'il y a des gens qui ne savent pas qu'ils savent quelque chose.

— Tu ne penses pas qu'au contraire, une intruse dans la ville va seulement rendre les gens encore plus méfiants ? Je doute que les gens se souviennent d'un élément important aussi longtemps après les faits.

— Ah, toi et tes doutes… Tu oublies notre enquête sur la travailleuse de rue. Elle avait disparu depuis plus de douze ans et tu as quand même trouvé quelqu'un qui, sans le savoir, avait vu quelque chose d'important.

— C'est vrai que j'ai quelques semaines de vacances à prendre. Je pourrais aller me promener et tenter de voir comment ça se passe et apprendre à connaître la vie qu'a mené Johanne d'un peu plus près.

— Voilà la MissNane47 que je connais ! Va te promener à Poxton et les gens vont peut-être s'ouvrir plus que tu ne le crois. Tiens-moi au courant par exemple. Je suis aussi intrigué que toi !

— Je te tiendrai au courant, mais tu ne dois plus disparaître comme tu viens de le faire ! Merci CCs0lv3r.

Encore une fois, tu m'aides à aller de l'avant. Sache que j'apprécie beaucoup nos discussions. Même si l'on ne s'est jamais rencontrés, j'ai l'impression que tu me connais mieux que plusieurs personnes dans mon entourage.

— Allez MissNane47, je te souhaite bonne chance et effectivement, je crois qu'on se connaît très bien tous les deux, seulement c'est virtuel !

C'est avec un espoir et un enthousiasme renouvelés que Anne se met à la recherche d'un airBNB à Poxton. Elle va écouler ses journées de vacances et Violette va peut-être enfin cesser de la harceler pour qu'elle parte. Ça fait plus d'un an qu'Anne n'a pas pris de congés et Violette s'inquiète pour son amie. Elle regarde l'heure et constate qu'il est presque le temps de se rendre au bureau. En quittant son lit douillet, elle se reproche de ne pas avoir eu l'idée par elle-même d'aller faire un tour à Poxton. Qu'à cela ne tienne, elle sent, ou du moins elle espère, qu'elle va trouver quelque chose de significatif en y allant.

Chapitre 6

Étant une fille de la ville, Anne est un peu déboussolée en arrivant au petit chalet qu'elle a loué tout juste à la limite de Poxton dans les Adirondacks. Il s'est avéré plus difficile qu'elle ne le croyait de trouver un endroit où loger le temps de faire son enquête. Elle a dû opter pour un chalet situé à l'entrée de la forêt avoisinante. C'est plus loin qu'elle n'espérait, mais son budget « vacances » ne lui permettait pas de demeurer dans un hôtel pendant deux semaines. Elle devra s'y faire.

En réalité, c'est la première fois qu'elle se retrouve seule en forêt. Le chalet est très bien équipé, mais c'est le silence total autour d'elle. Les voisins sont éloignés, mais assez près si elle a besoin d'eux, ce qui la rassure un peu. La forêt est tellement dense qu'elle a l'impression d'être seule au monde. Elle ne voit personne à proximité et elle entend seulement le chant des oiseaux. Elle se dit qu'au moins il n'y aura pas de distractions et qu'elle pourra vraiment se concentrer sur l'enquête. Elle espère que l'internet sera assez stable pour qu'elle puisse garder contact avec sa communauté.

Il est vrai que Poxton est une toute petite ville. Même si elle est installée à sa limite, ça ne lui prend que dix minutes en voiture pour atteindre le centre-ville. Il faut dire que Anne n'est pas habituée de calculer le temps de transport en voiture. À Montréal, elle se déplace exclusivement en transports en commun. Elle a dû louer une voiture pour ses vacances. Dans une aussi petite ville, les transports en commun sont inexistants ou presque. Anne ne pouvait pas compter sur cette option. À défaut d'avoir trouvé un hébergement dans le centre-ville de Poxton, elle ne perdra pas trop de temps à se rendre là où son enquête la mènera.

Ayant quitté Montréal après son travail, il est déjà tard lorsqu'elle arrive à Poxton. Elle va simplement se familiariser avec la ville et commencera à enquêter le lendemain matin. Elle décide de s'arrêter au bar-bistro de Poxton afin de prendre une bouchée avant de filer vers le chalet. Elle se demande, en entrant dans l'établissement, si c'est un des endroits que Johanne fréquentait parfois. Si elle se fie aux propos de Christopher, elle en doute. Johanne menait une vie beaucoup trop tranquille pour ça, un peu comme la sienne, réalise Anne. Mais ce soir est le coup d'envoi d'une enquête et maintenant qu'Anne est sur le terrain, son état d'esprit doit changer complètement.

Pour se donner une idée de l'ambiance de l'endroit, Anne décide de s'installer directement au bar. Elle pourra alors écouter des conversations discrètement et observer les gens sans les dévisager.

— Qu'est-ce qu'on vous sert, miss ? demande le barman

— Qu'est-ce que vous me recommandez ? Est-ce qu'il y a une spécialité locale que je dois absolument essayer ?

— Ah bon, vous êtes en vacances ? Vous êtes chanceuse de pouvoir prendre des vacances maintenant que la saison est terminée. Vous allez pouvoir profiter des sentiers sans qu'ils soient congestionnés par les marcheurs.

— Oh, je ne suis pas ici pour faire la randonnée. C'est plutôt un autre projet qui m'amène.

— Allez, Tom, je crois que tu devrais lui servir une belle bière blonde de ta micro-brasserie. Je pense qu'elle va l'apprécier, dit une voix tout juste derrière

Anne qui se retourne pour faire face à son interlocuteur.

En faisant un clin d'œil au client, Tom s'active derrière le bar.

— C'est très gentil, mais je n'aime pas beaucoup la bière… dit Anne

— Oh, celle-là tu vas l'aimer. Elle est brassée ici même par Tom et son partenaire. Ils n'ont pas une très grande brasserie, mais ils aiment bien expérimenter et ils sont des brasseurs très talentueux. Ce n'est qu'une question de temps avant qu'ils ne soient en mesure de se sortir de ce petit village. Je te le dis, ils seront de grands brasseurs et, un jour, tout le monde va boire de la bière de Poxton. C'est juste triste qu'on perde encore de notre monde. C'est fou comme la ville a du mal à retenir ses jeunes.

Anne écoute cette tirade de cet inconnu en se demandant comment elle pourrait se sortir de cette interaction. Elle n'est pas venue à Poxton pour se faire des amis, mais bien pour enquêter. De toute façon, elle voulait pouvoir s'imbiber de l'atmosphère de la ville, mais pas se sentir prise dans une conversation ou plutôt, un monologue qui n'en finit plus.

— Je me présente, je suis Pete et je suis un fier habitant de Poxton. Je vois bien que tu es une touriste. Je ne t'ai jamais vu ici. Qu'est-ce qui t'amène à

Poxton ? Non, ne me le dis pas… dit-il en levant l'index pour l'empêcher de l'interrompre. Ce sont les sentiers de randonnée n'est-ce pas ? Ce sont toujours les sentiers qui attirent de nouvelles personnes à la ville. On n'est pas très gros, mais les Adirondacks sont facilement accessibles à Poxton. En fait, on est bien contents d'accueillir les randonneurs, car c'est bon pour nos commerçants et une fois qu'ils sont partis en forêt, on n'est pas importunés par les touristes ! C'est vraiment gagnant-gagnant, termine-t-il en levant son verre.

Anne interrompt Pete lorsqu'il prend une inspiration :

— Ah ! c'est intéressant, mais je ne suis pas ici pour faire de la rando. Je suis ici pour autre chose… on pourrait qualifier ça de séjour.

— Eh ben, je ne sais pas quel genre de vacances tu penses faire à Poxton si tu ne fais pas de randonnée. J'ai vécu ici toute ma vie et même moi, si je ne travaille pas sur une enquête, je trouve qu'il n'y a rien d'autre à faire que de partir en randonnée dans la montagne.

Oh ! que c'est intéressant pense Anne, c'est un enquêteur amateur tout comme moi ! Quelle chance !

— Quand tu dis que tu travailles sur des enquêtes… Au fait, tu fais quel genre d'enquêtes ?

— Qu'est-ce que tu veux dire des enquêtes ?

95

— Ben, tu viens de dire que si tu ne travailles pas sur des enquêtes tu ne sais pas quoi faire autre que de partir en randonnée. Alors, tu travailles sur quel genre d'enquêtes ?

— Bon, j'ai encore trop parlé. Désolé... je ne peux pas vraiment en dire plus... Secret professionnel. Afin d'appuyer ses propos, il met un doigt sur la bouche pour indiquer qu'il n'en dira pas plus.

— Secret professionnel ? Je ne suis pas certaine de bien comprendre... Mais attends, je viens de faire le lien. Est-ce que tu es Pete comme dans Peter Moore, le chef de police de Poxton ?

— Ah ben, dit Peter avec un large sourire, je vois que ma réputation me précède... Effectivement, Chef Peter Moore à votre service, dit-il en lui tendant la main avec un large sourire.

— Je suis Anne Wilson, on s'est parlé rapidement au téléphone, mais j'ai d'autres questions pour vous. Ça vous dirait qu'on s'installe à une table et qu'on jase un peu plus ?

Anne ne laissera pas passer l'opportunité d'avoir le fameux Chef Peter Moore devant elle. Très insatisfaite de la façon dont il lui a répondu il y a quelques semaines, elle veut vraiment en profiter pour en apprendre davantage. Surtout, qu'en personne, M. Moore semble plutôt verbomoteur, ce

SUR LES SENTIERS

qui est tout à fait contraire à l'impression qu'il donne au téléphone. Elle va pleinement tirer profit de sa chance.

Ils ont choisi de prendre une table un peu à l'écart où ils pourront être tranquilles pour discuter. En observant Peter, Anne remarque que malgré ses airs d'éternel adolescent, Peter fait quand même son âge. On pourrait même dire un visage d'adolescent vieilli par un filtre sur SnapChat. Il est vrai qu'il approche la mi-cinquantaine, mais il émane un air de jeunesse et d'ouverture. Il doit faire un excellent enquêteur, pense Anne. On a envie de lui parler, il donne l'impression qu'il va comprendre. Elle devra faire attention de ne dévoiler que le strict nécessaire si elle ne veut pas faire foirer son enquête. C'est toujours la même histoire. Les corps de police disent qu'ils ne veulent pas l'aide d'enquêteurs amateurs, mais dès que ceux-ci découvrent un nouvel élément, ils ne s'en plaignent pas. Ils s'en emparent comme si la piste leur revenait de droit et écartent l'amateur de l'équation. Ça devient frustrant à la fin. Mais Anne reconnaît qu'elle ne peut effectuer tout le travail seule, elle a besoin du corps de police local pour l'aider ou du moins, pour les empêcher de lui mettre des bâtons dans les roues.

À son tour, Peter est intrigué. Il ne comprend pas pourquoi cette jeune canadienne s'intéresse tant à l'affaire de disparition qui a secoué sa petite communauté il y a tant d'années. Il doit avouer qu'il est impressionné qu'elle se soit déplacée jusqu'à Poxton. Selon lui, ça démontre son engagement dans cette affaire et surtout son tempérament. Mais pourquoi veut-elle absolument faire la lumière sur cette affaire ? Qu'est-ce qu'elle en gagnera ? Il y a certainement une raison. Il est persuadé qu'elle ne lui dit pas tout. Il va devoir faire attention à ce qu'il dévoilera sur l'enquête. Elle n'est qu'une enquêteuse amateure après tout, mais il se connaît. Il a devant lui la combinaison parfaite pour ne pas être capable d'arrêter son flot de paroles : quelques bières consommées et une jolie jeune demoiselle captivée par ce qu'il a à lui dire.

C'est donc d'une méfiance mutuelle qu'ils s'observent en silence un court instant. Chacun ne voulant pas trop s'avancer. Prenant une profonde inspiration, c'est Anne qui commence.

— Je tiens à te remercier du temps que tu m'as consacré l'autre jour au téléphone. J'avais presque perdu espoir de pouvoir te parler un jour. Je t'ai laissé tellement de messages… Mais je dois avouer Peter que notre conversation m'a laissé sur ma faim. Je m'attendais à un peu plus.

— Que veux-tu dire par plus ? Je t'ai dit tout ce que l'on pouvait dire sur cette affaire. En fait, je n'ai rien de plus à ajouter, dit-il en se croisant les bras et en se calant dans le dossier de la banquette, espérant lui indiquer que cette conversation n'ira pas plus loin.

— Vois-tu, c'est exactement de cela que je doute. Je pense plutôt que, puisque tu ne connais pas ce que je sais ou ce que je ne sais pas, tu ne veux pas prendre le risque de me divulguer de nouvelles informations. Anne ajoute, en espérant bien jouer son bluff : j'ai parlé avec Christopher. En fait, on s'est parlé plus d'une fois et il m'a beaucoup aidé, lui dit-elle en tentant de lui faire croire qu'elle en savait beaucoup plus qu'il ne pouvait imaginer.

— Je suppose que tu te demandes pourquoi nous avons laissé le cas se refroidir, n'est-ce pas ? Tout le monde se pose cette question-là. Mais tu sais, on est quand même limité en tant que policiers à ce que nous pouvons continuer de faire ou pas. Il faut prioriser. Quand il y a de moins en moins de nouveaux éléments sur une affaire, on doit passer à autre chose. On ne serait pas capable de justifier qu'on priorise une vieille affaire au détriment d'une autre plus récente qui pourrait avoir un meilleur potentiel de résolution. Ce n'est pas un grand corps policier à Poxton. Nos effectifs sont limités. Ce ne sont pas des décisions faciles, mais il faut faire des choix, même s'ils sont difficiles. D'ailleurs, Christopher ne m'a pas donné de nouvelles depuis quelque temps. Je pense qu'il a dû, lui aussi, passer à autre chose.

— Effectivement, dit Anne, il a dû continuer pour le bien de Maxime. Il faut continuer à aller de l'avant. Et c'est justement ce que je veux faire, les aider à faire leur deuil, leur donner une réponse définitive sur le sort de Johanne. Tôt ou tard, Maxime va vouloir savoir ce qui est arrivé à sa mère. Il va avoir besoin de réponses.

— Oui, je le sais.

Peter hésite à aller plus loin, mais puisque Anne a eu plusieurs conversations avec Christopher, elle doit en connaître beaucoup plus qu'elle ne le laisse paraître. Si c'est le cas, peut-être qu'elle pourra apporter un nouvel élément et un second souffle à l'enquête. À vrai dire, il n'a jamais été d'accord avec son chef de police de l'époque lorsqu'on lui a ordonné d'abandonner l'enquête sur la disparition de Johanne. Il aurait vraiment aimé pouvoir élucider le mystère. Dans une ville comme Poxton, on n'a pas affaire à des disparitions à toutes les semaines. En fait, c'est très rare qu'un événement d'une telle envergure arrive, heureusement. Ils ont travaillé d'arrache-pied pendant des semaines à parler à tout le monde de l'entourage de la disparue, à tenter de croiser les témoignages pour trouver une piste qui dénouerait l'affaire, sans succès.

C'est le chef de l'époque qui a mis un arrêt définitif à l'enquête. Il faut dire que l'affaire commençait à faire du bruit et qu'il fallait s'assurer de ne pas effrayer les touristes pour la prochaine saison. Si les marcheurs optaient pour une autre ville que Poxton comme point d'accès à la montagne, ce sont tous les commerces de Poxton qui en auraient souffert. De plus, comme le chef avait des visées politiques, il a préféré protéger une élection potentielle que de froisser la communauté d'affaires locale en vue de retrouver Johanne Reed.

En bout de ligne, malgré toutes les entrevues effectuées et les pistes qui ont fini par devenir non pas froides mais glaciales, Peter en vient à la conclusion que c'est probablement le vieux chef qui avait raison. Depuis qu'il a abandonné l'enquête, absolument rien d'autre n'a refait surface, ce qui confirme la seule hypothèse possible : celle où Johanne a simplement décidé de disparaître en ne désirant pas être retrouvée.

Peter décide que ça suffit. Il faut que cette petite canadienne se rende à l'évidence et laisse tomber cette affaire. Pour qui se prend-elle de venir dans une ville étrangère, dans un autre pays de surcroît et penser venir donner des leçons aux policiers. Il est temps de la convaincre de refermer le dossier et de rentrer tranquillement à la maison. Elle va comprendre rapidement qu'il n'y a rien de plus à découvrir concernant Johanne Reed. Il continue :

— Comme tu le sais, toute l'histoire est juste bien bizarre. La porte débarrée, le cellulaire sur le comptoir à côté de son sac à main, la poubelle mise au chemin pour le ramassage prévu le lendemain matin. On s'explique mal comment une bibliothécaire d'un petit village a pu simplement disparaître. Mais c'est peut-être exactement ce qui s'est passé. Elle était tannée de cette ville, de l'échec de son mariage et elle a voulu disparaître. Sinon, pourquoi aurait-elle laisser son cellulaire à la maison ?

Se félicitant intérieurement de voir que son manège semble fonctionner, et voulant l'encourager à continuer, Anne soulève simplement les épaules, signalant qu'elle ne sait pas.

— Je vais te le dire pourquoi, dit Peter en s'emportant. Elle voulait vraiment quitter sa vie. On laisse son cellulaire à la maison quand on ne veut pas être retrouvée. C'est la seule raison valable. Même en 2016, on était capable de déterminer dans quel secteur se situait un téléphone en fonction des tours environnantes ; on pouvait donc facilement localiser son propriétaire. Elle savait ce qu'elle faisait ; elle a quitté les lieux et sa vie afin de recommencer ailleurs. Tsé, parfois il faut reconnaître les faits pour ce qu'ils sont, même si c'est difficile. La solution la plus logique est souvent la bonne, termine Peter en baissant son poing sur la table.

Il est fier de son monologue, convaincu d'avoir réussi à faire comprendre à cette étrangère qu'il n'y avait plus rien à faire. Cependant, Anne a de plus en plus de difficulté à conserver son masque et son expression neutre. Elle est tellement excitée et fière d'elle. Peter Moore n'est pas le dernier venu pour être le chef de police de Poxton. Elle a dû vraiment bien réussir son manège pour le convaincre qu'elle en savait beaucoup plus qu'en réalité. Peter Moore lui a donné plusieurs éléments qu'elle devra examiner plus tard avec ses collègues du web. Elle doit tenter de mémoriser le plus d'informations possible afin de pouvoir tout dicter dans son téléphone dès qu'elle sera à l'abri dans sa voiture.

— Mais si elle a quitté sa vie de son plein gré, quelqu'un aurait sûrement remarqué qu'elle faisait des préparatifs en vue de son départ ? On ne peut pas s'improviser en courant d'air. Forcément, elle a dû préparer sa disparition. Est-ce que son entourage avait remarqué un changement dans ses habitudes ou dans son comportement ? demande Anne.

— Non, pas du tout, répond Peter.

Il continue de lui donner des réponses toutes faites en tentant de lui faire comprendre que les faits indiquent que c'est strictement un abandon de sa vie et qu'il ne faut pas essayer de se convaincre qu'il y a plus que ça. Peter renforce tellement sa thèse, que même à ses propres oreilles, ça commence à sonner faux. Sentant qu'il n'arrivera finalement pas à persuader Anne sur le départ volontaire de Johanne, il essaie de faire bifurquer la conversation.

— Je comprends que tu t'intéresses à cette histoire, mais je n'arrive pas à m'expliquer pourquoi. Pourquoi est-ce si important pour toi de connaître ce qui s'est passé avec Johanne ? Tu ne la connais pas, tu ne viens pas d'ici, alors explique-moi. Je le sais, tu m'as dit que c'est pour Maxime, mais je pense qu'il y a plus que ça. Qu'est-ce que tu as à gagner dans tout ça ?

Anne n'avait pas prévu se faire questionner à son tour. Habituellement, c'est elle qui pose les questions derrière un écran. Réalisant qu'elle doit s'adapter et lui fournir quelques explications sans quoi il pourrait s'arrêter de parler, elle opte pour la vérité et lui dévoile son intérêt pour les affaires non résolues. Elle parle du cas de sa famille et la raison pour laquelle elle se doit d'aider Christopher et Maxime. Sa mère qui n'a jamais réussi à accepter la disparition de sa tante. L'impact sur la vie de sa mère qui a été tellement important que sa relation avec sa propre fille en a subi les conséquences. Elle ne peut tolérer qu'un autre enfant subisse les effets de la disparition d'un membre de sa famille. Elle fait vraiment tout ça pour Maxime qui a perdu sa propre mère. Elle continue ensuite en lui expliquant qu'elle n'est pas seule dans tout ça. Elle travaille avec une communauté d'amateurs sur le web et elle explique comment ils s'entraident tous pour trouver des réponses.

Étant peu habituée à interagir autant avec un quasi-inconnu, Anne se surprend de la quantité d'informations qu'elle a fini par dévoiler à Peter Moore. Il a été très attentif à tout ce qu'elle lui disait et il ne l'a interrompu que quelques fois pour obtenir plus de précisions. Anne lui a divulgué beaucoup plus que ce qu'elle aurait voulu au départ. Elle se rend compte que Peter est beaucoup plus doué qu'elle ne le croyait pour faire parler les gens. Il doit détenir plus d'informations qu'il ne le laisse paraître.

∞ ∞ ∞ ∞ ∞ ∞ ∞ ∞ ∞

En se réveillant dans le petit chalet en flanc de montagne, Anne met quelques minutes pour s'orienter. Lorsqu'elle se replace, un large sourire apparaît : le vrai travail d'enquête commence aujourd'hui. Elle ne croyait pas avancer autant dès son arrivée à Poxton. Sa rencontre avec Peter Moore hier soir a été un vrai coup de chance.

Elle a dû ouvrir son jeu beaucoup plus rapidement qu'elle ne l'aurait souhaité en lui parlant de sa famille et de la communauté web, mais le jeu en valait la chandelle. Depuis le début de cette enquête, elle n'avait pas ressenti cette excitation familière que lui procure ce sentiment d'avancer. Elle s'habille en vitesse et décide d'aller prendre son petit déjeuner en ville. Elle choisit le restaurant dont le stationnement est le plus rempli pour voir si elle peut avoir autant de chance que la veille. Et si quelqu'un d'autre pouvait lui dévoiler de précieuses nouvelles pistes. Qui sait, peut-être que cette enquête sera résolue beaucoup plus rapidement que prévu !

∞ ∞ ∞ ∞ ∞ ∞ ∞ ∞ ∞

Assise au comptoir d'un diner typiquement américain, en sirotant sa deuxième tasse de café, Anne se rend compte que les gens de Poxton sont semblables à ceux qui habitent à Montréal. Chacun est pressé de commencer sa journée. Elle est déçue, même si elle n'est pas surprise de se rendre compte que l'atmosphère de cette petite ville n'est pas du tout comme celle dans les films américains. En ce début de journée, en plein de cœur de semaine, les gens ont le nez dans leur journal ou naviguent sur leur téléphone. Ils ne viennent que pour se remplir la panse avant d'entamer leur journée. Elle se sent naïve d'avoir cru que ce pourrait être comme dans « Gilmore Girls », une série télévisée du début des années 2000, où on suit les aventures d'une mère célibataire et de sa fille adolescente qui évoluent parmi un mélange éclectique de rêveurs, d'artistes et de gens ordinaires dans un petit café du Connecticut.

D'un coup de tête, elle chasse son sentiment d'inaptitude et décide de se remettre au travail.

Le balado qu'elle a écouté en se rendant au restaurant a expliqué en long et large l'importance de bien connaître la victime. C'est un concept tellement répandu que les Américains l'ont baptisé : victimology. Il s'agit d'analyser la victime dans ses moindres détails afin de trouver une piste. La prémisse intime que les probabilités sont très élevées que l'acte criminel ait été commis par une connaissance de la victime. En connaissant bien la victime et son entourage, les probabilités que les enquêteurs soient en mesure d'identifier le criminel sont meilleures, si crime il y a.

Anne commence donc à annoter tout ce qu'elle sait de Johanne sur une serviette de table en deux colonnes : une qui détaille les informations qu'elle possède, et l'autre, les questions qu'elle veut éclaircir.

- *Femme de trente-deux ans*
- *Divorcée depuis neuf mois*
- *Maman d'un enfant de trois ans*
- *Originaire de Poxton*
- *Ex-mari : Christopher Reed*
- *Christopher est de nouveau en couple*
- *Garde partagée de son fils avec son ex*
- *État des lieux lors de la disparition : Porte déverrouillée, cellulaire et sac à main retrouvés sur le comptoir*
- *La poubelle mise au chemin pour le ramassage prévu le lendemain matin.*

- *A-t-elle une famille élargie ? Grands-parents, parents, fratrie ?*
- *Qui sont ses amis ?*
- *Occupation ?*
- *Passe-temps ?*

Elle se rend bien compte que c'est assez mince comme information malgré les nouveaux éléments dévoilés par le chef Peter Moore. Cependant, elle a un point de départ. Elle doit apprendre à connaître Johanne davantage. Mais comment ? La principale intéressée n'étant plus autour. Elle s'apprête à composer le numéro de Christopher pour parler un peu plus de Johanne, lorsqu'un détail de sa conversation d'hier soir lui revient.

Eh oui ! elle n'avait pas allumé, mais Peter lui a aussi dévoilé son occupation. Elle ajoute la note à la serviette de table, fait signe à la serveuse et lui demande où se trouve la bibliothèque.

Chapitre 7

Dès qu'elle entre dans la bibliothèque de Poxton, Anne est enchantée, subjuguée. Cette bibliothèque est très charmante. Sise dans une ancienne maison, tous les murs sont occupés par des rangées de livres du plancher au plafond. Des fauteuils disposés avec soin vous invitent à y passer quelques heures.

— Bonjour, madame, puis-je vous être utile ?

Anne sursaute et regarde autour d'elle, n'arrivant pas à déterminer d'où provient la voix. Des yeux, elle fait le tour de la pièce à deux reprises lorsqu'elle aperçoit une dame qui descend l'escalier très lentement. Anne se précipite auprès de la dame bien en chair tout en semblant fragile afin de lui offrir son bras. La femme lui sourit et lui fait un signe de la main pour la remercier en lui disant :

111

— Désolée, mes genoux ont été mal menés depuis quelques années. Je ne suis plus aussi rapide que je l'étais jadis. Est-ce que je peux vous aider à trouver quelque chose ?

La dame porte un tablier bleu et son porte-nom indique Bridget — bibliothécaire.

— Bonjour Bridget, lui dit Anne en affichant son plus beau sourire. Effectivement, vous pouvez m'aider. Je vous cherchais justement.

Arrivée derrière son comptoir, Bridget s'affaisse sur un petit banc sur roulettes et invite Anne à continuer.

— En fait, j'aimerais vous parler d'une ancienne collègue, Johanne Reed. Est-ce que vous avez bien travaillé avec elle ?

Anne n'avait jamais vu des yeux changer aussi rapidement. Les yeux souriants de Bridget se sont vite embrouillés de larmes en entendant le nom de Johanne.

— Euh, oui... Oui, j'ai travaillé avec elle. Pourquoi me parlez-vous d'elle ? demande Bridget d'un ton méfiant.

— J'aimerais que vous m'en parliez un peu. Je ne la connaissais pas, mais je sais qu'elle a disparu et j'essaie de comprendre ce qui s'est passé.

Abordée de la sorte, Bridget ignore comment réagir. À première vue, cette jeune inconnue semble être une personne authentique, mais elle s'est déjà fait piéger par des journalistes sensationnalistes qui tentaient d'obtenir toutes sortes d'informations simplement pour faire les gros titres. On peut dire qu'elle a été échaudée par des inconnus qui l'abordent à froid en lui demandant des détails concernant Johanne.

— Ça fait tellement longtemps de tout ça. Pourquoi t'intéresses-tu à elle ? dit Bridget en étirant le bras afin de prendre le combiné du téléphone.

— Vous pouvez appeler le chef Moore. Il sait que je suis ici et que je fais ma petite enquête, s'empresse de dire Anne lorsqu'elle comprend que la vieille femme se méfie d'elle. Malgré ses paroles rassurantes, Anne n'est pas certaine que le Chef Moore apprécierait ses démarches. Au bout du compte, elle espère que Bridget ne lui téléphonera pas tout de suite. Elle préférerait pouvoir obtenir quelques réponses avant de devoir expliquer sa présence à la bibliothèque au chef de police.

— Je ne veux faire de mal à personne. Je suis une enquêteuse amateure et je désire faire la lumière sur cette affaire pour Maxime.

— Pour Maxime ? Vous le connaissez ? Le pauvre petit garçon… Il a perdu sa mère de la pire façon, vous savez. Toujours à se questionner si elle est morte ou si elle l'a quitté. Ce n'est pas simple pour lui.

Ne voulant pas s'éterniser sur le sort de Maxime, Anne tente de ramener l'attention de Bridget sur Johanne.

— Oui, je le sais. C'est pourquoi je veux comprendre ce qui s'est passé. Est-ce que vous avez travaillé longtemps avec Johanne ? Est-ce que vous la connaissiez bien ?

— Écoute, tu me prends au dépourvu. Est-ce que ça te dérange de remettre cette conversation à ce midi ? On pourrait se voir au petit resto sur le coin au bout de la rue ? Je te parlerai d'elle, mais je ne peux pas vraiment en ce moment. Cette histoire me bouleverse encore tellement.

Ne sachant si c'était une tentative de la dame pour se débarrasser d'elle, Anne hésite à remettre la discussion qu'elle aimerait avoir maintenant. D'un autre côté, elle comprend que ça peut être déstabilisant pour une vieille dame que d'être replongée brusquement dans une affaire qui a probablement été traumatisante pour elle.

— Oh, oui absolument. Pas de soucis. Désirez-vous que je passe vous chercher afin que l'on s'y rende ensemble ? demande Anne, souhaitant s'assurer de la présence de Bridget.

— Ne vous en faites pas. Je vais vous rencontrer là-bas.

Comme si Bridget lisait dans les pensées de Anne, elle ajoute :

— Je vais y être. Je vous le promets.

— Je vous attendrai sur la terrasse alors, dit Anne en voyant bien le restaurant en question par la fenêtre. Désolée, je ne voulais pas m'imposer. On se voit à midi. Je vous laisse mon numéro de téléphone au cas où vous auriez besoin de me joindre. Merci beaucoup ! dit Anne en notant son numéro de cellulaire sur un bout de papier, puis se dirige vers la sortie.

Anne croit qu'elle a bien joué ses cartes en surprenant complètement Bridget. Elle comprend la méfiance de la vieille dame, mais quelque chose lui dit qu'elle a bien fait d'évoquer Maxime. D'un pas décidé, Anne espère que le petit resto est déjà ouvert. Elle veut pouvoir se préparer à cet entretien et décide de s'installer dès maintenant sur la terrasse.

Devant son énième café, elle voit Bridget arriver de loin. Elle remarque que malgré des jambes déformées par l'arthrite et une allure plutôt lente, elle a une démarche assurée. Elle ne marche pas rapidement et en profite pour saluer toutes les personnes qu'elle croise sur son chemin. Anne prend de grandes respirations afin de calmer la nervosité qu'elle sent monter en elle. Elle n'est pas aussi sûre qu'elle n'en laisse paraître. Saura-t-elle tirer de l'information pertinente de Bridget ? Elle n'est pas formée pour conduire des interrogatoires efficaces. Elle se fie à son instinct et devra essayer de reproduire les techniques appliquées dans ses balados préférés. Mais elle doit se rappeler que ceci est simplement une conversation. Bridget n'a peut-être rien de neuf à lui apprendre. Qui sait ? Elle doit dompter ce petit démon qui sort sa tête de temps en temps et qui la fait douter dans toutes ses enquêtes.

Quand Bridget arrive enfin, Anne lui fait de grands signes de la main afin de tenter d'établir, en amont de la discussion, une atmosphère détendue et amicale tout en dissipant un peu de sa nervosité.

— Merci encore, Bridget, de bien vouloir jaser un peu avec moi. Ce petit resto est réellement charmant. Merci de me faire découvrir cette bonne adresse, dit Anne en souriant.

— Ça me fait plaisir madame… Désolée, tu dois me rappeler ton nom.

— C'est Anne.

— Désolée, je n'ai jamais été douée pour retenir les noms. Effectivement, c'est un petit coin que j'aime beaucoup. Jack, le proprio est très avenant et il veille toujours au bien-être de ses clients.

— Je sais que vous êtes prise dans le temps, donc, j'aimerais vraiment discuter de Johanne. Comme on s'en est parlé brièvement ce matin, j'ai décidé de trouver ce qui est arrivé à Johanne. Je veux la trouver pour permettre à Maxime et à Christopher de pleinement faire leur deuil. J'ai eu quelques conversations avec le Chef Moore et Christopher, mais j'aimerais vous entendre aussi. D'après ce que j'ai pu comprendre, vous étiez collègues ? En fait, je souhaite que vous me parliez d'elle et non pas de sa disparition en tant que telle. Seulement de Johanne, la personne.

— Vous êtes très spéciale vous... Aucun étranger ne m'a demandé de parler de Johanne en tant que telle. Habituellement, ils veulent savoir si je l'ai vu le jour de sa disparition, si elle était de bonne humeur ou de mauvaise humeur ce jour-là et si je sais ce qui s'est produit. J'ai tellement eu de demandes, mais jamais quelqu'un ne s'est intéressé à la personne en tant que telle. Mais qu'est-ce qui me dit que vous êtes telle que vous vous présentez ? Je ne suis pas née de la dernière pluie, vous savez.

Anne ne s'attendait pas à ce que la vieille dame soit méfiante sur son intérêt. Ça la prend un peu de court. Encore une fois, elle devra déballer un peu plus de son sac qu'elle ne l'aurait aimé. Puisque Bridget a semblé accéder à la demande à la mention de Maxime, Anne décide de lui raconter son histoire et comment elle a pu offrir une guérison au sein de sa propre famille avec la résolution de la disparition de sa tante.

Bridget est surprise d'entendre le raisonnement de Anne. C'est peut-être l'âge qui la rend plus susceptible, mais prise dans les émotions, elle décide de faire confiance à la jeune étrangère.

— Je dois avouer que j'étais très nerveuse en vue de ce diner. Je ne suis pas très douée pour parler à des gens que je ne connais pas.

— Ça fait deux. Je vous comprends, je suis pareille, mais vous n'avez pas besoin de vous en faire. Je veux littéralement apprendre à connaître Johanne et savoir qui elle était, comment employait-elle son temps et autres petits détails de tous les jours. Oui, j'aimerais trouver une réponse au mystère de sa disparition, mais je dois avoir une bonne idée de la personne pour pouvoir avancer dans l'enquête. Alors, dites-moi, qui était Johanne ?

— Elle était vraiment une personne intelligente et méthodique, mais, malheureusement, elle était un peu difficile d'approche, elle ne se dévoilait pas facilement. Même si elle a grandi à Poxton, personne ne peut affirmer avoir bien connu Johanne, ni le pauvre Christopher. Je ne crois pas qu'il la connaissait réellement. Elle était très douce et surtout très discrète. Elle se fondait dans le décor et je crois qu'elle s'y plaisait. Elle n'aimait pas être le centre d'attention. J'ai travaillé avec elle pendant plus de dix ans et je n'ai vu la vraie Johanne qu'en de rares occasions. Je pense à un moment en particulier. C'était lorsque son mariage commençait à battre de l'aile. En fait, c'est par hasard que je suis entrée dans son bureau pour chercher un titre qui m'avait été demandé quand je l'ai trouvé dans un état quasi catatonique. Elle était assise à son bureau et fixait le vide. J'ai dû l'interpeller à quelques reprises avant qu'elle ne se rende compte que j'étais dans la pièce. Je dois avouer que mon cœur s'est brisé à ce moment-là. Elle faisait tellement pitié…

∞ ∞ ∞ ∞ ∞ ∞ ∞ ∞ ∞

2016

— Hello.... La terre à Johanne ! dit Bridget d'une voix forte en faisant des mouvements de la main près du visage de Johanne.

Celle-ci cligne des yeux et se rend compte pour la première fois que Bridget est devant elle et d'après son expression, ça faisait déjà quelques fois qu'elle tentait d'attirer son attention. Johanne se sent comme une petite fille qui s'est fait prendre en faisant un mauvais coup. Mais non, ce n'est que Bridget, sa collègue et seule amie.

— Désolée Bridget. J'étais perdue dans mes pensées.

— Ouain, ça n'avait pas l'air très plaisant ces pensées-là. Veux-tu bien me dire ce qui se passe ? On dirait que tu as vu un fantôme.

— Non, pas vraiment dit Johanne avec un sourire triste. En fait, assis toi, j'ai quelque chose à te dire.

Inquiète et sans détacher ses yeux de son amie, Bridget s'assoit devant Johanne. Elle a le pressentiment que l'heure est grave et que Johanne n'a pas de bonnes nouvelles pour elle.

— Ne t'inquiète pas, ce n'est rien concernant la bibliothèque… En fait, c'est personnel. Christopher et moi, ben, on a décidé de se séparer. On a essayé de se retrouver, mais c'est impossible.

— As-tu appelé Marty ? Est-ce que vous êtes allés chercher de l'aide ? C'est tellement une grosse décision que vous prenez là ! s'exclame Bridget en se calant un peu dans son fauteuil. Elle est quelque peu soulagée que ce ne soit rien concernant la bibliothèque. Elle est de la génération qui croit qu'un mariage est sacré et que, peu importe les difficultés, un couple doit trouver un moyen pour demeurer ensemble. Surtout, quand il y a un enfant dans le décor.

— Oui, oui… On est allé le voir quelques fois. Il nous a beaucoup aidés à cheminer, mais finalement, c'est difficile de sauver quelque chose quand il n'y a pas vraiment grand-chose à sauver dès le départ. D'ailleurs, je te remercie pour la recommandation. Je vais continuer à le voir seule pour m'aider à passer à travers la séparation. Je me sens un peu perdue, c'est tout.

— Ah, je suis tellement triste pour vous deux.

Ne voulant pas trop montrer à Johanne son désarroi, elle tente de retenir ses larmes qui menacent de tomber. Elle reprend :

— Si vous avez tout essayé, alors ce sera peut-être mieux pour tous que vous continuiez chacun de votre côté.

Bon, se dit Johanne, je le sais qu'elle ne croit pas ses propres paroles. Bridget est de la mentalité qu'on ne divorce pas. On souffre en silence et on subit, c'est tout. Mais Johanne n'a pas la force de la confronter. C'est déjà assez pénible de lui annoncer sa séparation. Tout d'un coup, comme si elle venait de fournir un effort surhumain, elle est complètement drainée.

— Je vais quitter le travail un peu plus tôt aujourd'hui. Je ne me sens pas très bien.

Sans vouloir ajouter à ses soucis, Bridget ne peut qu'acquiescer et contourner le bureau afin de lui serrer les épaules en guise d'encouragement. Elle sait bien que Johanne est une personne discrète et qu'elle déteste discuter de ses états d'âme. Elle laisse donc son amie filer pour aller lécher ses plaies en espérant que le petit Maxime retrouvera des parents heureux même s'ils ne sont plus ensemble.

∞ ∞ ∞ ∞ ∞ ∞ ∞ ∞ ∞

Au fil des semaines, Johanne semble s'être refait une petite routine. Bridget commence à penser que, somme toute, c'était peut-être une bonne chose que ce mariage se termine. Johanne et Christopher ont l'air de bien s'entendre en ce qui concerne Maxime. Ils s'échangent la garde chaque semaine. Lorsque Maxime est avec son père, Bridget se fait un devoir d'envoyer un petit coucou par texto à Johanne pendant les soirées où elle la sait seule. Un rappel concernant une rencontre prévue pour le lendemain, un arrêt à l'épicerie en offrant de lui apporter des victuailles, une invitation à l'improviste pour un verre, une recommandation d'ouvrage qu'il faudra se procurer pour la bibliothèque. Bref, toutes les excuses sont bonnes pour s'assurer que son amie va bien quand elle n'a pas son fils. Johanne répond habituellement aux textos de Bridget en ne cachant pas qu'elle a bien deviné le subterfuge de son amie et la rassure sur son état même si elle est seule à la maison.

2023

— Ça faisait très longtemps que je n'avais pas pensé à Johanne comme ça. Je m'ennuie d'elle. J'espère vraiment de tout cœur que vous allez découvrir quelque chose, Anne. Je suis pas mal douée pour juger les gens et mon instinct ne m'a pas déçue. Tout compte fait, je pense que vous êtes la personne idéale pour aider. Merci de m'avoir écoutée.

— Bridget, c'est plutôt à moi de te remercier. J'ai appris à connaître Johanne un peu plus. Même si je ne l'ai jamais rencontrée, je me sens déjà plus près d'elle. Mais est-ce qu'elle t'a révélé la vraie raison de sa séparation avec Christopher ?

— Non pas vraiment. Avec Johanne, il ne fallait pas trop poser de questions. Il fallait juste l'écouter quand elle avait le goût de parler, mais dès qu'on s'intéressait trop, qu'on posait un peu trop de questions à son goût, elle s'éloignait et ne parlait plus. D'un geste machinal, Bridget regarde rapidement sa montre et s'exclame en se levant : oh ! mon dieu, je n'ai pas vu le temps passer. Je dois vraiment retourner à la bibliothèque.

Bridget se lève et s'en retourne vers la bibliothèque en saluant tous les passants qu'elle croise.

Anne s'empresse de noter les détails qu'elle a appris pendant cette conversation sur une autre serviette de table. Elle va devoir acheter un vrai cahier de notes. Ce sera plus facile que de relire celles-ci sur des serviettes de table. Satisfaite des éléments recueillis ce midi, elle décide qu'il est plus que temps de prévoir une rencontre face-à-face avec Christopher. Après tout, ça fait déjà vingt-quatre heures qu'elle est à Poxton.

∞ ∞ ∞ ∞ ∞ ∞ ∞ ∞ ∞

En repensant à sa rencontre de la veille, Peter est intrigué. Certes, il avait déjà entendu parler de groupes anonymes sur le web qui se prennent pour des détectives et enquêtent sur des cas non résolus pour faire passer le temps. Cependant, jamais il n'aurait cru rencontrer une personne qui y participe vraiment. Pour lui, c'était du domaine de l'invraisemblable, ce n'était pas sérieux. Pourquoi des gens voudraient-ils s'impliquer dans des cas qui, parfois, remettent en doute votre foi en l'humanité ? De même, pourquoi les gens continuent à faire des enfants si c'est pour les laisser grandir dans un monde qui abrite autant d'atrocités ? Il se réconforte en se disant qu'au moins, il n'a pas eu d'enfants avec son ex-femme.

Il est vrai que Anne est une femme qui semble bien adaptée à la société, qui s'exprime bien en anglais malgré qu'elle habite Montréal et qui n'est pas désagréable à regarder, même pour un vieux comme lui. Elle ne correspond pas du tout à l'image stéréotypée qu'il s'était construite de ces groupies de crimes comme il aime les surnommer en secret.

En revanche, si ce qu'Anne lui a rapporté est vrai et que cette communauté d'amateurs sur le web, comme elle les appelle, est réellement capable de déterrer de nouvelles informations, il n'a rien à perdre en autant qu'elle le tienne au courant de ses trouvailles. D'un autre côté, il ne peut laisser une civile, même pas américaine de surcroît, s'ingérer dans une enquête - même si celle-ci n'est plus active - elle est néanmoins toujours ouverte.

Il doit se décider : soit recommencer à enquêter activement sur la disparition de Johanne Reed et y allouer un budget et du personnel, soit laisser la petite canadienne s'amuser et voir ce qu'elle pourrait déterrer. Peu importe son plan d'action, il aura besoin de se justifier auprès du Sheriff du comté. Mais comment pourra-t-il justifier la reprise de l'enquête sans une nouvelle piste ? Et comment pourra-t-il justifier qu'il laisse libre cours à une amateure étrangère sur son territoire ?

Bref, il se sent embêté. Mais attention, il est quand même un policier de métier et il ne se laissera pas embarquer dans une histoire sans savoir à qui il a affaire. Il décide donc de faire sa propre petite enquête sur cette Anne Wilson. Voyons voir si tout ce qu'elle lui a révélé hier tient la route avant de prendre sa décision.

Il commence par consulter le site qu'elle a mentionné au départ websleuths.com afin de se faire sa propre idée. Il ne sait pas trop à quoi s'attendre puisqu'il préfère travailler sur le terrain plutôt que dans un monde virtuel. Il aime pouvoir regarder les gens dans les yeux. C'est plus facile de déceler les mensonges.

Malgré lui, il est complètement fasciné autant par la variété des enquêtes que par la perspicacité de ces enquêteurs amateurs. Sans voir le temps filer, il y a passé plus de deux heures à fouiner sur le site. Certains détectives amateurs sont plutôt doués malgré des pseudos un peu ridicules et qui font allusion à des détectives de grands romans policiers. Il est surpris par l'ampleur et la profondeur des analyses des sleuths. Avec les quelques détails révélés par Anne concernant le cas de disparition de sa tante et les informations du cas de Johanne, il pense avoir mis le doigt sur son identité virtuelle. Il y a cette MissNane47 qui semble avoir résolu le vieux cas familial. En suivant ses autres enquêtes, il se rend bien compte que cette MissNane47 a un statut de quasi-célébrité dans ce monde virtuel. Plusieurs font appel à son « expertise » dans différents cas. Il a dénombré pas moins de six cas où MissNane47 a résolu l'affaire. Tenant pour acquis qu'il a identifié le bon pseudo pour identifier Anne, il est très impressionné par son sens de la déduction et sa capacité à faire des liens entre divers éléments. Elle aurait été une excellente enquêtrice dans un corps de police. Tant qu'elle demeurera une enquêteuse amateure, il ne lui avouera jamais son admiration pour son travail. Le travail d'enquête demeure une compétence d'un corps policier, point à la ligne. Seulement les vrais policiers savent comment dénouer les enquêtes et monter les dossiers afin qu'ils mènent à des accusations qui tiennent la route. Rien de ce qu'il verra sur ce site web ne le convaincra du contraire.

Alors, ce sont des amateurs qui ne se connaissent pas et qui jouent aux détectives pendant leurs temps libres ? Ces amateurs empiètent sur le travail des policiers.

Tous les témoignages concernant le travail de MissNane47 affirment unanimement qu'elle est excellente, intelligente et qu'elle a résolu plus de cas de disparition que n'importe quel autre détective amateur. Certains semblent lui vouer une certaine adoration.

Ne se fiant pas seulement à ce qu'il voit dans les forums, il décide d'approcher quelques membres directement en leur demandant ce qu'ils pensent de MissNane47 en prétextant qu'il a une affaire qu'il aimerait lui confier, mais veut avoir des références avant de l'aborder.

En attendant les retours de messages, il décide d'appeler son ancien collègue qui fait désormais partie de la Gendarmerie royale du Canada pour lui demander de faire une petite vérification concernant Anne Wilson qui habite à Montréal. Comme tout bon policier, il ne peut passer à côté des canaux officiels. Ce serait renier la valeur de sa profession.

Puisqu'il aime le travail terrain, il s'est aussi rendu au chalet qu'elle habite pendant son séjour à Poxton. C'est un chalet qui est loué, donc, il n'y avait pas beaucoup d'indices à récolter sur place. N'ayant pas de mandat pour fouiller l'intérieur, il a dû se contenter de faire le tour à l'extérieur. Finalement, cette visite n'a rien dévoilé d'utile. Anne étant absente, il n'a pas trouvé de prétexte pour entrer dans le chalet.

Sur le chemin du retour, il fait le bilan de son enquête concernant Anne Wilson : il a trouvé son pseudo sur le web, a demandé des références à la communauté d'amateurs sur le web, a fait une demande officielle à la GRC et a visité l'endroit où elle loge pendant son séjour à Poxton. En écoutant son poste de radio préféré, Peter se félicite d'un travail bien fait et se dit qu'après une journée si bien remplie, il mérite d'aller prendre une petite bière à son bar préféré, même s'il n'est pas près de prendre une décision concernant la raison de la présence de la touriste dans la région. Il met le cap vers le bar de Poxton tout en pianotant sur son volant en suivant le rythme de la chanson qui joue à la radio.

∞ ∞ ∞ ∞ ∞ ∞ ∞ ∞ ∞

De retour dans la voiture, armée d'un tout nouveau cahier de notes et de quelques-uns de ses stylos préférés, Anne cherche le numéro de Christopher dans son téléphone. Elle repense à sa dernière conversation avec lui. Il est vrai qu'il a quitté leur dernier appel vidéo de façon plutôt abrupte. Il n'était pas trop à l'aise avec les questions pointues de Anne concernant sa relation, plus spécifiquement ses questions concernant la fin de sa relation avec Johanne. À bien y penser, au lieu de l'avertir de sa présence à Poxton, elle décide d'utiliser la même stratégie qu'elle a utilisée avec Bridget. Elle va le surprendre afin de pouvoir mieux analyser son langage non verbal. Même si l'on a accès à des conversations virtuelles avec vidéo, rien ne remplace une vraie rencontre face-à-face. L'expression des yeux, les mouvements du corps et les pauses dans une conversation sont des signaux très révélateurs, et souvent ils ne sont pas bien transmis via la vidéo. On ne peut jamais être bien certains si c'est la technologie ou si on a vraiment décelé un changement dans le comportement de notre interlocuteur, sans parler des distractions hors de l'écran qui peuvent venir changer la donne. En présentiel, Anne adore créer ces petits instants où un silence malaisant s'installe. Elle est devenue experte en la matière. Elle a constaté que la majorité des gens ont une peur bleue des instants de silence et sentent le besoin de remplir ce silence avec des paroles. Au fil des années et surtout au fil de ses enquêtes, Anne a appris à bien exploiter ces moments qui peuvent révéler beaucoup plus que ce que l'interlocuteur a l'intention de dévoiler. C'est souvent à ce moment qu'ils vont lâcher une pièce du casse-tête.

Mais comment provoquer une rencontre fortuite avec Christopher ? Elle ne connaît pas ses habitudes. Tout ce qu'elle sait est qu'il est l'entraîneur de l'équipe de baseball de son fils Maxime. Elle ne sait même pas comment se nomme l'équipe. Une courte visite sur Facebook lui procure rapidement la réponse via le jersey d'équipe que porte fièrement Maxime. Christopher ne publie que des photos des exploits des équipes sportives de son fils. Elle décide donc de se présenter au prochain match de baseball de Maxime afin de surprendre Christopher. En se fiant au site web de l'équipe, leur prochain match aura lieu à Poxton le lendemain. Satisfaite de son coup, elle doit mettre CCs0lv3r au parfum de ses dernières découvertes, en espérant qu'il ne disparaîtra pas encore une fois.

En prenant le chemin de retour vers le chalet, elle décide de faire un petit détour afin d'emprunter le trajet que Johanne aurait emprunté entre la bibliothèque et son domicile, question de tenter de se mettre dans sa peau. Anne découvre que pour se rendre à la bibliothèque, Johanne devait traverser la ville en passant par la rue principale. La ville étant assez petite, ce trajet ne devait pas lui prendre plus de dix minutes. En se fiant à Bridget, Johanne était une personne tranquille et rangée, mais surtout pratique. Donc, si elle avait besoin de faire un arrêt à l'épicerie, elle l'aurait certainement fait en chemin puisque le magasin se trouve sur sa route. Elle ne serait certainement pas rentrée à la maison pour ensuite devoir ressortir et revenir sur ses pas pour aller chercher du lait.

Étant arrivée à la bibliothèque, Anne décide de faire comme si elle devait aller chercher Maxime à la garderie. Par chance, il n'y a qu'une seule garderie à Poxton. Forcément, Maxime devait la fréquenter.

En faisant des recherches sur la famille de Johanne, Anne avait appris qu'elle n'avait plus de parents, décédés quelques années avant l'arrivée de Maxime. Ayant été une enfant unique, elle n'avait pas dû avoir beaucoup d'aide pour s'occuper de son fils. Quant à Christopher, n'ayant pas grandi à Poxton, ses parents étaient plutôt loin et ne pouvaient sans doute pas aider les jeunes parents à prendre soin du petit au quotidien. Logiquement, étant une femme pragmatique, Johanne a dû certainement accompli toutes les courses pendant la semaine où elle n'avait pas la garde de Maxime afin de pouvoir profiter pleinement de son garçon quand il était avec elle.

En suivant les directives de son GPS affectueusement surnommée Germaine, Anne se rend compte que la garderie est située dans le nord de la ville.

—C'est drôle, réfléchit Anne à haute voix étant seule dans sa voiture, en quittant la bibliothèque, Johanne devait éviter de passer par le centre-ville quand elle se rendait à la garderie pour récupérer Maxime. Wow, son trajet variait beaucoup d'une semaine à l'autre en fonction des semaines de garde de Maxime.

Se rangeant sur le côté, Anne s'empresse de tout noter dans son nouveau cahier de notes. En se relisant, elle trouve le tout très intéressant. Elle se souvient qu'un des articles trouvés relatant cette affaire, avait présenté les habitudes quotidiennes de Johanne. Elle devra relire l'article en question à son retour au chalet. Elle se souvient qu'à première vue, elle avait trouvé que cet article était un peu trop voyeur à son goût et elle n'y avait pas prêté beaucoup d'attention, s'interrogeant sur la véracité des informations présentées. De toute façon, l'article semblait sous-entendre que Johanne avait quelque chose à se reprocher. D'après ses propres recherches sur le terrain, ça ne semble pas être le cas.

En retournant au chalet, elle décide de faire un petit arrêt à l'épicerie. Elle a besoin de faire le plein de provisions de toutes façons. Elle espère pouvoir discuter longuement avec CCs0lv3r, son acolyte préféré, et que cet échange soit profitable.

∞ ∞ ∞ ∞ ∞ ∞ ∞ ∞ ∞

Après avoir pris un bain chaud, Anne s'installe devant une bonne tisane réconfortante et son ordinateur. Elle n'a même pas le temps de terminer la rédaction de son message pour CCs0lv3r que le son de sa messagerie se fait entendre. Il a été plus rapide qu'elle et lui a envoyé un message privé.

« Hé salut MissNane47. Et puis, je n'ai pas eu de nouvelles de toi depuis ton arrivée à Poxton, mais je peux te dire que je pense que tu commences à faire du chemin dans ton enquête... Écris-moi quand tu pourras et je te dirai pourquoi je pense que tu es sur la bonne voie. À plus. »

Malgré l'anonymat et sûrement beaucoup de distance physique qui les sépare, Anne se réconforte du fait qu'elle a toujours accès à quelqu'un pour l'aider à faire cheminer ses réflexions. Elle écrit :

« Les grands esprits se rencontrent. Mais là, tu m'intrigues CCs0lv3r. J'étais en train de t'écrire un résumé de mes trouvailles de la journée. Mais d'abord, je veux savoir pourquoi tu penses que je suis sur la bonne voie ? As-tu vu quelque chose passer ? »

Elle est certaine que CCs0lv3r suit sa trace sur le web. Après tout, c'est sa spécialité ! C'est d'ailleurs grâce à lui qu'elle a réussi à boucler plusieurs de ses enquêtes. Sans ses talents, elle n'aurait jamais réussi à trouver les réponses dont elle avait tant besoin.

S'il sait que j'avance, il doit avoir trouvé quelque chose de son côté, se dit-elle en appuyant sur envoyer. Il doit être devant son ordinateur, sa réponse est immédiate.

« Tout ce que je sais, c'est que quelqu'un semble pas mal intéressé par tes exploits passés. Un nouveau membre sur le forum a commencé à poser des questions sur toi. Bon, je ne dirais pas nécessairement enquêter, mais j'ai vu des échanges passer et quelqu'un cherche à mieux te connaître. En faisant mes propres recherches, j'ai découvert que son adresse IP est à Poxton. Tu dois t'approcher de quelque chose pour avoir suscité l'intérêt localement. Dis-moi tout… »

Anne lui transmet son compte rendu en étant pas mal fière du travail accompli jusqu'à maintenant. Elle et CCs0lv3r continuent d'élaborer des scénarios jusqu'à tard dans la nuit. Les deux sont persuadés qu'ils tiennent quelque chose. Ils sont sur la bonne voie. Anne espère que sa rencontre « fortuite » avec Christopher lors du match du lendemain va lui permettre d'en découvrir encore plus.

∞ ∞ ∞ ∞ ∞ ∞ ∞ ∞ ∞

Ne connaissant pas très bien la ville, Anne se rend au match de Maxime avec presque une bonne heure d'avance. Elle préfère se donner du temps pour pouvoir contrôler sa propre nervosité face à cette rencontre. À sa grande surprise, l'équipe est déjà sur place et a commencé à s'échauffer. Elle cherche Christopher du regard. Elle va en profiter pour l'observer et en apprendre davantage sur lui. Elle se rend bien compte qu'il semble authentique, détendu et tout à fait dans son élément. Ne connaissant pas très bien les règles du jeu, Anne a un peu de difficulté à suivre la partie de baseball, mais, à son grand étonnement, elle applaudit chaudement les garçons qui réussissent à compléter le tour des buts.

Dès la fin de la partie, elle se dirige derrière la cage des joueurs de l'équipe de Maxime. Chacun se félicite pour la partie gagnée et se dit au revoir. Pendant tout ce temps, Anne suit Christopher du regard. Par sa simple volonté, elle incite Christopher silencieusement à la remarquer et à la reconnaître. Du moins, c'est ce qu'elle espère. Elle ne veut pas manquer ce moment où, surpris, elle souhaite qu'il laisse tomber un peu de sa réserve. Lorsqu'il la remarque enfin, il n'y a presque plus personne sur le terrain. Qu'il ait été surpris par la présence de Anne est un euphémisme. Quand leurs yeux se sont rencontrés, le temps s'est figé pendant quelques secondes. Christopher a pâli d'un coup comme lorsque quelqu'un est soumis à une grande émotion. Anne lui fait un petit signe de la tête afin de lui indiquer qu'elle aimerait lui parler. D'un signe presque imperceptible, il acquiesce. Sans se presser, il ramasse les derniers casques pour les mettre dans son sac de sport. En regardant son père, Maxime a bien compris que quelque chose ne va pas. Inquiet à son tour, il ne quitte pas son père d'une semelle. Anne se retrouve donc face à Christopher et Maxime et ne semble plus savoir comment les aborder. En regardant le fils de Johanne, ce jeune homme qui occupe sans cesse ses pensées, elle se demande si sa mère avait le même regard rieur tout en étant réservée.

D'une voix mal assurée, Anne commence :

— Je le sais, tu dois être surpris de me voir débarquer ici, mais j'ai pensé venir voir Maxime jouer au baseball.

Déstabilisée par le regard noir de Christopher, Anne tente de reprendre le contrôle de ses émotions. Elle ne pensait pas être bouleversée de la sorte en voyant Maxime. Après tout, c'est surtout pour lui qu'elle a entamé sa quête de la vérité afin de savoir ce qui est arrivé à sa mère. Elle sait combien il a besoin de connaître la vérité et comment ça va l'aider à passer à autre chose. Il est vrai que pour l'instant, il a l'air d'être en pleine forme. Mais, le doute, les questions et le manque de réponses font des ravages. Elle est bien placée pour le savoir et pour l'avoir vécu. Dans le cas de sa tante, une fois la vérité étalée au grand jour, tout le monde a pu finalement passer à autre chose. Il faut dire que Anne avait décidé de persévérer dans sa recherche de la vérité malgré la pression des autres membres de la famille qui voulaient qu'elle laisse tomber. Ils disaient : « Il faut laisser les choses tranquilles. Le temps fera son œuvre. » Mais Anne devait aller au fond du mystère, elle voulait à tout prix gagner l'amour de sa mère et être celle qui la ferait sortir de ce trou noir. Maintenant que la vérité a éclaté au grand jour, sa famille la félicite d'avoir persévéré et d'avoir pu résoudre l'affaire. C'est douloureux, mais il faut passer par là pour pouvoir commencer le processus de guérison. En rencontrant Maxime, la résolution de Anne est plus forte que jamais pour trouver ce qui est arrivé à sa mère.

Retrouvant son aplomb, Anne regarde Maxime dans les yeux :

— Je ne sais pas si ton père t'as mis au courant, mais j'ai décidé de trouver ce qui est arrivé à ta mère. Je ne suis pas policière, mais c'est ce que j'aime faire dans la vie, résoudre des mystères. Je reprends des affaires non résolues et je trouve des réponses. J'ai discuté avec ton père à quelques reprises et je suis maintenant ici afin d'apprendre à connaître ta mère et de me faire une meilleure idée de ses habitudes, finit-elle en plongeant son regard dans celui de Christopher.

— Je t'ai dit tout ce que j'avais à te dire lors de notre dernier appel. Je n'ai rien à ajouter, dit Christopher en prenant le bras de Anne et en la tirant un peu à l'écart. Je n'aime pas tes sous-entendus et je veux que tu saches une fois pour toutes que je n'ai rien à voir avec la disparition de ma femme, chuchote-t-il en espérant que Maxime n'entende rien.

— De ton ex-femme... dit Anne en relevant le menton avec un air de défi. Elle ne veut pas lui montrer qu'elle est intimidée par la tournure de la conversation et doute maintenant du bien-fondé de son initiative. Elle décide de changer d'approche.

— Écoute Christopher, je ne suis pas venue jusqu'ici pour te provoquer. Je veux juste apprendre à connaître Johanne un peu mieux. J'avoue avoir été maladroite lors de notre dernier appel et je m'en veux de t'avoir donné l'impression que je te soupçonnais.

Elle espère que ce sera assez pour amadouer Christopher et qu'il décide de s'ouvrir à nouveau. À sa grande surprise, c'est Maxime qui prend la parole même s'il est resté un peu à l'écart.

— Il va t'aider... ON va t'aider. Papa m'a dit que quelqu'un avait recommencé à enquêter sur la disparition de maman. Je veux savoir ce qui est arrivé. Je ne me souviens plus très bien d'elle et j'espère que tu pourras nous aider à trouver des réponses.

Dès que son fils a pris la parole, Christopher a relâché un peu le bras de Anne. Elle ne sait s'il est surpris que son fils lui adresse la parole ou s'il est d'accord avec ses propos.

Pendant un long moment, personne ne dit rien. Chacun semble s'observer avec méfiance. C'est finalement Christopher qui en levant les mains, signifie qu'il ne s'opposera pas à Anne.

— Ça fait maintenant quelques jours que je me promène à Poxton. C'est vraiment une belle ville. J'essaie de retracer un peu les habitudes de Johanne. Est-ce que tu pourrais m'en parler, Christopher ? Il y a quelques trous à combler.

— Max, tu peux aller porter mon sac et les bâtons dans la voiture s'il-vous-plaît ? Je te rejoins dans pas long. Se tournant vers Anne, Christopher ajoute : écoute, je le sais que c'est pour le bien de Maxime, mais je ne sais pas vraiment pas si je peux t'apprendre quelque chose de nouveau… On était séparés. Je faisais ma vie de mon côté et elle, du sien. On se parlait uniquement pour la logistique entourant Maxime. C'est tout !

— Donc, tu ne sais pas comment elle passait son temps les soirs où elle n'avait pas la garde de Maxime ?

— Non, vraiment pas ! Et franchement, ça ne m'intéresse pas vraiment non plus. Je me souviens qu'elle me textait continuellement pour me faire des rappels concernant la routine de Maxime. Elle était très rigide concernant ses heures de repas, de siestes et de coucher. Les seuls soirs où j'avais un peu de repos étaient les mardis et jeudis soirs. Elle devait avoir une activité ou quelque chose, car c'étaient les soirs où je pouvais vraiment profiter de mon fils sans avoir le téléphone qui sonnait à tout moment.

— Et tu n'as aucune idée ce qu'elle faisait de ces deux soirées pendant la semaine ?

— Non, aucune et ça faisait mon affaire ! Comme je te dis, elle faisait sa vie de son côté. Le seul sujet dont nous discutions était Maxime. Désolé, mais je dois vraiment y aller. On m'attend.

— Merci Christopher. Merci de me donner une deuxième chance. Je souhaite ardemment pouvoir trouver une résolution pour toi et Maxime.

— Je vais t'aider comme je peux, mais c'est vraiment pour le bien de mon fils que je fais ça.

Sur la route du retour vers son chalet, Anne est perdue dans ses pensées. Elle a été plus bouleversée qu'elle ne le croyait en rencontrant Maxime. Elle avait à peu près le même âge lorsqu'elle a entendu parler de la disparition de sa tante. Plus que jamais, Anne veut pouvoir fournir la pièce manquante du casse-tête pour que Maxime et Christopher puissent commencer à guérir. Elle espère seulement qu'elle sera à la hauteur du défi.

∞ ∞ ∞ ∞ ∞ ∞ ∞ ∞ ∞

Assis à son bureau devant son ordinateur, Peter ne s'est pas rendu compte qu'il retenait son souffle pendant la lecture du courriel de son collègue à la Gendarmerie royale du Canada. Celui-ci confirme que Anne Wilson semble mener une vie d'une monotonie écrasante. Elle est âgée de trente-deux ans et travaille comme réviseure pour l'agence de presse canadienne. Elle est bachelière en lettres. Elle habite seule dans un appartement loué à Montréal. Elle ne possède pas de véhicule et n'a pas de dettes. Elle est l'enfant unique d'un couple divorcé et est célibataire.

Malgré tout, Peter est soulagé de savoir que Anne semble être bel et bien la personne qu'elle prétend. Au cours de sa carrière, Peter a dû repousser plusieurs curieux qui tentaient de s'infiltrer dans des enquêtes sous toutes sortes de prétextes. La plupart du temps, les gens avaient des motivations cachées ; soit, ils travaillaient avec un journaliste et tentaient de soutirer des informations afin d'obtenir une primeur, soit c'était par curiosité morbide qui les poussait à vouloir aider, mais en fin de compte, ils ne pouvaient pas contribuer réellement. Il devait aussi s'assurer que les gens qui tentaient de s'infiltrer dans l'enquête n'étaient pas impliquées d'une manière quelconque. Ça s'était déjà vu qu'un meurtrier était un des bénévoles les plus impliqués dans la recherche du coupable de leur victime.

Il se réconforte à l'idée que l'information vérifiée reçue confirme sa première impression concernant Anne. Il devra cependant être aux aguets puisqu'elle pourrait monter un reportage pour La Presse canadienne. Il est possible qu'elle travaille de concert avec un journaliste. Mais son instinct lui dicte qu'elle ne serait pas capable de mener une telle déception à bout. Si c'était le cas, elle se trahirait tôt ou tard.

De plus, avec sa propre enquête menée sur les forums de discussion, il croit qu'elle peut réellement contribuer à la résolution du cas. Elle a fait ses preuves après tout. Puisque les événements ont eu lieu il y a plus de sept ans, qu'il ne possède aucune piste active et que ses ressources policières sont limitées, Peter a besoin de toute l'aide dont il peut disposer s'il veut un jour trouver une réponse pour Christopher et Maxime. Sans parler qu'il n'a pas la force de jouer à la politique pour expliquer la réactivation d'une enquête mise sur la tablette. C'est décidé. Il doit faire confiance à Anne, en espérant qu'il mise sur la bonne personne.

Chapitre 8

En faisant le tour des informations dénichées au cours des derniers jours, Anne décide qu'elle a deux pistes à explorer. Sa rencontre « fortuite » avec Christopher lui a donné plus d'informations qu'il ne le croit. Elle doit découvrir ce qui occupait Johanne les mardis et les jeudis soir quand elle n'avait pas la garde de Maxime. Christopher a raison, elle devait être prise dans une activité quelconque, ce qui l'empêchait de faire des suivis avec Christopher à propos de la routine de Maxime. Elle devait être en présence d'une autre personne, ce qui l'empêchait de texter à Christopher. Peut-être avait-elle rencontré quelqu'un ou avait-elle un amant sans le dire à personne ? C'est une piste très intéressante qui pourrait générer des réponses et des indices, espère Anne.

En relisant ses notes, elle constate qu'elle doit trouver ce Marty Cole, le fameux travailleur social. Lors de son entrevue avec Bridget, celle-ci l'a mentionné à deux reprises. C'est elle qui a recommandé ce professionnel à Johanne et Christopher afin qu'ils puissent travailler sur leur couple. Ensuite, Bridget semblait déçue que malgré les rencontres avec un thérapeute, Johanne et Christopher décident tout de même de se séparer. Anne a quelques questions pour ce monsieur Cole afin de comprendre l'état d'esprit de Johanne pendant cette période difficile de sa vie.

Une petite recherche rapide sur le web lui indique que Marty Cole est effectivement un travailleur social bien implanté dans la région. Elle prend en note l'adresse de son bureau et réalise qu'il est situé dans la ville voisine. Elle envoie donc une demande de rendez-vous à l'adresse courriel présente sur le site web. Entre-temps, elle continue ses recherches et constate que Marty Cole est un travailleur social très bien respecté dans la région et qu'il est souvent appelé à écrire des articles sur la dynamique des couples dans les publications locales. En attendant la confirmation d'un rendez-vous, elle décide d'aller marcher un peu sur la montagne et en profitera pour faire le ménage dans sa tête. Même si elle s'ennuie de sa Rivière-des-Prairies qui l'aide à réfléchir, elle espère que la montagne aura un effet similaire. Elle doit trouver comment explorer sa première vraie piste, soit découvrir comment Johanne occupait ses mardis et jeudis soirs.

Au bout d'une heure, Anne est de retour au chalet. La marche en forêt lui a fait beaucoup de bien. Elle a décidé que ce soir, elle retournerait au bar où elle a rencontré le chef Peter Moore. Elle a une petite idée de la manière dont elle pourrait découvrir comment Johanne occupait ses soirées manquantes, mais elle a besoin de son aide. Il a sous-entendu qu'il se présentait souvent au bar-bistro en fin de journée, elle espère l'y trouver.

Dès qu'elle entre dans le chalet, son téléphone lui indique qu'elle a manqué un appel, un message s'est ajouté sur sa boîte vocale. Il ne devait pas y avoir de service cellulaire sur la montagne. Elle s'empresse de prendre le message, c'est Marty Cole qui la convoque à une rencontre en fin de journée suite à une annulation. Elle se félicite de cette tournure des événements. C'est d'un pas léger qu'elle se dirige vers la salle de bains afin de prendre une douche rapide. Elle aura une fin de journée occupée : un rendez-vous avec Marty Cole et ensuite, elle ira prendre un verre au bar de Poxton. Elle remercie secrètement CCs0lv3r

qui lui a donné l'idée de venir sur place. Il avait raison
— on en apprend beaucoup plus en étant sur les lieux.

∞ ∞ ∞ ∞ ∞ ∞ ∞ ∞ ∞

La main sur la poignée de la porte du bureau de
Marty Cole, Anne est envahie de doutes et de
nervosité. Elle n'a pas beaucoup d'espoir de
découvrir de nouvelles informations pendant cette
rencontre. Ses recherches ont confirmé qu'un
travailleur social est soumis aux mêmes règles de
confidentialité qu'un médecin ou un psychologue.
Même si la personne a disparu ou est décédée, le droit
à la confidentialité doit être respecté. « Personne n'a
rien pour rien », chuchote-t-elle en poussant la porte
du bureau. Elle doit aller jusqu'au bout et tenter sa
chance.

Une fois la porte complètement ouverte, elle est
surprise de se trouver directement dans le bureau du
thérapeute. Elle s'attendait à entrer dans une salle
d'attente et de devoir signaler sa présence à une
secrétaire. Le cabinet de Marty Cole ne doit pas être
aussi grand qu'elle le croyait. En avançant dans le
bureau du thérapeute, Anne est enveloppée par un
sentiment de bien-être. Le mobilier est un peu
défraîchi, mais tout comme le thérapeute, accueillant.
On a le goût de se blottir dans le fauteuil géant qui

vous enveloppe comme un vieux doudou. Marty Cole est debout et lui tient la porte ouverte en lui souhaitant la bienvenue, puis l'invite à s'asseoir. Il la regarde d'un air bienveillant. Il est un peu plus âgé que sur la photo de son site web, mais il a les mêmes yeux empathiques et son sourire est rassurant.

En s'assoyant dans le large fauteuil, Anne prend quelques profondes inspirations afin de calmer son anxiété. Il est vrai qu'elle a obtenu ce rendez-vous sous un prétexte. Elle essaie de se donner du courage, car elle devra dévoiler la vraie raison de sa visite. Marty Cole sera certainement surpris que ce ne soit pas une session d'aide, mais elle espère qu'il ne sera pas fâché.

Lui laissant tout le temps dont elle a besoin, Marty est patient. Ce n'est pas rare, surtout lors d'une première rencontre, que les patientes ne sachent pas par quel bout commencer. Il aime bien ce petit moment de silence où il peut observer franchement la patiente et analyser son langage non verbal. Ce faisant, il arrive souvent à comprendre la source du problème beaucoup plus rapidement que les autres thérapeutes. Le langage non verbal nous trahit tous. En approfondissant son étude, il a réussi à apprendre à contrôler son propre langage non verbal et à contrôler ce qu'il projette. C'est pourquoi il semble être la patience incarnée ; ses clients ne se sentent pas pressés quand ils sont avec lui.

Détectant la nervosité de Anne, il lui demande comment elle se porte aujourd'hui. C'est un petit truc qu'il a appris avec le temps. On pose une question anodine, et la réponse devient un guide pour la rencontre. Si elle lui donne la réponse coutumière, « ça va bien, et vous ? », alors il doit travailler un peu plus fort pour trouver la raison de consultation. Au contraire, si la patiente prend la perche tendue et commence tout de suite à déballer son sac, alors il sait qu'elle est en proie à beaucoup d'émotions trop fortes pour elle. Il devra alors l'encourager à se calmer pour qu'elle demeure objective et trouve une solution à son problème. Il adore ces premiers instants avec de nouveaux patients. C'est comme le commencement d'une nouvelle relation amoureuse où l'on croit que tout est possible. C'est ce qui fait que Marty Cole est un excellent travailleur social et qu'il adore son travail.

Après plusieurs minutes de silence, Anne se racle la gorge afin de se donner un peu de courage et rompre le silence. Il est rare qu'elle trouve quelqu'un qui est aussi à l'aise avec le silence qu'elle. Peut-être que c'est le propre d'un thérapeute ? Elle ne peut répondre à sa propre question puisque c'est la première fois qu'elle a recours à ce genre de professionnel. Bon, elle est ici pour obtenir des réponses, aussi bien tomber dans le vif du sujet.

— Je dois commencer par vous faire un aveu. Je n'ai pas besoin d'une consultation aujourd'hui. J'ai utilisé ce prétexte, car j'avais besoin de vous parler d'un autre sujet.

Pris de court, Marty se repositionne dans sa chaise. C'est la première fois qu'une cliente commence sa première session ainsi. Après plus de vingt ans, il croyait avoir tout vu, mais ceci est une première.

Anne ne se presse pas pour ajouter des détails. Elle en profite pour observer attentivement Marty.

— Alors pour quelle raison êtes-vous ici si ce n'est pas pour une consultation ? reprend-il d'un air qu'il veut passif, presque désintéressé. Il se fait violence pour contrôler son langage non verbal. Il ne veut surtout pas que son interlocutrice se doute de son effet de surprise.

— C'est une vieille affaire en réalité... C'est que je reprends des enquêtes non résolues et je tente de trouver leur solution. C'est un de mes passe-temps, en fait.

— Ce n'est pas un passe-temps très commun. C'est la première fois que j'entends quelque chose de ce genre. Je présume que vous êtes ici, car vous croyez que je peux vous aider ? Le contraire me surprendrait puisque je ne connais personne qui serait prêt à payer mes honoraires juste pour me parler.

— Effectivement, je voulais m'assurer d'avoir votre attention pendant la prochaine heure. Je suis ici pour vous parler de Johanne Reed, elle était votre patiente, je crois.

La mention du nom de Johanne a suscité une réaction physique plutôt violente chez Marty, même s'il a essayé de contrôler le plus possible son corps en demeurant aussi calme que possible. Il ne s'attendait pas à entendre ce nom. Il est vrai qu'on n'oublie pas le nom d'une patiente qui disparaît. Il sait qu'il n'oubliera jamais Johanne Reed, celle qui a disparu il y a près de sept ans.

En surveillant ses prochaines paroles, Marty ne peut s'empêcher de croiser et décroiser ses jambes, ne serait-ce que pour libérer un peu d'énergie nerveuse. Étant une fine observatrice, ce détail n'échappe pas à Anne.

— Effectivement, elle était ma patiente, reprend-il. C'est tellement triste ce qui s'est passé. C'est vraiment à n'y rien comprendre.

— Effectivement, très triste. En fait, c'est pour Maxime que je m'intéresse à ce cas. Vous savez, il y a eu une situation dans ma propre famille et j'étais aux premières loges pour constater à quel point la guérison ne peut commencer que quand on sait ce qui est arrivé à un proche. Maxime aura bien besoin de savoir ce qui est arrivé à sa mère un jour. Je veux être la personne qui lui fournit ces réponses.

— C'est bien noble de votre part, mais j'ai de la difficulté à voir comment je peux vous être utile. Vous savez, je suis soumis à un code de déontologie et je vous ai déjà dit tout ce que je peux dévoiler, c'est-à-dire vous confirmer qu'elle était ma patiente.

À voir la bouche de Marty s'étirer en un semblant de sourire qui n'atteint pas ses yeux, Anne comprend qu'il est très mal à l'aise et qu'il travaille très fort pour contrôler ses émotions. Elle décide de tenter une autre fois sa chance et de profiter du fait qu'il est un peu décontenancé.

— En fait, j'essaie juste d'apprendre à la connaître davantage. Qui était-elle, comment vivait-elle sa séparation de Christopher, quels étaient ses passe-temps, qui étaient ses amis ? Bref, j'ai beaucoup de questions et je pense que vous pouvez m'éclairer un peu sur sa personnalité.

— Je pense que tu accordes un peu trop d'importance à ma connaissance de Johanne. Elle était ma cliente pas mon amie.

— Vous la connaissez quand même plus que moi !

— Oui, mais je vous ai déjà donné toute l'information que je peux divulguer. Je suis tenu au secret professionnel… Tout ce que je peux vous dire est qu'elle n'était pas « extraordinaire », dit-il en utilisant ses doigts pour mimer les guillemets. C'était une femme qui devait accepter sa séparation et vivait ce que la majorité des femmes vivent dans ce genre de situation. Elle devait faire le deuil de son couple, accepter la séparation et passer à autre chose. Elle était en bonne voie d'y arriver.

— Mais d'après ce que j'ai compris, Johanne et Christopher en sont venus à un commun accord concernant la séparation. Non ?

— Comme dans tous les couples, il y a nécessairement un des deux qui arrive à cette conclusion avant l'autre ou encore un des deux décide qu'il ne peut pas pardonner une action à l'autre. Pouvez-vous imaginer le concours de circonstances où les deux personnes du couple arrivent à un constat de séparation exactement au même moment ? Ça, ce serait un moment « extraordinaire », reprenant la gestuelle des guillemets.

C'est bien parti, se félicite Anne. Il parle, se dit-elle, regardant ses mains repliées sur ses cuisses. Quand elle lève les yeux et veut continuer, Marty reprend d'une voix forte et décisive :

— Je ne peux dévoiler le contenu des rencontres avec Johanne, ni même mon opinion sur elle. Je suis désolé. Mais pour plus de détails entourant les circonstances de leur séparation, vous devriez vous entretenir avec Christopher. Il est après tout l'autre partie impliquée dans la séparation.

Encore ce petit sourire crispé. Changeant de tactique, Anne essaie de l'amadouer. D'un air se voulant léger, elle ajoute en ouvrant grand ses yeux pour adopter un air innocent, non menaçant et sans méchanceté…

— Je comprends. Comment faire alors pour apprendre à la connaître davantage ? J'imagine que ce n'est pas du secret professionnel de m'indiquer si elle avait des loisirs ? Que faisait-elle de ses temps libres… surtout, les soirs où elle n'avait pas la garde de Maxime ?

— Malheureusement, dit Marty en se levant, indiquant que la rencontre était terminée, je ne peux vraiment rien vous dire de plus. J'étais son thérapeute, pas son meilleur ami. Je ne connaissais pas les détails de sa vie personnelle ni comment elle occupait son temps.

Puisque Anne ne semblait pas comprendre le message en demeurant bien assise dans le fauteuil confortable, en deux enjambées, il franchit la distance entre son bureau et la porte qu'il ouvre toute grande en indiquant clairement, cette fois, que la rencontre est bel et bien terminée. En lui tendant la main, il lui souhaite :

— Bonne chance avec tout ça. J'espère que vous trouverez ce que vous cherchez.

Ne pouvant étirer la rencontre plus longtemps, Anne lui serre la main avec les salutations de départ habituelles. C'est avec les épaules courbées et un sentiment d'échec et de déception que Anne quitte le bureau de Marty Cole. Finalement, elle espérait plus d'aide de sa part. Craignant avoir perdu son temps et ne comprenant pas comment elle pourra relancer Christopher concernant la fin de sa relation avec Johanne sans le mettre en colère, elle se dirige vers le bar-bistro local pour prendre un verre en espérant que ça l'aidera à mieux réfléchir à tout ça. Son optimisme de découvrir un nouvel élément de l'enquête avait disparu. Elle se sentait un peu dépitée.

∞ ∞ ∞ ∞ ∞ ∞ ∞ ∞ ∞

Bien installée sur son tabouret au bar, en sirotant son gin & tonic, Anne se permet de s'apitoyer sur son sort. Elle adore enquêter sur des affaires non résolues, mais le piétinement de cette enquête la désespère particulièrement. Anne sait bien qu'elle n'a aucune formation en tant qu'enquêteuse si ce n'est ses expériences passées. Même si ça fait plusieurs années qu'elle enquête sur des affaires non élucidées, elle en vient toujours à un point où elle doute de ses capacités. Elle est consciente de ce « mal », mais ne peut s'empêcher de penser que si elle était meilleure, elle aurait réussi à tirer un peu plus d'information de la part de Marty Cole. Elle en est à ces sombres pensées quand elle sent quelqu'un venir s'installer sur le tabouret voisin. Elle n'est pas en état pour faire de la conversation superficielle et elle ne souhaite interagir avec personne. Elle fixe son verre afin d'éviter le contact visuel avec son nouveau voisin de tabouret. Elle sait bien que ses pensées sont contre-productives et qu'elle doit tenter d'analyser le cas de disparition de Johanne sous un angle nouveau. Un conseil de CCs0lv3r lors d'une autre enquête lui revient en tête. Il l'encourageait à revoir toutes les informations recueillies en ayant la tête vers le bas, physiquement. Selon lui, afin de trouver de nouvelles pistes, il faut changer son point de vue, littéralement. Un vague sourire triste se dessine sur ses lèvres en repensant à ce conseil, et à ses acrobaties pour réaliser sa suggestion qui, somme toute, a généré des résultats intéressants au cours de cette ancienne enquête.

La rendant encore plus maussade, son voisin de gauche tente d'attirer son attention depuis qu'il s'est assis. Il a commencé à toussoter légèrement, mais de façon répétitive, et maintenant, il ose lui donner de petits coups de coude. Irritée, et avec l'intention de lui faire part de son humeur, elle lève le regard vers lui et reste interloquée pendant quelques instants.

Bien qu'elle souhaitait lui parler, surtout suite à sa conversation stérile avec M. Cole, elle se retrouve voisine de tabouret avec nul autre que Christopher Reed. Est-ce le destin qui lui joue des tours ? Sinon, c'est le gin & tonic qui est particulièrement fort ce soir ?

— Désolé de te déranger… Je t'ai reconnue quand tu es arrivée, mais tu n'avais pas l'air d'avoir le goût d'avoir de la compagnie. Ça va ?

Avec ses yeux vitreux et ses joues rosies par l'alcool, Christopher semble plutôt avancé dans sa consommation de bières. Avec cette mine, il ressemble beaucoup à son garçon surexcité d'avoir complété le tour des buts à la partie de baseball à laquelle Anne avait assisté.

Surprise de sa bonne fortune et sentant sa bonne humeur revenir, Anne soulève ses épaules en disant :

— Bof… il y a des journées comme ça, mais ça va aller !

Ne sachant pas trop comment continuer, chacun prend une gorgée de leurs breuvages respectifs. Le silence malaisant est interrompu par le ping du téléphone de Christopher. Après un bref regard à son écran, il le repose maladroitement sur le bar. En croisant le regard de Christopher dans le miroir derrière le barman, Anne lui demande si tout va bien.

— Oui, oui, c'est juste Mia. Elle veut savoir à quelle heure je vais entrer. Il marmonne davantage pour lui-même, elle commence à ressembler à sa cousine celle-là !

Malgré la musique et le bruit ambiant, Anne a réussi à capter les dernières paroles de Christopher.

— Attends… Qu'est-ce que tu dis ? De quelle cousine parles-tu ? demande Anne ne sachant pas très bien si ses oreilles lui jouent des tours.

Avec une voix trainante, Christopher précise :

— Ben voyons, Anne. Tu as certainement fait le rapprochement ! Mia, ma conjointe actuelle est la cousine germaine de Johanne. C'est ça la vraie raison de notre séparation. Voilà ! Tu avais raison. Il y a eu tout un événement qui a provoqué notre séparation… et elle s'appelle Mia !

159

En voyant l'état de Christopher, Anne ne peut se réjouir de lui avoir fait cracher un des morceaux qui lui manquait. Elle doit ranger cette information dans sa mémoire en se promettant une rencontre avec Mia pour aller creuser de ce côté. Mais ce sera pour un autre jour, elle ne veut pas le déprimer davantage.

Décidément, Christopher est vraiment différent que lors de leur dernière rencontre. Il a l'air indécis, dans la lune, affable et fatigué. Est-ce seulement l'alcool qui le rend plus mélancolique ou est-ce que Anne a fait remonter des sentiments enfouis concernant la disparition de son ex-femme ? Il a quand même été son conjoint pendant plusieurs années. Cette enquête doit sûrement réveiller toutes sortes d'émotions, même s'il était divorcé de Johanne à l'époque.

Se sentant un peu coupable de l'état émotif de Christopher, Anne vide son verre et essaie de changer de sujet, toujours en le regardant via le miroir derrière le bar. Elle sait que c'est une illusion, mais ça semble moins intimidant en le regardant ainsi.

— Tu ne devineras jamais avec qui j'ai parlé aujourd'hui, lui lance-t-elle d'un ton qu'elle souhaite léger.

Il lève des yeux paresseux vers Anne en attendant la suite. Après une pause de quelques secondes, il lui répond :

— Ben à toi de me le dire ! Je n'ai aucune idée. J'imagine que ça concerne ton enquête sur la disparition de Johanne ?

— Oui, effectivement. Ne sachant pas si c'est important, elle attend quelques secondes avant d'ajouter : j'ai rencontré Marty Cole.

Christopher n'a pas la réaction attendue. En fait, il ne manifeste aucune réaction. C'est à croire qu'il ne l'a pas entendu. Mais, c'est tout le contraire à vrai dire. La mention du nom de leur thérapeute de couple le frappe de plein fouet. Ça fait des années qu'il n'a pas pensé à Marty. En fait, dès que Johanne et lui ont décidé de se séparer, Christopher a tout fait pour oublier leur court séjour en thérapie de couple. Il n'aimait pas du tout les sentiments que Marty réussissait à soulever pendant ses séances avec Johanne. Christopher aime quand les choses sont claires. Il n'a jamais tenté d'analyser le « ressenti ». Il ne comprend pas comment analyser ses émotions pourrait expliquer un comportement. On nait d'une certaine façon et si l'on pouvait contrôler ses émotions, on le ferait et personne ne connaîtrait de sentiments négatifs. Mais, bref, ça ne fonctionne pas de cette façon et forcément, tôt ou tard, on ressent des émotions désagréables. On passe par-dessus et la vie continue. Un point c'est tout. Pas besoin de passer sa vie à tout analyser.

La mention du thérapeute a figé Christopher sur place. C'est peut-être l'alcool qui ouvre la voie à tous ces souvenirs qui remontent à la surface. Il a l'impression de manquer d'air et d'être essoufflé en même temps. Cependant, en se regardant dans le miroir, il est soulagé de constater que son corps ne le trahit pas.

Les souvenirs sont trop forts et le ramènent à leur dernière session avec Marty. Presque sans s'en rendre compte, il commence à parler.

∞ ∞ ∞ ∞ ∞ ∞ ∞ ∞ ∞

2015

Christopher et Johanne ressemblent à deux zombies en sortant de leur session de thérapie cette semaine. Pourtant, en arrivant à cette troisième séance, Johanne était optimiste. Elle avait réussi la semaine dernière à verbaliser sa solitude et sa rancœur face à la vie sociale trépidante de Christopher. Elle avait l'impression qu'elle avait réussi finalement à mettre des mots sur ses sentiments. Mais tout a chaviré aujourd'hui.

C'est avec un sentiment d'épuisement total que Christopher s'assoit et referme la porte de la voiture. Avant de démarrer, il se tourne vers Johanne et lui souffle :

— Je n'avais aucune idée que tu te sentais comme ça quand je sors. La semaine dernière a été une vraie révélation. Vraiment, je suis désolé que tu te considères comme une victime. Je n'ai jamais eu l'intention de te blesser. Je suis juste comme ça.

— Ah, parce qu'il y avait une intention derrière tout ça ?

Peut-être parce qu'il n'avait jamais vu les yeux de Johanne briller de cette façon, Christopher a eu peur. La session de thérapie a été très intense cette semaine. En fait, Marty les a poussés chacun dans leurs retranchements. Christopher a accepté de voir Marty afin de mieux comprendre Johanne et de voir s'ils pouvaient trouver un terrain d'entente. Pour la première fois depuis qu'il est avec elle, elle lui a expliqué clairement comment elle se sentait dans leur couple. Quand elle a commencé à parler, c'est comme si un barrage avait cédé, elle ne pouvait plus s'arrêter. Depuis toutes ces rencontres en thérapies de couple, Johanne n'a jamais prononcé de tels mots.

— Alors, qu'est-ce que ça veut dire ? reprend-elle.

— Que veux-tu dire par qu'est-ce que ça veut dire ? Veux-tu arrêter de parler en paraboles et être claire ? s'impatiente Christopher.

— Je ne comprends pas pourquoi ELLE. Pourquoi ELLE ? Parmi toutes les autres femmes, il fallait que ce soit ELLE. Sérieux Christopher, c'est au-dessus de mes forces de passer par-dessus ça. Je ne suis pas capable…

Malgré la finalité des paroles prononcées par Johanne, elle n'est pas en colère. La colère avait déjà cédé sa place à la peine. Elle se doutait bien que quelque chose clochait, mais jamais elle n'aurait pensé que Christopher puisse la trahir de cette façon. Jamais elle ne pourrait passer l'éponge, lui faire confiance pour recommencer à bâtir leur relation.

— Tsé, tu m'as fait mal aussi, Johanne. La semaine dernière, tu as dit des choses que je n'aurais jamais pu deviner. Tu ne me parles jamais. Tout est toujours « Ok », « correct », « pas de souci ». Sais-tu comment c'est frustrant de savoir que quelque chose ne va pas, mais qu'on ne sait pas quoi ? Et surtout, que ta conjointe ne te dise rien ? Je ne suis pas devin… je n'aurais jamais été capable de trouver tout seul ce qui clochait. Il faut que tu PARLES !

Plus il parle, plus le ton monte. Il commence à s'échauffer et ensuite il commence à passer en revue tous ses petits défauts et ses manquements. C'est toujours la même histoire. Et il se demande ensuite pourquoi elle ne dit rien. Elle n'en peut plus. Elle veut juste que ça arrête. Johanne l'interrompt :

— C'est bon Christopher. Arrête. Tu as raison, je vais porter le blâme de la séparation même si c'est toi qui as triché. OK, calme-toi, dit-elle en mimant de faire baisser la tension.

— C'est ça, joue encore à la victime, s'exclame-t-il en lançant ses mains dans les airs. Écoute Johanne, je ne peux pas te l'expliquer. Je ne me l'explique même pas à moi-même. Ce n'est pas comme si l'on planifie ce genre de choses.

— Mais c'est ma COUSINE ! lance-t-elle beaucoup plus fort qu'elle n'aurait voulu.

Elle aurait pu pardonner plusieurs choses afin de sauver leur couple et que Maxime puisse grandir au sein d'une famille nucléaire. Elle aurait même pu passer l'éponge sur l'infidélité de Christopher si ça avait été avec toute autre personne que sa cousine. Elle ne comprend pas comment c'est possible. En plus, il continue à défendre sa nouvelle relation en disant que c'est le grand amour. Pourtant, Christopher a bâti une vie avec elle, ils se sont mariés, ils ont fait un enfant ! Elle n'arrive pas à comprendre comment il peut tout balancer pour aller vivre avec une autre femme. Depuis la naissance de Maxime, Johanne a essayé de lui donner plus d'espace. Elle comprend qu'il a besoin de voir ses amis et de sortir de la maison, mais il en a tellement besoin beaucoup plus qu'elle ! Elle se gardait de critiquer son comportement en se disant qu'il sera un meilleur papa pour Maxime s'il peut réussir à assouvir son besoin de socialisation. Elle a sincèrement pensé que c'était seulement une phase qui finirait par passer. Plusieurs couples vivent des moments difficiles, mais ils sont capables de se retrouver et deviennent encore plus forts. C'est le cas de Bridget et de son mari. Du moins, c'est ce que Bridget lui a raconté quand elle lui a recommandé Marty comme thérapeute.

Force est de constater que Johanne ne peut pas lui pardonner, c'est au-dessus de ses forces. Quand Christopher a osé nommer sa nouvelle amoureuse, elle a perdu tous ses repères. Elle n'est pas particulièrement proche de sa cousine, elles ont quand même une grande différence d'âge et de personnalité, mais elle demeure sa cousine germaine après tout. Avec un rictus sarcastique, elle ajoute d'une voix presque inaudible :

— C'est une trahison Christopher. Si c'est un coup de foudre et « plus fort de toi », pourquoi m'as-tu marié et fait un enfant ?

— Arrgh ! Johanne ! Mia était en voyage quand on s'est marié. Souviens-toi, je l'ai vue pour la première fois lors du baptême de Maxime. On ne s'était jamais rencontrés auparavant. Ensuite, j'ai réalisé que je ne pouvais pas vivre sans elle et elle sans moi. Je le sais que ce n'est pas ce que tu veux entendre, mais je ne te laisserai pas venir briser ma relation avec Mia. C'est mon âme sœur.

Même si Christopher parlait d'un ton très doux et presque suppliant, c'est comme si chacun de ses mots blessait Johanne comme s'il lui enfonçait un poignard directement au cœur.

— Alors, il n'y a plus rien à faire. C'est la fin pour nous. Je ne te ferai plus jamais confiance, Christopher. Je ne pourrai plus jamais croire aucune de tes paroles. Menteur un jour, menteur toujours.

En prononçant ces paroles, Johanne détourna la tête et toute la peine qu'elle tentait de contenir s'est déversée de ses yeux. Les larmes coulaient toutes seules. C'était la plus grande tristesse qu'elle n'avait jamais ressentie, Johanne pleura en silence sans soubresauts, sans hoquets. Toute la colère qu'elle avait ressentie quelques minutes à peine avait laissé place à un grand vide, à une peine immense.

Christopher reconnaissait lui aussi que ça ne servait plus à rien. Quelque chose s'était fracassé en mille morceaux entre eux, c'était irréparable. Ni l'un ni l'autre n'allait réussir à se faire confiance à nouveau. Après quelques minutes de conduite silencieuse, Christopher reprenait d'un ton plus calme :

— Non Johanne, tu ne porteras pas le blâme pour l'échec de notre mariage. Il n'y a pas de faute. Ce que nous avions ensemble est juste mort. On est rendu au bout de la route. Je te dépose à la maison et je quitterai le domicile. On s'arrangera et on fera ce qu'il faut pour Maxime.

Malgré le constat de la mort de la relation, Johanne se sent soulagée. Elle sait qu'elle devrait encore être fâchée et triste, mais Christopher a raison. Ils sont rendus là. Leur relation est rendue là. C'est terminé. Elle est soulagée de ne pas avoir eu à prononcer les mots. Maintenant que c'est dit, elle se sent délivrée d'un poids énorme. Encore une fois, elle n'a pas eu à prendre la décision finale, mais cette fois-ci, ça fait son affaire.

D'une voix neutre, et en tournant la tête afin de regarder par la fenêtre, Johanne ajoute :

— D'accord, mais dépêche-toi un peu, l'heure du dodo de Maxime approche.

Christopher soupire, exaspéré.

∞ ∞ ∞ ∞ ∞ ∞ ∞ ∞ ∞

2023

— Je l'ai donc déposée à la maison que j'ai quittée pour ne plus jamais revenir y habiter. On avait bien réalisé que la rupture était finale.

— Oh wow, je ne sais pas à quoi je m'attendais, mais c'est une histoire d'une tristesse absolue.

— Oui et non. Je regrette d'avoir fait de la peine à Johanne, mais je ne pouvais plus continuer à faire semblant. J'étais amoureux fou de Mia et je ne voulais pas laisser filer le bonheur à cause d'un choix que j'avais fait auparavant.

— Et donc, vous avez quand même réussi à trouver un terrain d'entente concernant Maxime ?

— C'est un bien grand mot.... On s'est entendu pour la garde partagée, car il était très important autant pour moi que pour Johanne que l'on soit impliqué l'un comme l'autre dans la vie de notre fils. Mais, elle ne me faisait pas plus confiance. Elle a commencé à douter de tout ce que je lui disais… même des choses les plus anodines. Elle me textait et m'appelait continuellement quand Maxime était chez moi. « N'oublie pas qu'il doit se coucher à vingt heures », « tu dois lui donner un bain tous les soirs », « Assure-toi de varier ses repas, il ne faut pas qu'il mange toujours la même chose »... bref, c'était très envahissant.

— J'imagine que c'était presque un soulagement quand elle a disparu....

Aussitôt ses paroles prononcées, elle se rend compte de son erreur. Se tournant vers elle, Christopher plante son regard dans le sien et ajoute d'une voix dure :

— Si tu penses que tu es la seule à avoir pensé comme ça et même la seule à m'avoir dit ça, eh bien, tu te trompes royalement. Je pensais que tu étais différente et que tu voulais vraiment trouver Johanne. Je te l'ai dit et je te le répète, dit-il en exagérant particulièrement chacun de ses mots : Je. N'ai. Rien. À. Voir. Avec. La. Disparition. De. Johanne.

Ne pouvant soutenir son regard plus longtemps, Anne baisse la tête en répondant :

— Je le sais, Christopher. Je ne sais pas pourquoi je t'ai balancé ça au visage. Désolée, vraiment... je suis désolée.

Pour appuyer ses paroles et s'assurer de bien lui faire comprendre le sens de ses mots, elle se lève et le force à lui faire face en lui prenant les épaules :

— Je t'assure Christopher, je suis convaincue que tu n'as rien à voir avec la disparition de Johanne.

Tu as trouvé le bonheur avec quelqu'un d'autre alors tu n'avais aucune raison de faire disparaître Johanne. Ça je le sais, je le sens.

Chapitre 9

De retour au chalet, Anne rassemble ses découvertes de la journée. Ce fut une journée rocambolesque où elle a vécu toutes sortes d'émotions : de l'espoir, du découragement et de l'apitoiement, qui ont fait place à un enthousiasme renouvelé. Encore trop excitée par les événements de la soirée, elle sait qu'elle ne pourra pas trouver le sommeil. Elle attrape une couverture chaude et un café fumant pour s'installer sur la véranda. Elle tourne son regard vers le ciel étoilé. Il est difficile de bien voir les étoiles dans le ciel de Montréal à cause de la pollution lumineuse. Ici, au pied des montagnes de Poxton, la vue qui s'offre est envoûtante. Elle fait plusieurs parallèles entre les éléments de ses enquêtes et la voûte étoilée. À première vue, le ciel est parsemé d'une multitude d'étoiles de manière aléatoire. Certaines sont blanches, d'autres sont plutôt jaunes, certaines sont très brillantes tandis que d'autres semblent vouloir s'effacer. En regardant plus attentivement, on voit apparaître les constellations. On commence à relier certaines étoiles entre elles afin d'en dessiner une forme. Elle trouve assez facilement la Grande Ourse et de là, l'étoile Polaire qui la mène vers la Petite Ourse. Ce sont les deux constellations les plus connues et les plus reconnaissables. Pour sa part, Anne n'est jamais satisfaite tant qu'elle n'a pas trouvé la constellation Cassiopée, sa préférée. Elle trace une ligne imaginaire entre la Grande Ourse et l'étoile Polaire. En continuant cette ligne imaginaire, elle trouve la Voie lactée. C'est dans la Voie lactée qu'elle reconnaît Cassiopée avec sa forme en W.

Tout comme pour les enquêtes, elle doit pouvoir identifier les éléments qui la mèneront vers leur résolution ce que les constellations symbolisent dans le ciel étoilé, où elle doit laisser de côté les éléments qui font partie de la Voie lactée. La difficulté est de savoir quels éléments font partie de la constellation et lesquels font partie de la Voie lactée.

Malgré sa rencontre fortuite, mais oh combien intéressante et fructueuse avec Christopher, elle n'arrive toujours pas à identifier les informations importantes pour l'enquête. Elle tourne et retourne les faits et les personnes impliquées, mais quelque chose lui échappe encore. Au bout d'une heure, elle se lasse et décide de rentrer. Son café est devenu froid et sa couverture n'empêche pas l'humidité de la nuit de lui donner le frisson. Peut-être que CCs0lv3r pourrait l'aider à y voir plus clair ? En marchant vers la porte, son pied frappe un objet léger. Elle n'avait pas remarqué le journal roulé sur lui-même qui a été déposé près de sa porte. Elle ramasse le journal local et le déroule afin d'y lire les grands titres. Elle pousse la porte en pensant que tout n'est pas perdu. Ce journal vient de lui donner une idée. Elle croit savoir comment faire avancer l'enquête. Elle se dépêche d'entrer pour se réchauffer et mettre CCs0lv3r au courant de ses dernières découvertes.

∞ ∞ ∞ ∞ ∞ ∞ ∞ ∞ ∞

Malgré une nuit agitée, Anne se lève avec beaucoup d'énergie bien avant la levée du soleil. Elle se reproche d'avoir pris un café trop tard dans la soirée, c'est sûrement la caféine qui est responsable de sa nuit mouvementée. Mais une toute petite voix lui murmure que c'est plutôt l'excitation face à la possibilité d'explorer une nouvelle piste.

En sirotant un autre café, elle feuillette le journal laissé à sa porte. Comme elle s'en doute, il n'y a rien de très inspirant. On souligne les événements locaux qui auront lieu pendant la semaine, quelques clichés du maire qui serre la main d'un citoyen pendant une annonce certes importante pour la ville, mais plutôt insignifiante pour quelqu'un de passage comme elle. Son idée de génie de la veille lui revient alors en tête. Elle se reproche de ne pas y avoir pensé plus tôt, considérant son métier. La prochaine source de l'enquête doit être le journal local. Outre le corps de police de la région, la deuxième source importante d'informations est sans contredit le journal local et les articles relatant l'affaire de la disparition de Johanne.

Une dernière vérification s'impose, question de s'assurer que la porte d'entrée est bien verrouillée, et Anne s'installe au volant de sa voiture de location. Elle règle le GPS en direction du centre-ville de Poxton et elle commence à répéter son approche. Elle ne se fie pas à son sens d'orientation, surtout lorsqu'elle répète son texte d'introduction.

À voir la taille du journal hebdomadaire, il est certain qu'une affaire de disparition a été une très grande nouvelle pour cette municipalité. Les journalistes locaux ont certainement prêté beaucoup d'attention à cette histoire qui somme toute, est plus intéressante que celle relatant le déplacement d'un arbre, même si celui-ci est presque centenaire.

Grâce à Germaine - nom affectueux qu'elle donne à la voix de son GPS qui la gère et la mène à bon port - elle ne rencontre aucune difficulté à trouver les bureaux du journal. Sachant que le journal a publié que les faits officiels tels que récités par le chef Peter Moore, elle espère qu'un journaliste pourra lui donner des détails supplémentaires, moins officiels, et donc, non autorisés pour publication de la part du corps de police de Poxton. En tant que réviseure pour la Presse canadienne, elle sait que les journalistes en savent plus que ce qu'ils peuvent publier, par manque de preuves. Ce sont cependant ces détails qui, souvent, permettent aux journalistes de progresser et de faire éclater une histoire au grand jour. Et elle espère en trouver un qui pourrait justement l'aider en ce sens. Lui donner juste un détail de plus pour l'aider à faire toute la lumière sur le cas.

Elle prend une grande inspiration en poussant la porte des bureaux de l'hebdomadaire.

Sans trop savoir à quoi s'attendre, Anne est tout de même surprise de voir que le bureau fonctionne à plein régime. Les téléphones sonnent sans cesse, il y a un murmure constant de conversation entre collègues et la réceptionniste semble débordée. En patientant devant son bureau, Anne prend le temps de s'imprégner de cette atmosphère. Elle décide que la meilleure façon d'aborder la réceptionniste est d'aller droit au but et de se présenter comme étant une collègue qui travaille pour La Presse canadienne. Le prétexte n'est presque pas faux.

— Bonjour, je peux vous aider ?

Ça y est, c'est le temps où jamais.

— Bonjour, madame, je suis de la Presse canadienne et j'effectue quelques recherches concernant une vieille affaire de disparition à Poxton. J'espère que vous pourrez m'aider ?

Malgré son désir de paraître professionnelle et sûre d'elle, Anne n'a pu contrôler son ton et sa dernière phrase est sortie comme une question plutôt qu'une déclaration.

— Une vieille affaire vous dites ? Écoutez, on est vraiment débordé ici avec les élections à la mairie qui arrivent, les citoyens sont plus divisés que jamais. Alors vous comprendrez qu'une vieille affaire ne fait juste pas l'affaire, dit la réceptionniste en consultant son écran d'ordinateur.

Anne reprend :

— J'aimerais parler avec le ou les journalistes qui ont travaillé sur l'affaire Johanne Reed. Je le sais que ça fait déjà…

— Désolée, je ne peux pas ne pas vous aider. Je ne connais pas cette femme et je ne sais pas qui a travaillé sur le dossier.

En lui répondant, la porte de l'entrée s'est ouverte sur l'éditeur en chef qui déboule en trombe dans l'entrée. Anne le reconnaît grâce à sa photo qui accompagnait l'éditorial qu'elle a lu hier soir.

Ignorant complètement la visiteuse, la réceptionniste s'est empressée de se lever et se met à la poursuite de l'éditeur en faisant de petits pas rapides tout en lui faisant un compte rendu des appels et des messages reçus pendant son absence.

Comprenant qu'elle n'aura pas beaucoup d'aide de la part de la réceptionniste, Anne se penche sur son bureau afin de lui laisser un message. Anne a noté son message et son numéro de cellulaire sur un post-it qu'elle a collé en plein milieu de l'écran de l'ordinateur de la réceptionniste. La pimbêche ne pourra pas prétendre qu'elle n'a pas vu le message, c'est certain. En voulant sortir rapidement de l'enceinte du bureau, elle tombe nez à nez avec une très jeune personne. Interdite, Anne tente de bredouiller une excuse quelconque pour expliquer sa présence derrière le bureau. La jeune femme la regarde avec de grands yeux ronds. Elle finit par lui débiter :

— Écoutez, vous n'aurez aucune réponse ici. Du moins, il n'y aura pas beaucoup d'ouverture.

— Mais je ne comprends pas. Vous travaillez ici ? lui demande Anne tellement surprise que ses sourcils rejoignent presque sa ligne de cheveux.

En acquiesçant de la tête, la jeune femme ajoute avec un air mystérieux :

— Je me souviens de cette histoire de femme disparue. D'un geste fluide, elle décolle la note qu'Anne venait tout juste de coller sur l'écran, et elle ajoute : je vous donne rendez-vous. Surveillez vos textos.

Sans attendre, elle tourne les talons et disparaît dans le corridor.

Anne n'est pas bien certaine de ce qui vient de se produire. Cette personne a l'air d'avoir seize ans. En fait, elle a l'air trop jeune pour être employée au journal et encore moins d'avoir travaillé sur le cas de disparition de Johanne il y a sept ans. Elle est certaine qu'elle est victime d'un canular. Cette jeune fille n'a certainement aucune information qui pourrait lui être utile. Et maintenant qu'elle a repris sa note avec ses coordonnées, personne au journal ne pourra la rejoindre. Elle quitte donc les bureaux du journal d'un air penaud. Elle était persuadée qu'elle trouverait une piste au journal.

Aussitôt assise dans sa voiture, la sonnerie texto se fait entendre.

ON SE VOIT AU BAR À 16 h — JE M'APPELLE MARIE

Anne présume que c'est la jeune demoiselle du journal. Elle n'a pas donné son numéro de cellulaire à beaucoup de personnes depuis qu'elle est arrivée à Poxton. En fait, ce n'est pas Peter Moore ou Marty Cole qui se feraient passer pour une Marie. Tandis que Bridget, la collègue bibliothécaire de Johanne serait plutôt du genre à téléphoner qu'à envoyer un texto.

Eh bien, peut-être que tout n'est pas perdu ! Au moins, cette jeune Marie est fiable. Elle a rempli sa promesse et plus tôt que tard à part ça. Ce sera donc au bar, là où finalement elle semble trouver le plus d'informations, qu'elle se dirigera à l'heure indiquée pour rencontrer Marie. Anne va lui donner sa chance. Elle n'a plus beaucoup d'autres pistes à explorer, de toute façon.

∞ ∞ ∞ ∞ ∞ ∞ ∞ ∞ ∞

Ouf ! Elle doit attendre toute la journée avant de voir Marie. Elle devrait en profiter pour faire avancer l'enquête, mais elle ne sait plus comment procéder sans parler à de nouvelles personnes. Au volant de sa voiture louée, Anne tourne en rond dans Poxton. Elle visite et revisite les lieux fréquentés par Johanne. Elle commence par passer devant sa maison. Il y a une nouvelle famille qui y habite maintenant, mais Anne a besoin de se plonger dans l'environnement de Johanne. Elle aimerait canaliser son énergie, voir ce qu'elle voyait à tous les jours.

Elle essaie d'imaginer un peu comment Johanne aurait pu se sentir à la sortie de la fameuse dernière session de thérapie telle que racontée par Christopher. Il n'a certainement pas été facile pour elle d'avoir le goût de continuer. En se fiant à Bridget, Johanne n'aimait pas beaucoup parler d'elle ni de ses problèmes. Elle n'a sûrement pas demandé de l'aide à personne dans son voisinage ou parmi ses connaissances. Anne se demande vraiment comment elle a pu passer au travers de sa séparation toute seule. Qu'est-ce que Anne aurait fait si elle avait été dans la même situation que Johanne ? Apprendre que ton mari est amoureux fou de ta cousine et qu'il désire abandonner sa femme et son enfant afin de ne pas négliger son propre bonheur ? C'est impensable. Johanne se sentait déjà seule quand elle était en couple. Elle ne peut imaginer son sentiment de solitude dans cette épreuve. En plus, Johanne devait aussi s'occuper de son petit bonhomme de trois ans. En se fiant aux dires de Christopher, elle était même une mère poule. Forcément, Maxime était la force motrice de Johanne pour continuer à avancer et ne pas baisser les bras. Elle devait demeurer forte pour son fils.

En attendant l'heure du rendez-vous avec Marie, Anne décide de retourner à la bibliothèque. Peut-être que Bridget peut l'aider à mieux comprendre comment Johanne a réussi à reprendre le fil de sa vie.

Il n'y a rien comme une bibliothèque pour trouver du réconfort et un endroit tranquille pour réfléchir. Anne a toujours trouvé rassurant de se trouver entourée de livres et de romans. Elle n'a pas besoin d'interagir avec eux au moins. Les livres sont toujours là pour vous offrir leur contenu sans vous juger. Parfois, c'est pour le temps d'une escapade dans un roman de suspense ou d'amour et tandis qu'à d'autres moments, comme c'est le cas aujourd'hui, c'est pour faire des recherches approfondies.

Arrivée au comptoir, elle demande si Bridget est présente et si elle peut lui accorder quelques minutes. On lui indique que c'est son jour de congé.

Il lui reste encore quelques heures avant son rendez-vous avec Marie au bar, alors aussi bien s'installer ici et relire ses notes afin de mettre le doigt sur ce qui lui échappe. En sortant son ordinateur de son sac, son cahier de notes glisse de ses mains et tombe ouvert sur la table de travail avec un bruit sourd. Le jeune homme derrière le comptoir lui lance un regard noir, mais Anne se demande qui pourrait-elle bien déranger puisque la bibliothèque est vide. Elle prend son cahier de notes et son regard tombe sur une phrase qu'elle a notée rapidement à la suite de sa « session » avec Marty Cole, le thérapeute. Elle ne se souvenait pas de ce détail, mais maintenant qu'elle l'a sous les yeux, elle ne peut pas croire que ça lui avait échappé.

Elle avait raison.... Johanne n'a pas pu surmonter sa séparation seule. Elle a bien eu de l'aide pour à passer au travers. Marty lui a indiqué qu'elle était en bonne voie de passer à autre chose. Comment aurait-il pu savoir ça s'il n'était pas celui qui l'aidait ? Ça a beaucoup de sens.... Marty est un thérapeute donc, il n'avait aucune raison de ne pas proposer son aide à Johanne une fois la thérapie de couple interrompue.

Anne ressent quelques petits papillons dans son ventre, comme à chaque fois qu'elle découvre une nouvelle piste. Elle commence d'ailleurs à se fier à l'apparition de ces petits papillons puisqu'elle sait que son instinct se trompe rarement.

Elle se connecte à son navigateur internet et commence à effectuer des recherches sur ce cher Marty Cole. Serait-elle assez chanceuse pour découvrir quelque chose de nouveau sur lui ? Elle trouve assez louche le fait qu'il ait tenté de camoufler qu'il continuait à voir Johanne après la séparation. Ce n'est pas sujet au secret professionnel de confirmer une patiente, mais pourquoi vouloir le cacher ? Pourquoi ne pas lui avoir dit clairement qu'il était son thérapeute post-séparation ?

Elle met ses écouteurs, monte le son et met le cap sur Marty Cole, thérapeute en tapant les premiers mots d'une longue série de mots clés dans son navigateur internet. Les heures restantes avant son rendez-vous ne seront pas de trop pour explorer cette nouvelle piste à fond.

∞ ∞ ∞ ∞ ∞ ∞ ∞ ∞ ∞

En entrant au bar avec quelques minutes de retard, Anne trouve Marie déjà installée à une table. En la regardant plus attentivement, Anne remarque qu'elle est effectivement très jeune. Elle doit encore être à l'université. Il est surprenant qu'elle ait été admise dans le bar. Elle a cet air de jeunesse et de nonchalance qui émane de tous les milléniaux. Complètement absorbée par ce qui se passe sur son téléphone, elle ne semble pas porter attention à son environnement. Anne espère qu'elle ne perdra pas son temps. Elle aurait aimé continuer ses recherches sur Marty Cole. Elle n'a rien trouvé d'important, mais pense qu'elle n'est juste pas tombée sur la bonne information. Il faudra continuer à explorer cette piste.

En s'assoyant devant Marie, Anne lui tend la main et lui sourit.

— Bonjour Marie.

— Bonjour Anne, de La Presse canadienne, lui répond-elle avec un sourire franc et des yeux intelligents.

Étonnamment, la conversation démarre rapidement et naturellement entre les deux. C'est la première personne avec qui Anne converse réellement depuis son arrivée à Poxton et elle se permet d'être un peu plus elle-même. Après tout, c'est Marie qui lui a donné rendez-vous. Décidément, Marie doit faire bonne impression sur elle, cette réalisation soulage un peu l'anxiété sociale de Anne. La pression est sur Marie en ce début de conversation, et non pas sur Anne. Sans préambule, Marie lui indique qu'elle était très intriguée par sa question à la réceptionniste.

— Je sais que je suis simplement une stagiaire, mais les bozos au journal ne réalisent pas que j'ai un énorme potentiel journalistique. Je m'intéresse à plein de choses et ce n'est pas parce que je suis jeune qu'on peut m'ignorer ou croire que je suis bonne simplement pour distribuer du courrier et apporter des cafés.

— Alors Marie, tombons dans le vif du sujet, est-ce que tu as de l'information sur Johanne Reed ou pas ? demande Anne avec une pointe d'irritation dans la voix. Effectivement, Anne est en train de perdre un temps précieux pour une petite stagiaire qui pense qu'on ne lui donne pas sa chance.

— De l'information étant un bien grand mot. Je me souviens du cas. C'était toute une histoire à Poxton quand c'est arrivé. Tu comprends que ce genre de chose n'arrive pas dans notre ville. Ça arrive ailleurs, mais pas ici.

Prenant une grande inspiration, Marie décide de faire son pitch :

— Anne, j'aimerais t'aider à enquêter sur la disparition de Johanne Reed. Je suis de la place, je connais les joueurs et en plus, je sais qu'on a tenté de cacher beaucoup d'informations concernant ce cas-là. C'était vraiment LE sujet de conversation dans le temps. En fait, c'est cette histoire qui a allumé ma flamme pour le journalisme. J'avais quatorze ans quand c'est arrivé et j'étais tellement consumée par cette histoire que j'étais persuadée que c'était moi qui allais la retrouver. J'ai lu tout ce qui s'est écrit sur le cas et j'étais convaincue que la clé du mystère était cachée dans ces articles.

Anne ne peut s'empêcher de sourire et de lui lancer :

— Ça n'a pas dû être une très longue lecture, je n'ai presque rien trouvé dans les archives. C'est comme si les journalistes se sont contentés de répéter ce que le chef de police a bien voulu faire paraître.

— Oh que tu te trompes… Réponds Marie avec une pointe d'excitation dans la voix et les yeux pétillants. Beaucoup d'articles ont été écrits, c'est juste que tu n'as pas eu accès à tout, dit-elle en haussant les épaules comme si c'était une évidence. Tu sais, au bout de cinq ans, beaucoup d'articles sont retirés du web et archivés hors ligne… Mais grâce au journal, j'ai accès à l'inventaire complet, depuis le début des temps… enfin presque.

Surprise par ses propos, Anne jauge Marie afin de déceler si elle ne fait que se rendre intéressante ou si elle aura le courage de faire ce qu'elle propose. Elle a un regard intelligent, une volonté et l'enthousiasme de la jeunesse qui croit que l'on va réussir tout ce que l'on entreprend. Mais Anne n'est pas encore convaincue que cette jeune personne pourrait réellement l'aider. C'est une chose d'échafauder des plans bien assis à une table dans un bar, mais c'en est une toute autre de procéder à une enquête en profondeur. Incapable de se décider à tout lui déballer, Anne la met au défi :

— Puisque tu as tout lu sur le cas, que connais-tu de l'affaire ?

Marie commence à lui raconter ce qu'elle se souvient du cas et surtout ce qui a marqué son imagination d'adolescente. Ses souvenirs sont un peu vagues qu'elle justifie du fait qu'elle n'était encore qu'une adolescente au moment de lire les articles. Elle effectuera une recherche dans les archives du journal local afin de tout relire et se rafraîchir la mémoire. Cependant, il n'y a aucun nouvel élément pour Anne dans son récit. Ce sont toutes des informations qu'elle connaît. Marie conclut :

— Je me souviens combien mes parents compatissaient avec la famille. Ils disaient que c'était épouvantable de vivre autant de drames pendant une seule année. Pour appuyer ses propos, Marie énumère les drames sur ses doigts : la séparation à cause d'une liaison avec la cousine, neuf mois plus tard la disparition de l'ex-femme et un bébé qui ne connaîtra pas sa mère. C'est vraiment un concours de circonstances particulier, tu ne trouves pas ?

Décidant de lui faire confiance, et surtout, n'ayant rien à perdre, Anne lui explique alors ce qu'elle a découvert jusqu'à présent concernant Christopher, Maxime, Mia la cousine, Bridget et Marty Cole. Heureuse comme une puce qu'Anne ait décidé de lui faire confiance, Marie écoute attentivement toute l'information transmise.

— Donc, on résume : Johanne est une personne très privée, ne parle pas de ses émotions à ses amies et évite à tout prix d'être ou de devenir le centre de l'attention. Mais avec la trahison de Christopher, je ne peux pas croire qu'elle ait réussi à pleinement accepter sa séparation, résume Marie pour démontrer à Anne qu'elle a écouté très attentivement son compte rendu.

C'est à ce moment que Anne explique son hypothèse voulant qu'elle soit persuadée que Johanne a continué à travailler avec Marty Cole pour l'aider à passer à travers son épreuve. Marie est complètement subjuguée par le récit de Anne.

Même si Marie s'adresse à Anne, elle fixe un point au-dessus de sa tête. Elle est en train de réfléchir tout en parlant. Elle tente de se souvenir des bribes de conversations entendues il y a sept ans. Même si elle n'avait que quatorze ans lors des événements et que selon elle, elle était assez vieille pour parler de ce genre d'affaires, les adultes de son entourage n'étaient pas du même avis et changeaient toujours de sujet lorsqu'elle commençait à poser des questions concernant cette histoire. Elle n'a jamais compris d'ailleurs pourquoi les adultes ne voulaient jamais parler du cas avec elle.

— Oui, je suis d'accord et je dois avouer que j'ai trouvé que les circonstances de cette séparation étaient très bizarres, ajoute Anne. Elle continue en se penchant un peu en avant comme si elle confiait un grand secret à Marie : entre toi, moi et le mur, je ne pense pas que Christopher soit responsable de la disparition de Johanne. Il ne me donne pas l'impression qu'il cherche à cacher quelque chose.

D'un même mouvement, les deux filles s'appuient sur le dossier de leurs chaises respectives. Elles se réfugient chacune dans leurs pensées et un silence confortable s'installe entre elles. Marie continue de fixer le vide tandis que Anne passe son index sur sa lèvre inférieure.

C'est seulement lorsque le serveur leur apporte leurs verres qu'elles réalisent que ça fait un bon moment qu'elles sont silencieuses. Marie brise le silence avec un petit rire nerveux.

— En tout cas, on n'est pas au bout de nos peines dans cette affaire. Dès demain, je vais fouiller dans les archives au journal, annonce Marie. Elle continue en haussant les épaules : de toute façon, personne ne va s'en rendre compte, tout le monde m'ignore pas mal en disant que je suis juste une stagiaire. Ils pensent tous que je ne suis bonne à rien parce que je suis jeune.

Anne reconnaît cet air de défi. Marie a quelque chose à prouver autant aux journalistes qu'elle côtoie qu'à Anne. Ce sera le test parfait pour voir si Marie fera ce qu'elle dit. En plus, c'est un enjeu professionnel pour la jeune stagiaire, elle veut montrer à l'éditeur de l'hebdo qu'elle a ce qu'il faut pour réussir dans le métier. En vérité, Anne se reconnaît un peu dans cette volonté de prouver sa valeur. C'est d'ailleurs ce qui l'a poussé à défier les adultes dans son entourage lorsqu'elle a commencé à enquêter sur des affaires non résolues.

— Merci beaucoup pour ton offre Marie, dit Anne avec un sourire chaleureux. J'apprécie beaucoup. Disons qu'on se donne rendez-vous demain en soirée ici au bar pour voir ce que tu auras réussi à trouver ?

— C'est un rendez-vous ! Je te le promets Anne, tu ne seras pas déçue.

Anne lui tend sa main en se levant, mais à sa grande surprise, Marie la prend dans ses bras et lui fait un câlin énergique et rapide.

SUR LES SENTIERS

∞ ∞ ∞ ∞ ∞ ∞ ∞ ∞ ∞

Au lendemain de sa rencontre au bar avec Marie, Anne a déjà accompli beaucoup, mais a désormais l'impression de tourner en rond. Seulement en avant-midi, elle s'est permise de faire la grasse matinée, pour ensuite aller faire une randonnée dans la forêt autour du chalet. Elle est ensuite allée en ville pour prendre un petit déjeuner. De retour au chalet, elle a envoyé un courriel à CCs0lv3r pour lui faire un compte rendu de l'enquête. Ça fait cinq jours qu'elle est arrivée à Poxton et a l'impression que son enquête avance à pas de tortue.

Pour la deuxième journée consécutive, Anne doit occuper toute sa journée en attendant Marie. Elle espère que ses recherches auront été fructueuses. Tant qu'à attendre, aussi bien profiter de cette énergie pour aller faire quelques emplettes. Elle reprend donc la route vers le centre-ville.

∞ ∞ ∞ ∞ ∞ ∞ ∞ ∞ ∞

C'est le calme plat à cette heure de la journée dans la petite épicerie. Il y a tellement peu de monde qu'on dirait que toutes conversations sont amplifiées. Habituellement, elle ne prête pas beaucoup attention aux sons environnants dans une épicerie, mais aujourd'hui, tout est assourdissant. Chaque bruit résonne dans son corps. Elle n'en peut plus, tout semble l'énerver. Elle entend les caissières faire des plans pour le weekend qui approche, son panier a une roue qui grince, les talons hauts de la gérante claquent au sol pendant qu'elle fait sa tournée du magasin. Elle sursaute quand elle entend un vacarme infernal qui provient de l'allée voisine. Quelqu'un a dû renverser plusieurs conserves. Elle entend une dame qui se confond en excuses auprès d'un commis qui a accouru rapidement.

Anne se surprend à reconnaître la voix qui s'excuse. Eh oui ! c'est la voix de Bridget, la collègue de Johanne à la bibliothèque. Inquiète, Anne pousse rapidement son panier afin de s'assurer que la vieille dame va bien.

— Bonjour, Bridget, tout va bien ? Il me semblait que j'avais bien reconnu votre voix.

La vieille dame lève un regard vers Anne, mais ne semble pas la reconnaître immédiatement.

Elle décide de l'aider en se pointant et dit :

— C'est moi Anne. On a dîné ensemble il y a deux jours. Je vous ai parlé de Johanne Reed, dit-elle en ramassant quelques conserves renversées.

— Ah oui – eh ! Moi et ma mémoire. Comment ça avance tes recherches ?

— Pas aussi rapidement que je l'aurais souhaité malheureusement. Mais, j'imagine que l'on veut toujours aller plus vite même si parfois ça prend le temps que ça prend.

— Hélas ! C'est ce que j'ai appris dans la vie. Les choses arrivent pour une raison et c'est seulement avec les années qui passent que l'on comprend la vraie raison, dit Bridget en s'appuyant sur le bras de Anne.

Les grands discours philosophiques ne font pas partie des conversations préférées de Anne. Elle trouve que c'est très cliché et que ce genre de conversation devient stérile assez rapidement. Elle croit fermement que chacun est responsable de son propre destin. Tentant de changer de sujet, Anne lui demande :

— J'espère que vous allez bien et que vous ne vous êtes pas blessée. Quand j'ai entendu le bruit…

— Ne t'en fais pas pour moi ma très chère. Je ne prêtais pas attention et mon panier a fait tomber l'étalage. Je vais bien. D'ailleurs, je dois appeler mon mari pour qu'il vienne me chercher. J'ai presque terminé.

Puisque Anne n'a rien d'autre à faire en attendant son rendez-vous avec Marie, elle lui propose :

— Laissez tomber, je vous raccompagne. J'ai ma voiture de location et je pourrai vous laisser à la maison si vous le désirez.

— Oh ! c'est très gentil, ma chère. Je vais aviser mon mari qu'il pourra continuer à faire ses courses alors. Nous en profitons pendant mes journées de congé pour faire toutes nos courses en même temps. Je n'ai plus l'âge de faire l'épicerie pendant les journées achalandées. Tout le bruit me fatigue trop. D'ailleurs, j'aime beaucoup mon travail, car le silence est de mise dans une bibliothèque, dit-elle en riant.

Quelques minutes plus tard, au volant de sa voiture, Anne se laisse guider à travers la ville par Bridget. Le quartier où habite Bridget est très coquet, quoique les maisons soient plus âgées que celles du quartier de Johanne. Anne aide Bridget à porter ses emplettes dans la maison en parlant de tout et de rien. En guise de remerciement, Bridget lui offre un café sur la terrasse.

— Nous avons une super belle vue sur la montagne. C'est MA montagne. J'en suis tombée amoureuse dès la première fois que nous avons visité la maison. C'est ce qui nous a convaincus de l'acheter dans le temps. Il n'y avait pas grand-chose autour, mais la montagne était suffisante pour nous.

Armées de cafés fumants et de petits gâteaux, Anne et Bridget s'installent à l'extérieur. C'était une belle journée ensoleillée, le temps était doux et plaisant malgré l'automne déjà bien installé.

— J'adore venir m'installer sur ma terrasse comme ça. Je crois que je ne m'en tannerai jamais.

— J'avoue qu'on oublie qu'on est en ville quand on a cette belle vue directement en face de nous. C'est très relaxant. Merci de m'avoir invitée.

En sirotant leurs cafés, Bridget et Anne s'observent en silence. Elles se lancent quelques petites œillades avec des sourires polis.

— Depuis qu'on s'est parlé, je ne cesse de penser à Johanne, mais je sais qu'elle est bien, là où elle est.

— Que voulez-vous dire Bridget ? On dirait que vous savez où elle se trouve.

— Oui – je le sais. Elle m'a envoyé un message et pour moi, c'est suffisant.

Anne est interloquée. Elle ne peut pas croire que Bridget lui aurait caché une information aussi importante. Elle commence à sentir une certaine rage monter en elle. Elle ne peut s'empêcher de lui lancer sur un ton assez brusque :

— Et tu n'as pas pensé que c'est une information assez importante à partager ? J'ai tellement de questions... Elle t'a contacté quand, comment, pourquoi n'as-tu rien dit ?

Elle n'a pu continuer sur sa lancée, étouffée par un sentiment de déception, de rage et de confirmation qu'elle n'est pas si douée qu'elle ne le croyait en tant qu'enquêteuse. Elle aurait dû être en mesure de tirer ces informations de Bridget lors de leur premier entretien.

D'un air contrit, Bridget semble réaliser d'un coup le malentendu. Elle lui dit d'un souffle,

— Non, ce n'est pas de la déception. Je veux dire que Johanne m'a envoyé un signe un jour, alors que j'étais assise ici sur la terrasse.

Constatant que Anne ne comprend pas du tout, Bridget continue :

— J'étais assise ici et je repensais à Johanne. Je pensais à elle très fort et j'étais triste. Dans une petite communauté comme la nôtre, on ne peut pas croire que quelque chose d'aussi dramatique puisse arriver à quelqu'un qu'on connaît... Qu'on aime. Je lui envoyais des ondes positives et des pensées pour lui donner assez de courage pour passer à travers ses épreuves. Comme tous les autres, j'étais persuadée qu'elle avait décidé de repartir à neuf dans un nouvel endroit. Je ne comprenais pas pourquoi, ni surtout comment elle aurait été capable d'abandonner

Maxime. Je tentais de communiquer avec elle par télépathie. C'est un outil tellement puissant. Je devais lui faire comprendre qu'elle pouvait revenir, qu'on était tous inquiets et qu'elle devait trouver un moyen de gérer sa séparation. En levant mes yeux vers le ciel, un morceau de tissu pris dans cet arbre-là a attiré mon regard, dit-elle en indiquant les arbres logés tout au fond de sa cour.

∞ ∞ ∞ ∞ ∞ ∞ ∞ ∞ ∞

2017

— Gerry ! Gerry, viens m'aider ! Il y a quelque chose dans l'arbre là-haut. Il faut le descendre.

Bridget tente désespérément d'attirer l'attention de son mari. Elle est très agitée, car elle a reconnu les couleurs du morceau de tissu qui est pris dans les branches de l'érable. Il faut qu'elle réussisse à l'attraper pour vérifier et s'assurer que ses yeux ne l'ont pas trompée.

Son mari Gerry arrive avec son échelle. Après plusieurs minutes et tentatives, Gerry a réussi à attraper le morceau de tissu en question.

— Chérie, je ne comprends pas pourquoi c'est si important de sortir ce morceau de tissu. Tu le sais bien que le vent apporte plein de choses de la montagne.

— Oui mon amour, je le sais. Mais tu ne comprends pas… Elle caresse le morceau de tissu avec ses doigts. Elle regarde son mari avec les yeux pleins de larmes en disant : c'est un morceau du foulard de Johanne. J'en suis certaine. Plus que ça, je n'ai aucun doute.

Il a arrêté de contester les propos de sa femme depuis longtemps. Il a bien compris après toutes ces années, que Bridget a sa propre façon de voir les choses.

— Je le vois bien que tu ne me crois pas. Je te le dis… C'est un message… j'essayais d'envoyer des messages d'encouragement à Johanne par télépathie et elle m'a envoyé ce morceau de tissu pour me réconforter. Je crois qu'elle me dit de ne pas m'en faire. Si elle m'a envoyé un morceau de son foulard, c'est qu'elle n'en a plus besoin.

Ne pouvant plus retenir ses larmes, Bridget ajoute avec un hoquet :

— Elle est morte, Gerry… Johanne est morte et elle vient de me le confirmer.

∞ ∞ ∞ ∞ ∞ ∞ ∞ ∞ ∞

2023

Assise dans sa voiture immobile dans l'entrée de Bridget, Anne est abasourdie. Elle ne sait pas si elle doit croire tout ce que Bridget vient de lui raconter. Étant ésotérique, Bridget ne doit pas se tromper sur le compte du foulard de Johanne. Elle lui a même remis le morceau de tissu qu'elle a conservé pendant toutes ces années. Afin de lui prouver que le foulard est bien réel, elle lui a aussi montré de vieilles photos où l'on voit Johanne qui porte un foulard avec les mêmes motifs et couleurs que le morceau récolté dans l'arbre.

En questionnant Bridget davantage, Anne a découvert que ce foulard était un cadeau fait sur mesure par la tante de Johanne. C'est la raison pour laquelle Bridget était certaine que c'était bien celui qui avait appartenu à son amie. Il était unique et elle l'aurait reconnu parmi tous les autres.

Sortant son portable, Anne décide de demander à Christopher ce qu'il en est concernant ce foulard. Sans grande surprise, il confirme les dires de Bridget et lui envoie une adresse lui indiquant qu'elle peut communiquer avec la tante en question. Ce n'est pas un secret que cette tante est la meilleure tisseuse en ville, elle est reconnue pour ses motifs originaux et uniques.

En regardant sa montre, Anne se dit que sa rencontre avec la tante de Johanne devra attendre.

Elle a tout juste le temps de se rendre au bar afin de voir si Marie a progressé de son côté.

∞ ∞ ∞ ∞ ∞ ∞ ∞ ∞ ∞

Encore une fois, lorsque Anne arrive au bar, Marie est déjà installée à une petite table au fond de l'établissement. Cette fois-ci, elle a déjà commandé un gin & tonic, le cocktail préféré de Anne pour elle. Dès qu'elle la voit approcher, Marie se lève et vient à sa rencontre en lui faisant un câlin. Venant de Montréal, Anne est habituée à la bise, qui est un bisou léger sur chacune des joues de l'autre personne, mais les gens ici semblent préférer le câlin beaucoup plus personnel et intime selon Anne. Ne voulant pas offusquer sa nouvelle amie, Anne lui retourne l'embrassade.

Avant même de se rasseoir, Marie commence à déballer son sac avec tout l'enthousiasme qu'Anne lui connaît. C'est à croire qu'elle continue la conversation là où elle l'a laissé la veille.

— Donc, j'ai trouvé de petites choses au journal qui pourraient t'intéresser, mais qui ne feront pas avancer beaucoup l'enquête, je crois…

— Ah oui ? Je suis curieuse. Moi aussi j'ai découvert de petits éléments aujourd'hui. Dis-moi, as-tu réussi à trouver quelque chose sur nos « amis » ?

— Commençons par le plus intéressant… Marty Cole, le travailleur social.

Étant douée dans l'art de la présentation et du suspense, Marie sait comment amplifier les plus petits détails. Elle a baissé la voix en nommant l'intéressé, mais demeure silencieuse avec des yeux pétillants pendant quelques secondes qui paraissent interminables à Anne. Marie ne dira mot avant que son amie le lui demande.

— OK, OK d'accord. Je vais jouer, ajoute Anne en riant, qu'as-tu découvert ma chère Marie ?

Anne apprécie le sens du spectacle de Marie, son optimisme et sa bonne humeur contagieuse. Ça lui fait beaucoup de bien de pouvoir discuter d'un sujet aussi sérieux avec un air de légèreté.

Adoptant un air conspirationniste, Marie commence son récit de découvertes de la journée.

— J'ai trouvé un mini entrefilet où une de ses patientes a porté plainte contre lui. Elle alléguait qu'il lui avait administré de la drogue sans son consentement. Elle avait contacté un journaliste afin de parler de son histoire puisqu'elle trouvait que la poursuite en justice prenait beaucoup trop de temps. L'article a été publié en racontant la version de l'histoire de la vieille dame, mais depuis, rien de plus. Il paraît que la cause n'a jamais été entendue finalement. Ils se sont entendus à l'amiable, hors cour et rien n'a été publié depuis.

— Mais c'est épouvantable cette histoire ! s'exclame Anne.

Elle n'arrive pas à croire que Marty Cole, le travailleur social qui lui est apparu comme celui qui désire réellement aider ses patients, soit aussi capable de les droguer. Mais dans quel but est-ce que Marty Cole pourrait bien vouloir droguer cette patiente ? Tout à l'évidence, cette histoire s'est avérée non fondée, puisqu'il y aurait eu d'autres articles dans le cas contraire. Cependant, Marie n'a trouvé aucun autre article sur le sujet.

— Est-ce que Marty avait commenté l'article ? A-t-il tenté de se défendre ? demande Anne.

— Ce n'était pas précisé dans l'article. J'ai donc pris l'initiative de contacter la dame en question.

Devant le regard incrédule de Anne, Marie s'empresse de préciser :

— Je n'avais pas grand-chose à faire aujourd'hui et je me suis dit que je n'avais rien à perdre de tenter d'avoir plus d'informations… Avec un haussement d'épaules, elle continue, mais ça ne change rien finalement. Malheureusement, la vieille dame est décédée. J'ai réussi à parler avec sa fille qui m'a indiqué que sa mère commençait à faire de la démence au moment des allégations. Personne n'a prêté beaucoup de foi à son témoignage. Même ses enfants n'y ont pas cru. Ils croyaient que c'était une manifestation de sa maladie.

— Pourtant, il y avait assez d'intérêt pour qu'un journaliste s'y intéresse et publie un entrefilet.

— Oui, mais quand on a de l'espace à combler dans le journal, il n'est pas rare que les journalistes choisissent des articles de ce genre. Ça alimente les conversations et ça peut mettre la puce à l'oreille à d'autres « victimes ». Mais l'affaire est résolue et je n'ai pas trouvé d'autres genres d'allégations depuis ce temps.

— Bon OK, alors ça fait le tour pour Marty. Qu'en est-il de Bridget ? Est-ce que tu as trouvé quelque chose sur son compte ?

Marie espérait une meilleure réaction de la part de Anne concernant sa trouvaille sur Marty Cole. Voyant que son amie passe déjà à un autre sujet, elle tente de masquer sa déception qui transparaît tout de même dans sa voix lorsqu'elle reprend :

— Rien de bien palpitant de ce côté-là. Les pots semblent bel et bien réparés avec son mari, car toutes les photos que j'ai trouvées montrent Bridget au bras de son mari dans divers événements de philanthropie. Si un est présent, l'autre y est sans contredit.

Un peu découragée par la maigreur des nouvelles informations découvertes, Anne remercie Marie pour ses efforts :

— Bon ben, ce n'est pas grand-chose de neuf, mais au moins on a fait le tour. On a fait nos devoirs.

— Ouais et même si tu ne me l'as pas demandé, j'ai même fait quelques recherches sur Christopher. Levant la main pour arrêter Anne qui veut protester ; je sais, je sais qu'il ne fait pas partie de ta liste de suspects, mais il fallait que je vérifie quand même… en soupirant elle ajoute : et tu avais raison, du moins au sujet des articles, je n'ai rien trouvé d'intéressant autre que des comptes rendus de tournois de sport.

— Vraiment Marie, je suis tellement reconnaissante pour ton aide avec ces recherches. Es-tu prête à savoir ce que j'ai découvert de mon côté ?

Ayant compris qu'elle a bien piqué la curiosité de Marie, Anne commande une autre tournée à la serveuse et commence à lui raconter sa rencontre fortuite avec Bridget ainsi que l'histoire du foulard. Elle espère que ça va compenser le manque de détails croustillants trouvés au sujet de Marty Cole.

∞ ∞ ∞ ∞ ∞ ∞ ∞ ∞ ∞

Les filles déterminent qu'elles doivent absolument communiquer avec la tante de Johanne. Mais ne sachant pas trop comment procéder, Anne et Marie passent un bon moment à élaborer quelques scénarios, tous plus farfelus les uns que les autres. Étant une tisseuse, la tante de Johanne vend ses créations via le site web Etsy, une plateforme de transaction créée spécifiquement pour et par les artistes. Il y a plusieurs projets sur la page de la tisseuse qui mettent en valeur son immense talent. Elles ont choisi de l'approcher en lui mentionnant qu'elles sont intéressées par un ensemble de napperons en vente sur sa boutique Etsy. Afin de provoquer une rencontre, elles vont prétexter vouloir toucher les napperons avant de les acheter.

— Il faut qu'elle accepte de nous voir, dit Anne à Marie. Ce n'est pas que je veuille la prendre au dépourvu, mais toutes les approches que j'ai faites concernant la disparition de Johanne ont commencé par un refus catégorique de me parler. Je ne veux pas lui donner cette chance et je commence à manquer de temps. Je vais devoir retourner à Montréal sous peu, mes journées de vacances s'écoulent rapidement.

Puisque le bar est trop bruyant, les filles paient leurs consommations et se dirigent vers la voiture de location de Anne. Il y aura moins de bruits ambiants et Anne pourra activer le haut-parleur afin que Marie puisse entendre toute la conversation. C'est donc avec une petite prière silencieuse que Anne compose le numéro de téléphone de la tante de Johanne fourni par Christopher.

Au bout de quatre sonneries, une dame répond.

— Bonjour madame. Je vous appelle parce que j'ai vu un ensemble de napperons sur Etsy et j'aimerais pouvoir les voir avant de les acheter.

-.....

Décontenancée par le manque de réponse, Anne interroge Marie du regard souhaitant qu'elle lui offre une porte de sortie. Mais son regard affolé lui indique qu'elle n'aura pas d'aide de sa nouvelle amie.

— Madame ? Êtes-vous toujours là ?

— Oui, oui, je suis toujours là, mais je crois que vous ne comprenez pas tout à fait comment ça fonctionne une boutique en ligne.

— Euh, c'est que c'est pour un cadeau et je ne veux vraiment pas me tromper.

— Écoutez, je ne fais pas de visites en personne. Vous pouvez commander directement sur le site et si vous n'aimez pas, vous me retournez les produits et je vous rembourse. C'est très simple au fond. Ça vous va ?

Le ton utilisé par la tante de Johanne n'invite pas à la discussion. C'est une femme assurée qui ne s'en laisse pas imposer. Voyant qu'elle a opté pour une mauvaise stratégie, Anne décide de lui avouer la véritable raison de son appel.

— C'est que je dois vous avouer que je ne suis pas réellement intéressée par les napperons. Ils sont très jolis et certainement très populaires, mais ce n'est pas la raison pour laquelle je désire vous rencontrer.

Anne parle de plus en plus rapidement sans arrêter, même pas pour respirer. Elle s'est énervée encore plus lorsqu'elle a vu Marie se donner une tape dans le front. Afin d'apaiser son amie, elle la regarde en haussant les épaules.

— Je vois… Mais vous savez que c'est très bizarre ce que vous dites et vous ne me mettez pas en confiance.

— Désolée, je parle en paraboles. En fait, c'est Christopher Reed, l'ancien mari de Johanne qui m'a donné votre numéro de téléphone.

En mentionnant le nom de Johanne, Anne entend son interlocutrice prendre une inspiration subite. L'effet de surprise est bien présent.

— Bon, je m'appelle Anne Wilson et j'aimerais vous rencontrer puisque j'enquête sur la disparition de votre nièce, Johanne Reed. J'aimerais enfin trouver ce qui lui est arrivé. Je cherche des réponses.

— Il aurait été beaucoup plus facile de me le dire directement au lieu de passer par toute cette histoire. En fait, j'attendais votre appel. Mia m'a avisé que vous tentiez de faire la lumière sur ce qui est arrivé à notre chère Johanne. Vous pouvez passer ce soir si ça vous convient. Je vous envoie mon adresse par texto.

Ne croyant pas leur chance, les deux amies se tapent dans les mains et miment une danse de la victoire dès que la communication est coupée.

Sans plus de préambules, Anne et Marie se rendent au domicile de la tante de Johanne. Enfin, un peu de chance dans cette enquête, pense Anne. Peut-être que la tante de Johanne pourra nous éclairer un peu sur l'histoire de ce fameux foulard. Pourquoi Bridget est-elle si convaincue que ce foulard appartenait à Johanne ? Comment Bridget a-t-elle pu reconnaître d'aussi loin ce bout de tissu ? Elle est tirée de ses pensées par le claquement de la langue de Marie.

— Moi, ce que je veux savoir c'est qui est cette Mia ? Pourquoi est-ce Mia qui a avisé la tante de Johanne que tu pourrais lui donner un coup de fil ? Ce n'est pas Christopher qui t'a donné son numéro de téléphone ?

— Bon point, lui répond Anne tout en gardant les yeux sur la route. Le soleil commence à descendre sur l'horizon et il est aveuglant pour la conductrice. Elle doit fournir un effort supplémentaire afin de ne pas fermer les yeux.

— Mia est la copine de Christopher. Il a laissé Johanne pour elle.... Mais je reviens à ma question, pourquoi est-ce que c'est elle qui a averti la tante de Johanne et non pas Christopher ? Hum… Un autre mystère à ajouter sur la liste…

— Tu es prête Marie ? demande Anne avant d'ouvrir la portière.

— Oui madame ! Ça va être la première fois que j'interroge quelqu'un. C'est vraiment excitant, dit Marie en se frottant les mains d'anticipation. Elle est tellement excitée qu'on dirait une petite fille un matin de Noël.

— On se calme ! N'oublie pas que sa nièce a disparu. Pour nous, c'est excitant, car on veut trouver un nouvel élément d'enquête, mais n'oublie pas que l'on va lui parler d'un membre de sa famille qui a disparu. Elle va sûrement trouver ça difficile.

Arrivées à l'adresse mentionnée par la tante et avant même d'appuyer sur la sonnette, la porte s'ouvre sur une femme qui n'a pas d'âge. Elle n'est ni jeune ni vieille. On ne remarque pas à première vue ses épaules un peu voûtées, ni ses rides qui parsèment son visage, et bien installées autour de ses yeux et de sa bouche. Ce que l'on remarque, c'est plutôt l'énergie contagieuse de cette femme, dans la façon qu'elle se porte, qu'elle vous regarde et la vitesse et précision de ses gestes.

Elle accueille les deux détectives amateurs comme si elles étaient des amies de longue date. Dès leur entrée dans le vestibule, leur hôte leur fait une embrassade et les invite à la suivre au salon. À la suite des salutations d'usages et de leurs compliments sur la qualité des produits tissés par leur hôte, Anne lui montre le morceau que Bridget a trouvé dans le fond de sa cour, pris dans un arbre.

Dès qu'elle aperçoit le bout de tissu, la tante de Johanne semble incapable de parler. Ses yeux se remplissent de larmes et elle ne cesse de masser délicatement l'étoffe entre ses doigts.

— Je le vois bien que vous êtes émotive en voyant ce morceau de tissu. Est-ce qu'il appartenait bien à Johanne ?

— Où avez-vous trouvé ça ? Ça fait tellement longtemps que je ne l'ai pas revu. C'est comme un coup de poing au cœur que de revoir ce bout de foulard.

Marie et Anne se décochent un regard rapide, les deux ont bien compris. La vieille dame vient de confirmer que c'est effectivement un morceau du foulard de Johanne.

— C'est une amie de Johanne qui l'a trouvé et nous l'a remis parce qu'elle sait que nous tentons de comprendre ce qui lui est arrivé.

Le changement physique qui vient de s'opérer chez la tante de Johanne est rapide et imprévu. Tout d'un coup, elle semble complètement soufflée. Toute l'énergie qu'elle semblait posséder quelques minutes plus tôt s'est évaporée. On aurait dit qu'elle n'avait pas dormi depuis plusieurs semaines. Lentement, comme si elle devait fournir un effort colossal, elle se lève du canapé, elle marche tranquillement vers sa bibliothèque adossée au mur pour revenir s'installer avec un album rempli de photos.

— Vous êtes à la recherche d'informations, alors voici mon histoire… Ou plutôt l'histoire de ce foulard. Je ne sais pas si ça va faire avancer votre enquête, mais c'est ma façon d'y contribuer. En feuilletant les pages de l'album photo, elle continue :

— Je suis celle qui a instauré la tradition du foulard parmi mes nièces. Je n'ai pas d'enfants qui ont survécu à la grossesse et c'est le grand drame de ma vie. Après plusieurs fausses-couches, il est devenu clair que je ne serais jamais mère. Pour m'occuper un peu, j'ai commencé à tisser et ça m'a beaucoup aidé à passer au travers de cette épreuve. J'ai tellement tissé que j'en ai fait mon gagne-pain. Je ne peux vous dire combien de jeunes fiancées sont venues me voir afin de garnir leur trousseau. Quand mes nièces ont commencé à devenir mères, chacune à leur tour, je voulais leur offrir un cadeau spécial pour elles en tant que personne. Quand une femme accouche, on pense toujours au joli petit bébé, mais la maman est souvent oubliée. J'ai décidé que j'allais offrir des foulards à mes nièces afin qu'elles ne s'oublient jamais pendant ce grand changement dans leur vie. Les foulards étaient assez grands pour qu'elles puissent s'envelopper dedans comme si je leur donnais un gros câlin à distance. Chaque foulard est unique. Les couleurs et les motifs sont choisis en fonction de la personnalité de chacune de mes nièces. Elles en ont toutes reçu un lorsqu'elles sont devenues mamans. Le bout de tissu que vous m'avez montré provient du foulard de Johanne. Je le reconnaîtrais n'importe où.

En cherchant dans son album de photos, elle continue :

— J'en ai tellement fait. Vous savez, j'ai quatorze nièces, donc j'ai dû être très créative et je suis fière de dire que chaque foulard est unique et reflète la personnalité de chacune de ses propriétaires. Ah voilà, la photo de Johanne avec son foulard.

Elle tourne l'album vers Anne et Marie afin qu'elles puissent voir Johanne et l'œuvre d'art qui est le foulard. Le regard de Marie est attiré vers la photo sur la page suivante où l'on voit une autre nièce, qui semble beaucoup plus jeune que Johanne qui porte fièrement son propre foulard. Voyant le regard de Marie dériver, la tante ajoute :

— Oui, tout le monde a eu droit à son foulard quand elles sont devenues mamans, même si elles n'ont pas accouché.

La façon dont elle a formulé sa phrase surprend Anne qui lève son regard vers la tante.

— Que voulez-vous dire, même si elles n'ont pas accouché ? Certaines ont adopté ?

— On peut dire ça... Voyez-vous, celle qui est sur la page suivante. C'est Mia. Elle a eu droit à son foulard elle aussi, car elle a assumé le rôle de mère auprès de Maxime. Surtout dans les circonstances, la séparation et ensuite la disparition de Johanne. Elle a hérité d'un rôle très particulier et je ne voulais qu'elle s'oublie en tant que femme.

La tante leur parlait comme si elles étaient au courant de tout, mais Anne n'avait pas bien saisi que la Mia à Christopher était aussi nièce de cette dame.

Elles provenaient du même côté de la famille. Ne voulant pas briser l'élan de confidences de la tante, Anne ne relève pas cette découverte et la laisse continuer. Elle approfondira le tout plus tard avec Marie.

— Je pense que Johanne aura été celle qui a le plus porté le foulard. Elle a réellement compris la signification de ce cadeau. Elle l'a porté quand Maxime est arrivé, mais elle l'a ressorti aussi quand elle et Christopher ont commencé à avoir des problèmes de couple. Elle portait son foulard presque tous les jours depuis la séparation. Je me plais à penser que ça lui a apporté un certain réconfort.

Tout en refermant l'album et en le rendant à la tante, Anne fait signe à Marie qu'il est temps pour elles de quitter.

— Vous faites vraiment du beau travail. Ces foulards sont vraiment des œuvres d'art. Vous y avez mis beaucoup de temps et d'amour et le résultat le reflète. Merci beaucoup de nous avoir raconté l'histoire du foulard. On comprend mieux maintenant pourquoi l'amie de Johanne était certaine de ne pas se tromper concernant l'identité de la propriétaire de ce morceau de tissu.

Dès qu'elles sont de retour dans la voiture, les deux jeunes femmes se mettent à parler en même temps. Non seulement, elles ont eu la confirmation que le morceau de tissu appartenait bien à Johanne, mais elles ont finalement compris la place de Mia dans cette histoire. Anne va devoir lui parler. Cette visite a été très porteuse au final.

Chapitre 10

Enfin de retour au chalet, Anne est très satisfaite du déroulement de sa journée. Elle ne pensait pas arriver à trouver de nouveaux éléments et elle sent son optimisme revenir tranquillement. Elle ouvre son ordinateur afin d'écrire à CCs0lv3r pour le mettre au parfum.

En ouvrant sa boîte de réception, elle est surprise par le nombre de courriels qu'elle a reçu en une seule journée. À la lecture de ceux-ci, son sourire commence à s'effacer. Ce sont tous des messages d'inconnus qui l'incitent à abandonner l'enquête. Certains messages sont même menaçants.

La panique commence à s'installer lorsque Anne réalise que ces messages ont été envoyés directement à son adresse courriel personnelle. Ils connaissent son identité. Elle en est surprise et ne se sent pas du tout en sécurité. S'ils ont réussi à trouver son adresse courriel, alors ils doivent savoir où elle loge à Poxton. Clairement, son enquête commence à déranger.

Avec les mains tremblantes et le cœur qui s'emballe, Anne fait le tour de toutes les fenêtres et portes pour s'assurer qu'elles sont bien fermées et verrouillées. En s'essayant à la table de cuisine, elle ferme les yeux et prend trois grandes respirations afin de reprendre un peu le contrôle sur ses émotions. Afin de calmer son moment de panique, elle rationalise les menaces en se disant qu'elle doit sûrement s'approcher de la vérité ou de quelqu'un qui ne veut pas que la vérité soit révélée. Du moins, c'est ce que CCs0lv3r lui dirait. Décidément, quelqu'un sait quelque chose concernant la disparition de Johanne. Sinon, pourquoi essaie-t-on de la chasser ?

S'installant à son ordinateur, à nouveau armée d'un bon café fort et fumant, elle commence à rédiger un courriel à CCs0lv3r. Certes, elle va le mettre au parfum de ses dernières découvertes, mais elle veut aussi profiter de ses talents de pirate informatique. Il est capable de trouver des pistes électroniques comme nul autre. Même si les auteurs des courriels ont tenté de cacher leurs traces, elle est convaincue que CCs0lv3r sera capable de les identifier. Elle écrit aussi au chef Peter Moore. Leur dernière conversation la porte à croire qu'il veut l'aider et qu'il désire vraiment trouver la solution à cette disparition même si sa position officielle ne lui permet pas de le dire ouvertement. Elle le sait pas très chaud l'idée qu'elle soit canadienne et non pas citoyenne américaine. Elle devra lui faire valoir qu'elle a beaucoup plus de points en commun avec lui et les résidents de Poxton qu'un américain Texan. Au moins, elle vit les mêmes saisons qu'eux.

Elle ne doit pas oublier de lui parler des courriels menaçants. Il faut qu'elle puisse compter sur son aide afin de retrouver un certain sentiment de sécurité. Si elle laissait sa peur prendre le dessus complètement, elle serait déjà assise dans sa voiture en route pour Montréal.

Dès le courriel à Peter envoyé, elle entend une notification indiquant qu'elle a reçu un nouveau message. Craignant que ce soit à nouveau des menaces, elle ouvre sa boîte de réception. Soulagée, elle constate que c'est CCs0lv3r qui lui a déjà répondu :

« *Chère MissNane47*

Je suis tellement heureux que ton enquête avance. C'est fou ce que l'on peut découvrir quand on commence à parler aux gens. Il ne faut pas lâcher. Tu dois commencer à t'approcher de quelque chose pour que ça suscite une réaction comme ça.

Je vais définitivement effectuer des recherches afin de trouver l'adresse IP d'origine des messages. Je te reviens dès que je trouve.

En passant, est-ce que tu as entièrement confiance en Marie ? Je trouve ça bizarre qu'on mentionne dans les messages qu'ils savent que des recherches ont été faites dans les archives du journal local.

À bientôt, CCs0lv3r »

— Bon point CCs0lv3r, bon point… murmure-t-elle en soufflant sur son café chaud.

En se fiant à son instinct, elle veut croire que Marie opère de bonne foi, mais elle n'est peut-être pas aussi discrète qu'elle devrait l'être. D'un autre côté, Anne n'est pas tant discrète non plus dans ses recherches. Certes, les gens ne veulent pas ouvrir de vieilles blessures et n'offrent certainement pas facilement de l'information… Mais elle ne pensait pas avoir affaire à ce genre de menace.

En fin de compte, une fois la panique et le choc passés, elle abonde dans le même sens que CCs0lv3r : ça confirme qu'elle est sur la bonne voie. Elle est plus déterminée que jamais à résoudre cette enquête.

∞ ∞ ∞ ∞ ∞ ∞ ∞ ∞ ∞

Les multiples notifications de messagerie réveillent Anne d'un sommeil agité. C'est CCs0lv3r. Il a trouvé quelque chose, c'est certain. Il a été rapide. Il a dû travailler sur le cas toute la nuit.

« *Tu ne devineras jamais d'où proviennent les messages !!!! Je suis plus convaincu que jamais que quelqu'un a quelque chose à cacher dans cette histoire. Tous les messages ont été envoyés d'une seule adresse IP… d'un ordinateur public situé à la bibliothèque municipale.*

On n'est pas plus près de trouver l'identité de l'auteur, mais on est certain de trois choses :

En : les messages sont envoyés de Poxton,

Två : la personne sait qu'on effectue des recherches dans les archives du journal local,

Tre[3] : ils savent qui tu es dans la vraie vie.

Donc, logiquement, tu as probablement déjà croisé la personne qui t'envoie ces messages. Reste aux aguets ! Fais-moi signe si tu reçois d'autres messages. J'espère que cette information peut t'être utile. À + CCs0lv3r »

---

[3] *En, Två* et *Tre* sont les chiffres *Un, deux* et *trois* en suédois.

Il a raison. Il faut que ce soit quelqu'un qui habite à Poxton.

Anne dresse sa liste de suspects. Elle n'a d'autre choix que de se l'avouer, au bout de presqu'une semaine d'enquête sur place, on ne parle plus de personnes qui ont connu Johanne, mais bien de suspects. Les courriels menaçants prouvent que quelqu'un a quelque chose à cacher. Elle repasse encore une fois les informations qu'elle possède.

Bridget semble de plus en plus suspecte dans cette histoire. Les courriels proviennent de son lieu de travail et elle a en sa possession un morceau du foulard de Johanne. Elle tente de convaincre Anne que Johanne est morte. Est-ce que c'est pour l'inciter à abandonner l'enquête ? C'est la seule personne dans toute cette histoire qui est persuadée que la jeune mère est décédée. Tous les autres semblent entretenir l'espoir que Johanne est encore vivante. Ce qui est difficile à cerner avec Bridget, c'est la raison pour laquelle elle aurait voulu faire disparaître Johanne. Elle ne voulait pas prendre le poste de Johanne au boulot et elle semble fragile. Également, sans faire preuve d'âgisme, Anne doute que Bridget soit capable de déguiser son identité numérique si elle est l'auteure des courriels. Anne a de la difficulté à imaginer que Bridget aurait une motivation sinistre dans cette affaire, mais elle ne peut pas l'éliminer de sa liste complètement.

Maintenant qu'elle sait que Mia, la cousine germaine de Johanne, est la femme qui a brisé son couple, elle la voit sous un autre jour. C'est elle qui a avisé sa tante de la visite probable de Anne. Christopher doit la mettre au courant de l'avancement de ses travaux à chaque fois qu'ils se voient. Elle en sait probablement plus sur les progrès de l'enquête qu'Anne ne le doute. Une chose est certaine, elle doit lui parler afin d'avoir son côté de l'histoire et de pouvoir évaluer si elle aurait quelque chose à cacher ou à ajouter tant qu'à ça. Sans cette conversation, Anne ne peut l'éliminer de sa liste. Cette personne est encore un mystère.

Ce qui l'amène à Christopher. Elle est persuadée qu'il n'a rien à voir avec la disparition de son ex-femme, mais peut-il être complice avec Mia dans l'affaire ? Si Mia est la personne responsable de la disparition de Johanne, alors peut-être que Christopher la protège dans un effort malavisé de protéger son couple d'un autre scandale ? Sans pouvoir agir à visage découvert, se cache-t-il derrière des courriels menaçants pour tenter de l'éloigner de l'enquête ? Ce n'est pas une supposition à écarter. Elle en prend note dans son cahier.

Le prochain sur sa liste est le travailleur social, Marty Cole. Son nom ne cesse de revenir dans cette affaire et Anne est certaine qu'il n'est pas tout à fait honnête avec elle. Il est vrai qu'il n'a aucun compte à lui rendre, mais quand elle compare la volonté d'aider de la part des autres « suspects », Marty est fermé comme une huître. Il conserve la même posture depuis le début et malgré ses tentatives, il demeure muet.

Elle arrive maintenant sur le cas de Marie. Pourrait-elle l'avoir si mal évaluée ? Il est improbable que Marie ait eu un rôle à jouer dans cette affaire. À l'époque, elle n'avait que quatorze ans. Serait-ce quelqu'un dans sa famille ? Il est vrai qu'elle a été très intriguée dès le départ dans l'enquête de Anne. Elle a même forcé la note afin de s'impliquer dans l'enquête. Est-ce que quelqu'un de son entourage serait coupable pour expliquer un tel engouement de sa part ? Il faut qu'elle essaie de trouver un moyen d'apaiser ses soupçons. CCs0lv3r a raison… Peut-elle vraiment lui faire confiance ? Ou si c'est l'enthousiasme et la naïveté de la jeune fille qui ont fait qu'Anne a été imprudente ?

Toute à ses réflexions, la sonnerie de téléphone la fait sursauter. Elle sourit lorsqu'elle voit l'identité de son correspondant.

— Chef Moore, quel plaisir de vous avoir en ligne !

Elle est surprise qu'il ait rappelé aussi rapidement cette fois-ci.

— Bonjour Anne. Je t'appelle concernant le courriel que tu m'as fait parvenir. Je trouve que c'est pas mal inquiétant cette histoire de messages menaçants. Je ne prends jamais ce genre de truc à la légère.

— Je te rassure tout de suite, je vais bien, Peter. Je pensais te mettre au parfum de ces courriels. J'avoue avoir pris peur hier soir, mais je vois ça d'un autre œil ce matin. Si je reçois ce type de courriels, c'est que quelqu'un a quelque chose à cacher. Tu ne penses pas ?

— Loin de moi l'idée de t'encourager à continuer, mais je pense que tu as raison. Tout porte à le croire. Malheureusement, ce sont des courriels anonymes, donc je suis limité dans ce que je peux faire.

— Je comprends.

Ne voulant pas dévoiler qu'elle en sait déjà pas mal plus au sujet de la provenance de ces courriels, Anne change de sujet rapidement.

— Le but de mon courriel était vraiment de te
mettre au courant de mes avancées. Puisque je t'ai au
téléphone, puis-je valider des informations avec toi ?
J'ai découvert de nouvelles choses et je me demandais
si tu étais au courant.

— Vas-y, mais comme je te l'ai déjà dit, je ne
peux pas commenter l'affaire puisque l'enquête est
encore ouverte. Ce n'est pas un cas résolu.

Malgré tout, Peter admire cette enquêteuse
amateure qui, autant d'années après la disparition de
Johanne, dit avoir découvert un nouvel élément.
Reste à savoir si c'est de l'information connue par le
corps policier. Il est de plus en plus curieux et doit se
retenir pour ne pas dévoiler des informations qu'elle
n'aurait peut-être pas trouvées par elle-même.

— D'abord, savais-tu que Mia, la femme pour
laquelle Christopher a quitté Johanne, est sa cousine ?
Elle est la cousine de Johanne !

— Et alors ? Réponds Peter d'un air détaché.

— OK, j'en déduis que tu le savais déjà et qu'elle
a déjà été rencontrée par le corps de police....

— Je ne peux pas confirmer le contenu de la
conversation, mais effectivement, Mia est la cousine
de Johanne et effectivement, on l'a rencontré dans le
cadre de cette enquête.

— Bon, alors savais-tu qu'un morceau de foulard de Johanne a été trouvé dans une cour arrière qui fait dos à la montagne ?

Anne se doute bien que le foulard est une nouvelle pièce du casse-tête. Elle ne sait pas encore en quoi ce morceau va l'aider à résoudre l'énigme, mais elle sait que c'est un élément important.

— Un morceau de foulard ? Qui appartenait à Johanne ? Qui t'a parlé de ce morceau de tissu ?

C'est la première fois que Peter lui pose des questions en rafale. Elle entrevoit le temps d'un instant la perspicacité du policier et la passion qu'il apporte à son travail. Il est certainement un bon enquêteur. Même si elle a besoin de son aide, Anne sait bien que Peter est limité dans ce qu'il peut confirmer ou infirmer. Elle ne veut pas le mettre dans une position impossible et elle ne veut pas non plus tout lui dévoiler. Elle ne veut pas se faire couper les ailes tout juste au moment où elle commence à se frayer un chemin. Elle doit agir avec beaucoup de doigté afin de tirer avantage de la situation.

— Ce n'est pas vraiment important qui m'a donné cette information. Mais je suis certaine que le foulard appartenait à Johanne. Sa tante, qui l'a fabriqué, me l'a confirmé.

— Ah ben là, je peux dire que je suis impressionné.

Peter est embêté, c'est certainement une nouvelle information. Il n'avait jamais entendu parler d'un foulard manquant et encore moins d'un morceau de foulard retrouvé. Il est donc dans une posture délicate où il désire faire avancer l'enquête, mais en préservant la réputation du corps de police de Poxton.

Anne reprend :

— Et c'est ici où j'ai besoin de ton aide. Maintenant que j'ai ces informations en main, je ne sais plus comment continuer. J'aurais besoin d'avoir accès au dossier d'enquête du service de police afin de corroborer ce que j'ai trouvé. Ça va peut-être me mener ailleurs.

Peter ne peut s'empêcher de ricaner doucement.

— Bel essai la petite. Je ne peux pas te laisser voir des documents confidentiels. Tu le sais ça !

Peter comprend l'impasse qui se dresse devant Anne. C'est une enquêteuse amateure. Elle n'a pas suivi la formation pour faire face à ces culs-de-sac. Même des enquêteurs chevronnés vont tôt ou tard se perdre au sein de leurs propres enquêtes. Avec les années et de la formation, Peter est bien placé pour savoir que tout bon enquêteur reprend l'enquête du début quand ils veulent trouver comment les morceaux travaillent ensemble. Afin de l'aider, il ajoute :

— Je ne peux pas te donner plus d'informations, mais je vais te partager un truc de vieux sage que j'utilise quand je ne sais plus par où passer… je reprends tout du début et même parfois ça m'aide de visiter les lieux mentionnés dans l'enquête. Il n'y a rien comme se rendre sur place pour débloquer.

— Bof, ça ne m'aide pas beaucoup ce truc-là. Je ne fais que ça reprendre les faits depuis le début et tenter de les voir sous un nouvel angle. Mais merci pour le retour d'appel. J'apprécie beaucoup tes conseils même si ça ne m'aide pas beaucoup dans mon enquête, ajoute-t-elle d'un ton taquin avant de couper la conversation. Elle espère que le téléphone va bien rendre la légèreté qu'elle voulait bien donner à sa dernière réplique.

Hmmmmm tout reprendre depuis le début… C'est ce qu'elle ne cesse de faire depuis le début de la semaine. Mais aller visiter les lieux, alors ça, elle peut recommencer. Il y a deux lieux qu'elle aimerait revoir. Elle attrape la carte d'attraits touristiques de la région qui a été laissée par les propriétaires au bénéfice des touristes qui logent au chalet et elle trace son itinéraire. Un coup d'œil rapide à la météo lui indique que ce sera une très belle journée.

Elle saute rapidement dans la douche, se prépare des réserves d'eau et de nourriture, chausse ses espadrilles et s'habille en pelure d'oignon, avec plusieurs couches de vêtements qu'elle pourra enlever ou remettre en fonction de la météo.

Au final, Peter l'a inspirée avec ses conseils de vieux sage comme il dit. Ce surnom ne lui sied pas tellement, lui qui tente d'avoir l'air encore d'un ado. Elle va effectivement se rendre sur les lieux. Elle va commencer par se rendre près de chez Bridget. Si le morceau de foulard s'est pris dans un arbre dans la cour arrière de la maison, la logique lui dicte que Johanne n'a pas dû être très loin. Elle va donc commencer par se rendre le plus près possible de chez Bridget par les sentiers de ce côté de la montagne.

La montagne de Poxton est reconnue pour ses sentiers pédestres. Chaque année, les touristes affluent pour faire de la randonnée dans cette montagne qui offre autant des sentiers pour randonneurs débutants et que pour les randonneurs d'expérience. Il y a même une paroi d'escalade pour ceux qui désirent atteindre le sommet le plus haut de la montagne. Tous les commerçants de la ville sont heureux de l'arrivée de ces touristes qui assurent leur survie. C'est un réel coup d'argent qu'ils font pendant la saison estivale et ça leur permet de mettre un peu d'argent de côté pour la saison froide. Depuis le début des temps, les citoyens de Poxton ont choisi de rendre ce sentier accessible à tous les randonneurs, peu importe leur niveau de mise en forme. Les sentiers sont même accessibles à partir de plusieurs points autour de la montagne. Chaque quartier adossé à la montagne est muni d'un accès, même si les randonneurs doivent passer entre deux maisons pour accéder aux sentiers. C'est effectivement par l'une de ces entrées situées dans le quartier de Bridget que Anne commence sa randonnée.

Le sentier est très bien entretenu constate Anne, ne sachant pas vraiment ce à quoi elle s'attendait. Il est assez large pour permettre à deux couples de se croiser sans avoir à changer leurs trajectoires et il est tapissé d'un petit gravier rendant la marche très confortable sans avoir à toujours regarder où l'on met les pieds. Mais plus elle s'éloigne du point d'entrée, plus le sentier rétrécit et le gravier est remplacé par des aiguilles d'épinettes, puis devient un tout petit chemin tracé par le piétinement des randonneurs. Ayant perdu le soleil depuis plusieurs minutes puisque la forêt est plutôt dense autour d'elle, Anne ne regrette pas d'avoir mis sa veste en polar par-dessus son t-shirt et son chandail à capuche.

Au bout d'une vingtaine de minutes de marche, Anne est un peu désorientée. Elle espère ne pas avoir trop marché et d'avoir dépassé la maison de Bridget.

Elle consulte à nouveau la carte des sentiers. Si elle s'y fie, le sentier doit revenir et se rapprocher de la cour de Bridget. Elle se dit qu'elle va continuer à marcher un peu, mais que si elle ne voit pas de maisons apparaître sous peu, elle rebroussera chemin.

Peu à peu, le sentier l'amène exactement où elle désirait aller. À travers les arbres, elle voit clairement quelques cours arrière de maisons, dont une qui a un beau patio et qu'elle reconnaît comme étant celui de Bridget. Elle s'arrête à cet endroit et tourne sur elle-même afin de bien assimiler son environnement. Même si elle aime bien faire des randonnées dans la forêt, en particulier dans la forêt du Mont-Royal pas très loin de son appartement, elle n'est pas fervente à l'idée de sortir des sentiers battus. Même si, à cet endroit précis, le sentier se rapproche des maisons, il y a tout de même une bonne portion entre le sentier et les clôtures délimitant les terrains résidentiels avec des crevasses, de petits ravins et beaucoup de végétation. Le terrain semble plutôt ardu. De l'autre côté du sentier, quand on se tourne vers la montagne, on y voit un énorme rocher, ce qui explique probablement pourquoi le sentier bifurque près des maisons à cet endroit. Sur le sommet du rocher, on y voit de grands pins qui s'y sont accrochés au fil des années. Le sentier, tapé par tous les randonneurs et les aiguilles d'épinettes séchées, est quand même agréable pour une promenade, mais ce n'est pas un endroit où l'on peut vraiment s'arrêter. Il n'y a pas de point de vue époustouflant où les amateurs de plein air pourraient arrêter prendre des photos. Il n'y a pas de banc non plus pour que les randonneurs puissent se reposer.

Mais qu'est-ce que Johanne a bien pu venir faire dans ce coin-ci ? Le morceau de foulard n'a pu voyager très loin sinon il se serait pris dans toute la végétation qu'il y a autour. Anne consulte à nouveau la carte des sentiers. Donc, si Johanne a emprunté le même point d'accès que Anne, elle estime qu'elle aurait marché pendant environ trente minutes. Cependant, si elle a emprunté le point d'accès près de chez elle, elle aurait marché pendant près de deux heures ! Anne a toujours admiré les gens qui ont une telle endurance. Est-ce possible que Johanne soit une amatrice de randonnée pédestre ? Elle vit adossée à l'une des plus belles pistes d'hébertisme du nord-est des États-Unis après tout.

En reprenant le chemin du retour, Anne se dit qu'elle devra à nouveau voir Christopher. Elle aura encore quelques questions pour lui. Dès que son signal cellulaire est assez fort, elle compose son numéro afin de lui donner rendez-vous. Si elle le met au parfum de ses découvertes, il lui fera peut-être un peu plus confiance et s'ouvrira davantage. Malgré

JULIE JASMANN

son apparente bonne volonté de collaboration, elle sent qu'il est encore très méfiant à son égard.

∞ ∞ ∞ ∞ ∞ ∞ ∞ ∞ ∞

Finalement, Christopher a donné rendez-vous à Anne au même petit resto, sur la même petite terrasse où Anne a discuté avec Bridget. Il lui semble que cette conversation a eu lieu il y a des années lumières tandis qu'en réalité c'était seulement la semaine dernière.

— Merci de m'avoir attendu Christopher, dit Anne en se frayant un chemin parmi les tables sur la terrasse du café. Maintenant qu'elle n'est plus dans la forêt, ses pelures de vêtements commencent à être trop et Anne a chaud.

Elle tente d'enlever quelques couches en même temps qu'elle marche rapidement pour venir à la rencontre de Christopher. Les gens autour la regardent avec curiosité puisqu'elle n'est pas très habile à faire les deux choses en même temps. Christopher la regarde approcher en sirotant son deuxième café et en se disant qu'il n'arrive pas à croire qu'elle soit encore en ville et qu'elle continue à enquêter. C'est avec un brin d'humour dans la voix qu'il lui dit lorsqu'elle arrive à sa table :

— Bonjour Anne, tout un spectacle que tu nous offres là. Tu craignais d'avoir froid malgré le beau soleil d'aujourd'hui ?

Ne réalisant pas qu'elle offrait un divertissement aux gens attablés sur la terrasse, elle rougit, mais est heureuse de voir que Christopher se sent assez familier avec elle pour la taquiner. Elle fait signe au serveur de lui apporter non pas un, mais deux grands verres d'eau. La bouteille d'eau qu'elle a apportée pour sa rando n'était pas suffisante ; elle est assoiffée.

— Désolée de t'avoir appelé comme ça et merci de me rencontrer si rapidement.

— Pas de soucis, Maxime a un entraînement technique ce matin et tous les parents ont été priés de quitter les lieux. Ils ne veulent même pas que les coachs restent. Ils disent que ça va aider les jeunes à se libérer de pressions de performance. Je suis donc libre pour les deux prochaines heures. C'est très rare que ça m'arrive et je n'avais rien à faire, dit Christopher avec un haussement d'épaules.

— Alors c'est mon jour de chance. J'espère que tu vas pouvoir m'aider à éclaircir un point dans mon enquête. Mais avant d'y venir, j'aimerais te demander de me présenter à Mia. Elle était déjà dans ta vie et dans celle de Johanne au moment de sa disparition. Je pense que je dois aussi avoir ses impressions de cette affaire. Quel serait le meilleur moment de la contacter selon toi ?

— Euh, parler avec Mia. Je ne suis vraiment pas certain que ce soit une bonne idée. Elle n'est pas dans un état pour parler en ce moment... surtout pas avec cette enquête qui vient chambouler toutes ses émotions.

— Ah oui ? Chambouler ses émotions ? Je ne fais que parler avec des gens qui connaissaient Johanne. Je ne vois pas pourquoi elle se mettrait dans un tel état.

— Vois-tu, Mia est une grande sentimentale. Elle est tout à fait le contraire de Johanne. Comme je te l'ai dit, ma relation avec Johanne avait tout d'un bonheur quotidien et tranquille jusqu'à notre séparation. Tandis qu'avec Mia, c'est un tourbillon d'émotions et d'aventures. Elle a voyagé énormément, elle est curieuse, elle aime relever des défis et est allergique à la routine. Chaque journée passée en sa compagnie est une surprise, dit-il avec des étoiles dans les yeux.

Décidément, malgré les années, Christopher est encore très amoureux de Mia. Changeant d'expression, il continue :

— Par contre, avec tous ces hauts, viennent aussi les bas. Elle a toujours été fragile en ce qui concerne ses émotions. C'est la raison pour laquelle elle a voyagé pendant autant d'années. Elle n'est pas capable, émotivement, de gérer des situations difficiles. En voyage, c'est facile de se pousser quand on a marre. C'est ce qu'elle a fait tout ce temps-là. Depuis que nous sommes ensemble, elle a travaillé beaucoup sur cette difficulté. Ce ne fût pas toujours évident, surtout lors de la disparition de sa cousine, mais elle est restée forte pour Maxime. Elle était commise à cette relation amoureuse et elle a joué le rôle de mère pour mon fils. Mais maintenant qu'il est plus vieux, elle n'a pas besoin d'être aussi forte devant lui. Ton enquête a fait remonter plein d'émotions qui n'étaient pas réglées. Elle trouve ça difficile.

— Mais tu ne penses pas que si nous discutons, et qu'elle comprend que je veux juste savoir ce qui s'est passé que ça pourrait l'aider ? Je ne suis pas un monstre Christopher. Je serai douce et j'aimerais vraiment la rencontrer.

— OK, je comprends ce que tu dis. Ce n'est pas fou après tout. Je vais l'appeler et lui demander de venir nous rejoindre. Je veux être présent quand tu vas lui parler. Je pense que ce sera plus facile pour nous si c'est le cas.

Anne n'a d'autre choix que d'accepter la proposition de Christopher. Après tout, elle a besoin de son intervention pour avoir accès à Mia. Avant même qu'elle puisse lui proposer un rendez-vous, Christopher prend son téléphone et envoie un texto à Mia. Une fois son message envoyé, Christopher la relance.

— Alors ce point d'enquête… Qu'est-ce que je peux faire ? Je trouve que tu es pas mal persévérante pour être encore ici en train d'enquêter. Tu n'as pas le goût de prendre tes jambes à ton cou et d'aller faire autre chose ?

— Oh que non ! dit Anne avec conviction.

Anne débite donc ses découvertes au bénéfice de Christopher. Elle croit qu'elle tient quelque chose et Christopher commence à la croire. Si la police n'a pas pu faire de la lumière sur la disparition de Johanne et qu'en seulement une semaine Anne est capable de trouver autant de nouvelles pistes ; c'est que la police du coin doit vraiment être incompétente.

— Alors en connaissant tout ça, parle-moi un peu de l'amour que Johanne avait pour la randonnée pédestre. Est-ce qu'elle partait souvent en rando ? Avait-elle un partenaire de marche ? Amenait-elle Maxime avec elle ? Quelles étaient ses pistes préférées ?

— Woe, woe, woe là, ralentit un peu Anne ! Johanne n'était pas du tout amatrice de plein air et encore moins de randonnée pédestre. Elle n'allait jamais marcher dans la montagne.

∞ ∞ ∞ ∞ ∞ ∞ ∞ ∞ ∞

2013

En rentrant dans la voiture, Johanne regarde Christopher du coin de l'œil et lui dit d'un ton taquin :

— J'aime bien cette maison. Je me sens comme si c'est chez nous. Mais ne pense pas que je n'ai pas deviné ton stratagème.

Christopher ouvre grand les yeux afin d'avoir l'air le plus innocent possible en disant :

— De quoi tu parles ? Je n'ai rien fait !

Malgré ses efforts, il ne peut retenir son sourire, car il sait bien que Johanne le connaît mieux que quiconque.

— Tu as fait exprès pour nous faire visiter que des maisons qui sont adossées à la forêt. Je ne suis pas folle… Les quatre dernières maisons que nous avons visitées y étaient adossées.

Christopher prend un air d'un enfant repentant :

— Tu m'as démasqué. Tu as raison. Mais penses-y un peu comment ce serait fantastique ! Pas de besoin de prendre la voiture pour se rendre à un point d'accès. On n'aurait qu'à marcher au bout de la rue et voilà, nous sommes dans la montagne. En plus, on est assurés de ne jamais avoir de voisins à l'arrière.

— Oui, je le sais que tu aimes, pardon, que tu adores te rendre à la montagne, mais moi je n'y tiens pas plus que ça. Je n'aime pas être à l'extérieur de mon chez nous. Je veux juste être bien dans ma maison et dans ma cour. Pour moi, c'est suffisant.

Christopher réalise bien que ce caprice d'être aussi près de la montagne est pour son propre bien. Johanne n'a jamais fait semblant d'aimer les mêmes sports que lui. Elle ne l'a accompagné qu'une seule fois en montagne et elle s'est plainte tout le long du trajet : c'est trop long, ça monte ou ça descend trop, le sentier n'est pas égal partout, elle a chaud, elle a soif, elle est fatiguée… ce qui fait que d'un commun accord, ils ne sont jamais retournés marcher ensemble.

En regardant la maison qu'ils venaient de visiter, Johanne ajoute :

— Mais celle-ci est différente. Comme je te l'ai dit à l'intérieur, je me sens déjà à la maison. Cette maison a quelque chose de spécial. J'aimerais que l'on fasse une offre d'achat. Ce sera notre chez-nous.

Christopher ne peut s'empêcher de sourire en démarrant la voiture. En jetant un dernier regard à la maison, il chuchote : notre chez-nous.

∞ ∞ ∞ ∞ ∞ ∞ ∞ ∞ ∞

2023

Anne a l'impression qu'un ballon se dégonfle. Elle croyait tellement à sa théorie et tout se tenait : la piste qui passe près de la cour arrière de Bridget et le foulard trouvé dans un arbre. Elle sent son sentiment d'incompétence remonter à la surface. Elle ne doit pas le montrer à Christopher qui lui semblait, enfin plus ouvert.

Levant les yeux vers Christopher, Anne est surprise de voir son expression soudainement changer et un large sourire apparaître. Il regarde un point au-dessus de sa tête. Comme un coup de vent, Mia est à ses côtés et ils s'embrassent en guise de bonjour. Christopher procède ensuite aux présentations d'usage entre sa conjointe et notre enquêteuse amateur. Balayant sa déception au sujet des dernières révélations de Christopher, Anne décide de mettre en pratique ses nouvelles habiletés sociales, ne pouvant se cacher derrière son pseudo à Poxton. Elle est elle-même surprise de la rapidité avec laquelle elle arrive à surmonter sa gêne pour entrer en relation avec les gens. Avec la pratique, ça lui vient de plus en plus facilement.

— Merci beaucoup, Mia, d'être venue à ma rencontre. Je le sais que c'est une demande de dernière minute.

— Pas de soucis, lui répond Mia en lançant un coup d'œil à Christopher qui ne détache pas son regard d'elle.

Il surveille sa conjointe de près comme si elle était une poupée de porcelaine qui menaçait d'éclater à tout moment.

— Écoute Mia, Christopher m'a dit que c'était difficile pour toi toute cette histoire entourant la disparition de Johanne, mais je veux te rassurer que je veuille juste savoir ce qui est arrivé. En connaissant la vérité, Maxime, Christopher et même toi pourrez passer à autre chose.

Il n'a fallu que quelques secondes avant que Mia se mette à pleurer tout doucement. Christopher n'entendait pas à rire avec son avertissement. Il se met à flatter doucement le bras de Mia afin de la rassurer.

— Héhé, rit-elle à travers ses larmes, ne t'en fais pas pour moi Anne. Depuis la dernière semaine, je ne fais que pleurer. Un rien me fait tomber en larmes. En épongeant ses yeux, elle reprend : donc, tu voulais me parler. Je ne sais pas ce que je pourrais te dire. J'avais une différence d'âge avec Johanne et on n'avait pas vraiment les mêmes intérêts. Je ne la connaissais pas vraiment.

Anne lui demande donc de lui parler de sa rencontre avec Christopher et comment ils ont géré la situation sachant qu'il était un homme marié et père de famille.

— Tu sais, ce n'était pas facile. Il faut se mettre dans notre position. Nous vivions un coup de foudre. Je n'avais jamais ressenti une émotion aussi forte pour un homme auparavant. J'ai tenté de me raisonner et de me convaincre que ces émotions passeraient. Il était le mari de ma cousine après tout ! Je ne pouvais pas lui faire un coup pareil. Voyant que mes sentiments ne faiblissaient pas, j'ai décidé de repartir en voyage. Je ne pouvais pas rester et voir cet homme construire sa vie avec une autre femme, même si c'était avec ma cousine. Je me suis donc rendue à l'aéroport pour prendre le premier vol en direction de l'Inde et pendant que je faisais mon enregistrement, Christopher s'est pointé et m'a avoué ses sentiments. Finalement, ce n'était pas mon imagination, il ressentait la même chose que moi. Nous étions faits pour être ensemble.

— Wow, ça n'a pas dû être facile de faire face à la réalité après cet aveu, ajoute Anne compatissante.

— Effectivement, une fois les mots sortis, on ne pouvait plus les reprendre. Il fallait trouver une façon de vivre cet amour. C'est Christopher qui a évoqué la séparation avec Johanne en premier. Dès sa proposition, j'étais confuse et tiraillée dans mes émotions. S'il n'avait pas été si décidé, je pense que je serais encore à me demander quelle était la chose à faire.

Mia continue avec les yeux remplis de larmes et la voix chevrotante :

— Je n'ai jamais voulu qu'elle disparaisse. Ils étaient séparés. On avait trouvé un certain équilibre tous les trois. Je me sens tellement coupable, laisse-t-elle tomber avec un hoquet.

Les sens de Anne sont maintenant en éveil. Coupable ? Pourquoi se sentirait-elle coupable ? Est-ce que Anne avait raison après tout et Mia était responsable de toute cette affaire ?

Comme si Christopher lisait les pensées de Anne qui s'emballent, il coupe :

— Tu n'as rien à te reprocher Mia. On a regardé tout ça sous toutes les coutures. Il n'y a rien que ni toi ni moi n'avons pu déceler pour prédire sa disparition. En se tournant vers Anne il explique : elle n'arrête pas de se culpabiliser, car elle croit beaucoup au karma.

Elle est convaincue qu'elle est entrain de payer pour une mauvaise vie antérieure.

Au bénéfice de Anne, il ajoute tout bas :

— Elle s'est convertie au bouddhisme lors de son dernier voyage en Asie.

Les trois ont continué à parler de Johanne jusqu'à ce Christopher se lève pour aller récupérer Maxime à son entraînement signifiant la fin de leur entretien. Mia a pleuré pendant presque tout le temps de la conversation tandis que Anne n'a rien appris pouvant faire avancer son enquête. Au contraire, Mia étant bouddhiste, est-ce que ça veut dire qu'elle n'a rien à voir avec la disparition de Johanne afin de protéger sa prochaine vie ? Elle devra y réfléchir plus longuement.

En retournant lentement vers sa voiture, Anne fait le bilan de la conversation et elle est tellement déçue que Christopher n'ait pas confirmé son hypothèse concernant la randonnée pédestre. Elle était tellement certaine qu'elle tenait une autre piste. Qu'est-ce qu'elle n'a pas vu ? Si elle va retrouver Peter, est-ce que l'enquêteur formé va trouver quelque chose de différent ? Qui lui échappe ? Peut-être qu'au fond, Peter a raison de douter de sa capacité à trouver la solution à cette disparition.

Ces pensées négatives l'assaillent tout au long du trajet de retour au chalet. Comme un automate morose, elle se stationne et commence à sortir de la voiture tous les vêtements qu'elle a dû emporter pour sa randonnée. Tel un rayon de soleil qui se fraie un chemin à travers la végétation, elle décide de changer le cours de ses pensées. Il est vrai que sans elle, le morceau de foulard de Johanne n'aurait jamais refait surface. Donc, elle a une valeur ajoutée à cette enquête. Il n'est pas trop tard. Il lui reste encore quelques jours de vacances. Il faut qu'elle les maximise.

C'est d'un pas plus léger qu'elle entre dans le chalet, allume son ordinateur et met la cafetière en route.

Il ne lui reste plus beaucoup de temps pour faire la lumière sur cette disparition. Elle devra s'assurer de sortir les gros canons pour que l'enquête fasse un bond en avant.

Cette fois, elle fera appel non seulement à CCs0lv3r mais bien à toute la communauté web. Elle a toujours fini par réussir à trouver l'expertise dont elle avait besoin.

Ce n'est qu'au bout de la nuit, qu'elle a réussi son pari. Elle a trouvé ce dont elle avait besoin. Malgré la fatigue d'avoir passé une nuit blanche, Anne est satisfaite. Elle n'aura qu'à attendre au surlendemain pour réellement tester son hypothèse. Elle a encore beaucoup de choses à préparer, mais d'abord elle doit dormir si elle veut être en forme pour ses invités.

∞ ∞ ∞ ∞ ∞ ∞ ∞ ∞ ∞

Le grand jour est maintenant arrivé. Anne donne rendez-vous à son invitée et ses chiens pisteurs directement derrière la maison de Bridget sur le sentier dans la montagne. Ils vont commencer les recherches à cet endroit.

Dans son podcast préféré, une des enquêtes a été résolue avec l'aide de chiens pisteurs. Mais pas n'importe quels chiens pisteurs ; un des chiens est formé pour détecter l'odeur de cadavres. En lançant une bouteille à la mer sur le web, elle a trouvé une dame qui offre les services de ses chiens pisteurs puisqu'ils sont encore en formation. Ils sont capables de détecter les odeurs des cadavres, mais ne sont pas encore tout à fait prêts pour le service de police. La dame veut leur donner plus d'expérience sur le terrain afin de perfectionner leurs apprentissages. Ils se sont donc donné rendez-vous à cet endroit précis pour commencer les recherches.

Anne arrive avec une bonne demi-heure d'avance tellement elle est excitée et nerveuse. Il faut qu'ils trouvent quelque chose. Ose-t-elle rêver qu'ils trouveront la piste qui va mener à Johanne ? Qu'à cela ne tienne, un moindre indice fera l'affaire et pourra contribuer au dénouement de cette enquête.

Elle s'est assurée, presque de façon compulsive que le morceau de foulard de Johanne se trouve bien dans son sac. Elle ne veut pas trop le manipuler pour ne pas changer l'odeur même si la maître-chien lui dit que ce n'est pas grave.

Elle entend au loin le son de clochettes qui semblent s'approcher. Ça doit être les chiens qui arrivent. Anne prend une grande respiration. Elle a l'impression que tout se joue aujourd'hui.

La maître-chien se prénomme Carol, c'est une femme d'un certain âge qui en a vu d'autres. Elle est habituée à se promener en forêt ; elle est vêtue d'une vieille chemise de chasse carrelée rouge et noir, porte quelques gourdes d'eau à la ceinture et est chaussée de grandes bottes d'eau. C'est une femme très sérieuse qui n'a pas l'air de vouloir plaisanter. Elle semble très concentrée sur la tâche.

Suivant les salutations de base, la maître-chien lui explique comment ça va se passer.

— Le chien pisteur va sentir le foulard de Johanne et va tenter de trouver sa piste. Si et quand on aura une bonne piste pour Johanne, on donnera du leste à l'autre chien qui va explorer toutes sortes d'odeurs. S'il sent un cadavre, il va nous le signaler. Je tiens à mentionner que ce n'est pas parce qu'il signale la présence d'un cadavre que ce sera forcément Johanne. Il faut faire attention de ne pas sauter aux conclusions.

— Mais alors, demande Anne, est-ce qu'il va nous pointer un écureuil mort aussi ?

— Non, non, dit la maître-chien en ricanant un peu. Il est spécifiquement formé pour détecter l'odeur de cadavres humains. Cela étant dit, on espère qu'on ne trouvera rien, mais s'il nous signale, c'est qu'il y a ou a eu un cadavre humain à cet endroit. C'est clair ?

— Oui, c'est clair. Voici le morceau de foulard de Johanne. On se croise les doigts.

Même si la maître-chien ne semble pas avoir de sens de l'humour, Anne fait quelques blagues maladroites qui tombent toutes à plat. C'est la nervosité qui sort.

∞ ∞ ∞ ∞ ∞ ∞ ∞ ∞ ∞

2016

Johanne est envahie par une grande fatigue tout d'un coup. C'est la première fois qu'elle marche aussi longtemps. Elle pense avoir un peu de difficulté à respirer. Elle panique un peu, mais tente de se rationaliser. Elle se répète :

— Je suis en sécurité, je suis sur le sentier de randonnée, je vais bien.

Elle regarde autour d'elle, mais ses idées s'embrouillent. Elle ne reconnaît plus son environnement. Elle ne sait plus depuis combien de temps elle est là.

— Je dois me reposer. Je suis si fatiguée. Peut-être que si je me repose un peu je vais savoir par quel côté je dois retourner.

Même si elle est seule, elle parle à voix haute. Le son de sa voix la rassure un peu. Ses pensées ont un peu plus de sens en les répétant à haute voix. En tentant de s'orienter, elle lève les yeux vers le ciel. On dirait que c'est déjà entre chien et loup. C'est pour ça qu'elle est si fatiguée. Elle doit trouver refuge sinon elle va se faire prendre par la nuit. Elle ne sait pas où chercher ni comment faire ça. Elle se maudit d'avoir décliné pendant toutes ces années les invitations de Christopher pour l'accompagner dans ses sorties à la montagne. Peut-être aurait-elle plus d'endurance aujourd'hui et serait en mesure de rentrer à la maison ? Peut-être qu'elle aurait développé des réflexes qui auraient été utiles maintenant ? Elle n'a pas de choix. Elle doit trouver une façon de se mettre à l'abri.

Après quelques minutes à errer dans la forêt, elle se sent complètement désorientée. Elle ne sait pas comment faire pour sortir de la forêt, il commence à faire noir et elle ne retrouve plus le sentier. Elle est si fatiguée. Elle trébuche sur des branches et glisse sur les épines de pin. On dirait que ses pieds ne suivent plus. En regardant sur sa gauche, elle aperçoit une crevasse dans le roc. Si elle est capable de s'y rendre, elle pourrait s'y reposer un peu. Elle continuera ensuite. Ça fait un bail qu'elle est sortie du sentier et ne sait plus de quel côté elle est arrivée. Ces fichus de pins se ressemblent tous ! Elle doit demeurer concentrée sur la crevasse. Sa priorité est de se mettre à l'abri avant la tombée de la nuit. Ça va tellement lui faire du bien de dormir un peu. Elle devra reprendre le chemin du retour tôt demain matin et expliquera sa mésaventure à Christopher lorsqu'elle ira chercher Maxime. Son doux petit Maxime va revenir à la maison pour la semaine. Il sera de retour dans sa vraie maison, avec sa vraie maman. Elle s'accroche à la pensée de ses petits moments de tendresse avec son fils afin de ne pas céder à la panique complète. C'est en pensant à son petit garçon que Johanne s'installe à l'intérieur de la crevasse pour se reposer quelques instants et peut-être même toute la nuit.

Chapitre 11

2023

Anne n'en revient tout simplement pas ! Son intuition l'a menée sur la bonne piste. S'assurant d'avoir du réseau cellulaire, c'est avec les mains tremblantes qu'elle compose le numéro de Peter au poste de police.

— Peter ! Peter ! C'est Anne. J'ai trouvé quelque chose et j'ai besoin que tu viennes me retrouver tout de suite. Je pense que c'est super important. En fait, je SAIS que c'est super important. Je pense que j'ai trouvé Johanne !

— Ralentis la petite. Qu'est-ce que tu me racontes ? Aux dernières nouvelles, tu te faisais embêter par des menaces et maintenant tu me dis que tu as trouvé Johanne ? Il m'en manque un bout, là. Tu es où exactement ?

— Je suis au point d'accès Est des sentiers pour la montagne. Je suis directement à l'entrée. J'ai dû sortir dans le quartier afin d'avoir du réseau. Dépêche-toi… la maître-chien ne restera pas très longtemps. Elle veut rentrer. Ses chiens doivent se reposer.

— Maître-chien ? Oula — je ne sais pas du tout… Attends, dit-il en frappant son poing sur son bureau, es-tu entrain de m'annoncer que tu as retrouvé Johanne avec l'aide de chiens pisteurs ?

— Effectivement, on ne peut rien te cacher, Peter ! dit-elle en souriant largement. Oh et aurais-tu des véhicules tout-terrain ? C'est quand même assez éloigné du point d'accès. Il faudra faire plusieurs allers-retours.

Même si Anne semble au sommet de l'excitation, la nouvelle a l'effet tout à fait inverse sur Peter. Il se met à bouillir. Comment ose-t-elle amener des chiens pisteurs dans sa municipalité sans l'avoir prévenu ? C'est inconcevable. À cet instant même, toute l'estime et l'admiration que Peter aurait pu éprouver envers Anne se sont envolées en fumée et ses vieux réflexes de flics ont repris le dessus. Il regrette amèrement de ne pas avoir conservé la ligne dure et protégé son enquête.

— Hein Peter, se sermonne-t-il, quand on veut protéger son enquête, on ne parle pas aux gens qui veulent s'immiscer dans l'affaire à tout prix. Même s'ils sont insistants. On ne les encourage pas à continuer leur enquête même si ça n'empiète pas sur le travail policier. Et surtout, on arrête de parler à des inconnues dans un bar, peu importe le nombre de bières bues ou la solitude ressentie.

Il attrape son coupe-vent et fait un signe rapide à un agent à le suivre. Quand le Chef Peter Moore a cette attitude, tous les policiers au poste savent que mieux vaut faire ce qu'il demande sans demander son reste. Sans perdre une seconde, l'agent est aux côtés du chef et ils embarquent dans l'auto-patrouille.

Sans avoir échangé un seul mot pendant le trajet, Peter et l'agent arrivent au point d'accès. Rapidement, Peter sort de la voiture, claque la portière et se dirige vers Anne qui l'attend avec impatience. La durée du trajet n'a rien fait pour diminuer sa colère. Au contraire, en ruminant, Peter voit rouge.

— Bon, maintenant j'espère que tu ne vas pas me faire perdre mon temps ni celui de mon agent. Ça pourrait être sujet à une amende salée, tu sais.

Anne ne se fera pas démonter aussi facilement. Elle voit bien que Peter n'est pas de bonne humeur et toute trace de familiarité ou de confiance semble avoir disparu. Anne se retrouve face au flic qu'elle a eu au téléphone lors de leur premier contact. Elle ne s'en fait pas trop cependant, certaine que sa trouvaille va lui mériter toutes les félicitations du corps de police de Poxton et surtout, un changement d'humeur majeur chez Peter.

Elle indique avec sa main la direction à prendre en emboîtant le pas dans la direction de ses trouvailles.

— Je le sais que tu dois être surpris de mon initiative. Je ne voulais pas t'impliquer, car je n'avais pas vraiment de piste solide. Tu aurais sûrement ri de ma tentative. Mais dès que nous avons vu les chiens indiquer, je me suis dépêchée de te téléphoner. Je veux travailler en équipe avec toi et le corps de police. Ne sois pas fâché contre moi.

Pour changer de sujet, Anne change de sujet :

— Tu n'as pas réussi à nous avoir des tout-terrains ? On a toute une marche devant nous.

— T'inquiète, dit Peter avec un rictus sarcastique. Ils sont en route. Ils ont besoin de se préparer un peu quand même. Ils vont nous appeler sur la radio quand ils arriveront, ajoute-t-il en faisant un signe le talkie-walkie à la ceinture de l'agent. Entre-temps, toi, tu parles. Je veux tout savoir de tes faits et gestes des derniers jours.

Le ton tranchant de Peter indique que Anne a vraiment dépassé les bornes cette fois-ci. En revanche, elle ne comprend pas pourquoi Peter est si fâché. Elle est certaine que ce qu'elle vient de trouver va faire avancer l'enquête d'un pas de géant. Elle n'a pas mis le travail des policiers en péril, bien au contraire. Elle n'a même pas eu besoin de leurs précieuses ressources. Après tout, elle a fait appel à des bénévoles ! C'est ainsi qu'elle a commencé son récit pour ensuite lui raconter sa propre randonnée sur ce sentier jusqu'à derrière la maison de Bridget. Au fond, c'est une bonne chose que la marche prenne un peu de temps. Ça lui a permis d'aller dans le détail de ses trouvailles et démarches pour arriver à ce point.

Une fois rendu au site, la maître-chien les rassure que personne ne s'est approché de la crevasse. Avant de rentrer, elle en profite pour glisser sa carte de visite au chef. Avec la trouvaille d'aujourd'hui, elle affirme que ses chiens sont plus que prêts à participer à des recherches sur le terrain et ça lui ferait vraiment plaisir de collaborer avec le corps de police de Poxton.

Anne lui montre la crevasse dans le roc en question. Elle sort le bout de foulard de Johanne et le lui remet. Peter reste interloqué pendant quelques secondes, ne sachant s'il devrait tout de suite la sermonner et laisser lui déverser toute sa colère puisqu'elle a conservé un élément de preuve ou la remercier de le lui avoir remis. Même si Anne lui avait parlé du morceau de foulard, il ne pensait pas qu'elle l'avait en possession ! Il décide d'attendre un peu avant d'agir, il est trop émotif en ce moment. Il demeure impassible en acceptant le morceau de tissu et ne peut s'amener à prononcer un mot de remerciement envers Anne.

Approchant de la crevasse, Peter doit s'accroupir pour y entrer. Celle-ci n'est pas très haute, mais s'ouvre en largeur dans le roc de sorte à former une petite grotte. Il sort sa lampe de poche pour scruter l'espace.

— Attention, Peter, de ne pas aller trop loin dans la grotte. À ta droite, tu vas trouver des restes de tissus sur le sol. Compare bien ce tissu avec le morceau de foulard que je t'ai remis, lui crie Anne depuis l'extérieur.

Effectivement, Anne a raison. C'est le même foulard. Les couleurs sont plus effacées et le tissu est dans un état de dégradation avancé, mais on ne peut se tromper. C'est le même tissu. On le reconnaît aux motifs tissés.

Il scrute davantage le sol avec sa lampe de poche. Il trace un quadrilatère et balaie le faisceau lumineux de manière systématique telle qu'apprise lors de sa formation d'enquêteur lorsqu'on fait une fouille. Aucun détail ne doit lui échapper. Il balaie le faisceau de gauche à droite à un rythme régulier. C'est à ce moment qu'il les aperçoit. Il voit des ossements un peu plus loin. Sans être un spécialiste, Peter est persuadé de reconnaître les os d'un bassin humain et au moins un fémur. Aucun animal ne viendrait mourir dans une crevasse dans une roche. Ça ne peut être qu'humain.

En rebroussant chemin, Peter ne sait comment réagir. Il ne veut pas féliciter Anne pour son initiative. Il ne peut se permettre que des citoyens commencent à effectuer le travail des policiers. Parallèlement, il doit avouer qu'elle a fait du bon travail et que sans elle, rien de tout cela n'aurait éclaté au grand jour. Sa propre enquête était au point mort, et ce depuis plusieurs années. Et avec d'autres affaires qui se pointent, il n'aurait probablement pas eu le temps de revisiter ce cas de toute façon.

Pendant son inspection de la grotte, les renforts en VTT sont arrivés. Sans un regard pour Anne, il donne ses instructions à l'équipe. Rapidement, les policiers appellent d'autres experts, bouclent la scène et escortent Anne à l'extérieur du périmètre.

— Et puis ? Est-ce que j'avais raison de dire que c'était quelque chose d'important ? demande Anne en se tortillant sous l'emprise du policier qui la tient fermement par le bras. Il la tient de manière tellement convaincue qu'elle peine à se retourner pour regarder Peter qui les suit de près.

— Oui Anne, dit Peter en soupirant tout en sentant une énorme lassitude prendre le dessus. Ce n'est jamais agréable de trouver des restes humains que ce soit ceux de Johanne ou de quelqu'un d'autre. Tu nous as guidés vers un site important. Sans vouloir sauter aux conclusions, il est probable que les ossements soient humains. On va devoir…

— Des ossements ? Pardon, est-ce que je t'ai bien compris ? Interromps Anne en ouvrant grand les yeux. Ce sont les ossements de Johanne ?

— Euh… ben, je croyais que tu avais vu les os. Tu m'as dit au téléphone que tu avais retrouvé Johanne.

La colère de Peter recommence de plus belle. Comment peut-il être aussi bête ? Il vient de dévoiler un élément important à une civile ! Protège ton enquête, protège ton enquête, protège ton enquête, se répète-il dans sa tête.

— Mais non, je n'ai vu que le foulard et je savais qu'il appartenait à Johanne. Quand le chien pisteur a pointé vers la crevasse, je croyais qu'il avait simplement trouvé le foulard. J'ai pensé que le chien qui a indiqué le foulard avait senti l'odeur cadavérique puisque Johanne avait dû porter le foulard au moment de sa mort. Il faisait très noir dans la grotte. Je n'ai pas vu autre chose. De toute façon, je me suis dépêchée de sortir de là pour t'aviser.

Avec un soupir bruyant, Peter indique :

— Bon, alors retourne chez toi. Il n'y a plus rien que tu puisses faire ici. Les autorités s'en chargent. On va faire ça selon les règles de l'art avec l'aide de VRAIS policiers.

Dans le ton et surtout dans sa dernière phrase, Anne a bien pigé les reproches de Peter. Elle comprend qu'elle ne doit pas en rajouter. Il ne lui dira rien de plus. Elle devra attendre que Peter se calme. Juste avant de retourner vers sa voiture, elle ne peut s'empêcher de demander :

— Tu vas quand même me tenir au courant des développements n'est-ce pas ? Tu vas me dire ce qui se passe ?

— Ah oui, de cela, tu peux en être certaine.... Tout comme toi, tu m'as tenu au courant et tu m'as prévenu de ce que tu allais faire, dit Peter en lui tournant le dos pour retourner sur la scène. Je ferai pareil, lance-t-il par-dessus son épaule. Pareil, pareil pareil…

Il sait bien que son sarcasme n'est pas nécessaire. Il ne peut s'en empêcher. Son côté arrogant a besoin d'être satisfait.

∞ ∞ ∞ ∞ ∞ ∞ ∞ ∞ ∞

Assis à son bureau, la porte et l'ordinateur, fermés, Peter fixe le vide et est complètement épuisé. Les recherches dans la grotte où les ossements ont été trouvés se sont déroulées sur deux jours. On a ensuite envoyé toutes les trouvailles au laboratoire de médecine légale pour expertise.

Maintenant, il est l'heure de faire face à cette jeune enquêteuse amateur et lui passer tout un savon. Peter est encore en colère, mais réalise que sa colère est dirigée plutôt vers lui-même. Après tout, elle ne faisait que suivre sa propre piste et elle n'a jamais caché ses intentions d'en venir à bout de cette histoire de disparition d'il y a sept ans.

Cette fois, Peter s'est promis d'être ultra préparé à la rencontrer. Il a relancé son ami qui est dans la Gendarmerie royale afin de pousser davantage son enquête sur Anne. Il veut tout savoir sur son compte jusqu'au ticket de stationnement impayé.

Ensuite, il a rencontré la petite Marie qui semble avoir développé une affinité avec la touriste. Connaissant la famille de Marie depuis plusieurs années, il la met en garde concernant les inconnus qui s'improvisent en enquêteurs et surtout le genre de personne qui agissent comme des « Ti-Joe connaissant », ces personnes qui connaissent tout sur tous les sujets.

Avec l'aide d'une pirate avec qui le corps de police travaille ponctuellement sur certains dossiers, il a même réussi à retracer ce CCs0lv3r qui fait équipe avec Anne sur le web et lui a envoyé un message directement en lui exigeant de connaître son rôle exact dans cette enquête. La pirate du service de police a remarqué plusieurs échanges entre Anne et ce personnage depuis son arrivée à Poxton, sans toutefois avoir accès au contenu de ceux-ci.

Il est maintenant rendu à contacter la maître-chien qui était sur le site lors de la découverte. Elle semblait avoir un âge similaire au sien, donc il décide de l'aborder par téléphone. C'est son moyen de communication de prédilection, il présume qu'elle doit le préférer elle aussi aux courriels ou pire, aux messages instantanés. De toute manière, il peut mieux interpréter le sens des paroles et des silences au téléphone. L'intonation de voix et les pauses dans les conversations vocales peuvent être très révélatrices.

Il retourne sa carte de visite entre ses doigts pour la centième fois et décide de composer son numéro.

— Allô, répond une voix rauque

— Bonjour, je suis le chef Peter Moore du corps de police de Poxton. Êtes-vous Carol, la dresseuse de chiens pisteurs ?

— Elle-même. M'appelez-vous pour avoir recours au service de mes chiens ? Dites-moi où et quand et on sera là ! dit la femme sur un ton optimiste.

Elle est vraiment centrée sur ses chiens, celle-là, pense Peter. Mais c'est très bon à savoir qu'il existe une éleveuse de chiens pisteurs dans le coin. Ce type d'éleveur ne court pas les rues. Au moins, il aura réussi à faire un bon contact. Tout n'est pas perdu dans cette affaire.

— Euh, non. En fait, je vous appelle, car j'aimerais vous parler de Anne Wilson.

— Ne connais pas, dit la femme avec un ton méfiant.

— Ben voyons, vous étiez à Poxton il y a quelques jours avec vos chiens. Vous avez fait une certaine découverte dans la montagne. La dame qui vous a fait venir était Anne.

— Oh là… vous venez de me dévoiler son identité vous-là. On ne doit pas se connaître dans la vraie vie. On se connaît tous par nos pseudos. C'est ce qui fait la force du réseau et qu'on puisse étaler des hypothèses sans avoir à craindre de représailles.

— Qu'est-ce que vous me racontez-là, vous ? Peter commence à perdre patience. C'est la deuxième fois qu'on lui fait la morale concernant le dévoilement de l'identité de Anne.

— Bon, je vois bien que vous ne le savez pas. On fait tous partie d'un groupe d'enquêteurs amateurs. Nous possédons tous des pseudos et c'est comme ça qu'on se connaît. Anne, comme vous venez de la nommer, est connue sous le pseudo MissNane47.

— OK, OK, dit Peter en levant les yeux au ciel. En fait, je fais ma propre enquête concernant cette MissNane47. J'aimerais savoir ce que vous savez d'elle et de quelle façon elle vous a approchée pour effectuer cette recherche.

— Ah ben, si vous ne le connaissez pas, tant pis pour vous. C'est juste une des meilleures enquêteuses amateurs que je connais. Elle a résolu près d'une dizaine de cas, dont une dans sa propre famille. Elle est très intelligente et ne se fait pas influencer par les autres.

— Et où avez-vous pris contact ?

— On fréquente des groupes de chat sur le site websleuths. Quand un membre de la communauté a besoin d'aide, il n'a qu'à en faire la demande et on se débrouille pour tous s'entraider.

— Donc, elle travaille sur des enquêtes simplement par plaisir ?

— Ben, c'est une passion comme les autres… entre ça ou autre chose. Au moins, quand on trouve une résolution, ça aide une famille. Bon, est-ce qu'il y a autre chose ? Mes chiens s'activent dehors, je dois aller les retrouver.

— Non, merci beaucoup pour les infos.

Peter est plus confus que jamais. Même si les gens ne se sont jamais rencontrés, ils sont aussi fidèles entre eux que les chiens envers leurs maîtres. Peter rigole malgré lui de sa comparaison ironique dans ce cas précis avec la situation de la maître et de ses chiens pisteurs. Anne possède une feuille de route impressionnante, mais il ne peut ignorer le fait qu'elle a outrepassé les bornes cette fois-ci. Elle aurait dû le mettre au courant de ses intentions et découvertes.

Perdu dans ses pensées, Peter sursaute en entendant la sonnerie de son téléphone. En regardant l'écran, il décroche aussitôt.

— Moore à l'appareil... oui... ah bon... c'est surprenant. Merci beaucoup pour l'appel. Bonne journée.

Et voilà, on a encore un autre mystère sur les bras, soupire-t-il en se prenant la tête des deux mains.

∞ ∞ ∞ ∞ ∞ ∞ ∞ ∞ ∞

Malgré toutes ses enquêtes et collaborations avec différents corps de police, Anne est toujours un peu intimidée lorsqu'elle est conviée au poste de police. Peter était très professionnel au téléphone, mais encore très froid et distant. En le suivant dans le corridor, Anne se demande comment elle pourra réussir à regagner sa confiance et retrouver un peu l'esprit de collaboration qui semblait s'installer il y a quelques jours à peine.

Ils entrent dans une salle où Peter l'invite à s'asseoir. Elle est surprise et un peu effrayée de constater qu'ils ne sont pas dans le bureau du détective, mais bien dans une salle d'interrogatoire.

Pour apaiser son malaise, Anne tente de faire une blague :

— Ton bureau est trop petit pour qu'on puisse s'installer confortablement ?

Le regard noir de Peter lui indique que le temps n'est pas à la blague. Il n'apprécie pas son sens de l'humour aujourd'hui.

— Non, c'est juste que j'ai pensé qu'une salle d'interrogatoire se prête davantage au sujet de notre discussion… ou plutôt pour obtenir des réponses à mes nombreuses questions.

Contrairement à Anne, Peter est très à l'aise dans cette salle. En fait, il obtient une certaine satisfaction à voir le malaise de Anne. C'est la base d'un interrogatoire que de mettre son interlocuteur mal à l'aise. Plus les gens sont nerveux, plus ils risquent de s'échapper et de dire quelque chose qu'ils n'auraient pas nécessairement eu l'intention de dévoiler. Avec des gestes précis, il s'assoit, met en marche la machine enregistreuse et explique à Anne le déroulement de leur « conversation ».

— Donc, tout est clair ? J'ai des questions et tu vas me fournir des réponses. Encore une fois, je veux que tu comprennes bien que nous allons discuter de vraies affaires et cette conversation en est une qui est officielle. Elle est enregistrée et on pourra y faire référence ultérieurement, en cas de besoin.

La gorge serrée, Anne ne peut que hocher son assentiment.

— Alors, on recommence du début. Anne Wilson, tu es ici à Poxton afin de faire la lumière sur le cas de disparition de Johanne Reed, disparue en 2016. Je veux que tu m'expliques tout depuis le début sans omettre des détails. D'abord, comment as-tu entendu parler de cette affaire et surtout pourquoi t'y es-tu intéressée ?

C'est en prenant en grande respiration, autant pour stabiliser ses nerfs que pour aligner ses pensées, qu'Anne entame son récit en commençant par la réception d'un message de Sl3uthst4r alias le dénicheur de cas, l'incitant à regarder de plus près le cas de disparition de Johanne Reed.

C'est ainsi que Anne lui raconte tout pendant près de deux heures. Elle n'omet aucun détail et Peter l'interrompt seulement trois fois pendant son récit avec quelques questions.

— Je comprends mieux maintenant ton intérêt et je te remercie pour ta franchise et ton ouverture. Veux-tu un autre café ? demande Peter.

Malgré toutes ses intentions de griller Anne et d'aller au fond de son intérêt pour le cas, qui selon lui n'est pas simplement par curiosité morbide, il constate qu'elle est toujours telle qu'elle s'est

271

présentée. Elle n'a pas un intérêt sensationnaliste et n'a pas de lien de près ou de loin concernant ce cas en particulier.

Rassuré sur son intuition et que sa première impression tienne la route, il ne peut s'empêcher d'être encore fâché qu'il ait fallu une enquêteuse amateur pour faire avancer le cas. Malgré tout, il décide de lui faire confiance une bonne fois pour toutes et d'utiliser son expertise, même si elle n'a pas de formation officielle, pour l'aider à faire toute à lumière sur cette affaire.

En revenant avec leur troisième café depuis le début de l'interrogatoire, il reprend :

— Alors, je dois te dire qu'effectivement, il y a du nouveau dans l'enquête. Grâce à ta découverte, je le répète, qui s'est fait de façon non autorisée, nous pouvons affirmer avec certitude que les ossements retrouvés appartiennent à Johanne Reed. Le coroner l'a confirmé en début d'après-midi. Nous avons avisé les membres de sa famille. C'est pourquoi je peux maintenant te le confirmer.

— Oh ! je suis triste de savoir qu'elle est décédée, même si je sais que c'est l'option la plus probable dans un cas comme celui-ci.

Une montée soudaine d'émotions contradictoires force Anne à fermer les yeux et se concentrer sur sa respiration. Elle est tellement triste d'avoir obtenu la confirmation que Johanne est décédée. Elle ressent physiquement la douleur émotive qui accompagne ce genre de nouvelle ainsi qu'un vide immense en pensant à ce que Maxime aura à vivre en tant qu'orphelin de mère. Surmontant ses émotions, elle reprend :

— J'espère toujours trouver une explication moins dramatique dans mes enquêtes. Je me console en me disant qu'au moins, Christopher et Maxime pourront faire un vrai deuil et l'enterrer convenablement.

Dans le feu de l'action, elle ne réalise pas à quel point c'est difficile pour la famille de revivre tout ça lorsque le décès d'un proche est confirmé. Même si la raison principale pour laquelle elle enquête est justement pour obtenir des réponses, elle souffre de devoir trainer la famille dans ce remous d'émotions douloureuses, mais nécessaires afin de mener Johanne à son dernier repos. Peter est surpris de la tristesse authentique ressentie par Anne, ce qui le rend mal à l'aise. Avec les années, il a bien appris à compartimenter ses émotions, surtout auprès des familles endeuillées, mais face à Anne qui n'a pas de lien direct avec la disparue, c'est comme les premières fois lorsqu'il a dû péniblement annoncer la pire nouvelle possible à une famille. Pour se donner contenance, il se racle la gorge bruyamment :

— Je croyais que c'était ce que tu désirais… savoir ce qui s'était passé avec Johanne.

— Effectivement, dit Anne en le regardant directement dans les yeux. Mais on ne sait pas ce qui s'est vraiment passé, n'est-ce pas ?

— Je ne te suis pas. On sait que Johanne est décédée dans cette crevasse dans la montagne. Elle n'est plus disparue, mais bien décédée. Et d'après le coroner, elle est décédée probablement au moment de sa disparition. Les ossements trouvés étaient très vieux.

— On sait ce qu'elle est devenue, mais on ne sait toujours pas ce qui s'est passé, il y a une différence. Que faisait-elle là ?

— Ben, on doit présumer qu'elle faisait une randonnée. Elle s'est peut-être perdue ? Elle s'est peut-être arrêtée pour se reposer ? On ne sait pas vraiment et on ne saura probablement jamais ce qui l'a amené dans cette crevasse.

— Mais elle détestait la randonnée pédestre ! s'exclame Anne en levant le ton et les mains vers le ciel. C'est Christopher lui-même qui me l'a dit. J'ai voulu en savoir plus sur sa passion pour la rando quand il m'a arrêté net dans mes suppositions en m'indiquant que jamais au grand jamais Johanne n'aurait pratiqué ce sport. C'est simplement impossible !

— Mais ça ne fait pas de sens tout ça ! Décidément, elle s'était mise à ce sport. On a même retrouvé une bouteille d'eau près des ossements. Cette bouteille correspond même à la description d'une bouteille qu'elle venait de s'acheter.

— Attends deux minutes Peter. Plusieurs choses ne marchent pas dans ce que tu viens de me dire. D'abord, il y avait une bouteille d'eau à côté des ossements ?

— Effectivement. Écoute Anne, je ne sais pas si je commets une erreur, mais j'ai décidé de te faire confiance alors, je vais te donner des détails que nous n'avons divulgués à personne jusqu'à présent. Mais tu dois me promettre de garder ces informations confidentielles. Personne d'autre ne doit savoir ce que je m'apprête à te dévoiler.

Afin de ne pas briser son élan, Anne préfère ne rien dire et hoche son assentiment.

— Donc, oui, une bouteille a été trouvée. On peut présumer que Johanne n'est pas décédée de déshydratation puisqu'il restait du liquide dans la bouteille.

— Hmmmm, est-ce qu'on sait si c'était de l'eau ? demande Anne.

— Bah, je présume… je ne vois pas autre chose qu'un randonneur apporterait lors d'une sortie.

— Je ne sais pas. Je ne fais que poser la question. Est-ce que ce serait possible d'expertiser ce liquide ? Maintenant que nous avons des pistes, je ne veux rien laisser au hasard. Aussi, comment savais-tu qu'elle venait de s'acheter la bouteille d'eau ?

— Ah, là nous revenons à un élément d'enquête d'il y a sept ans. Lorsque nous avons fouillé la maison, nous avons trouvé un reçu de caisse sur lequel figurait l'achat de cette bouteille. J'ai vérifié, et la bouteille retrouvée correspond à celle qui figure sur la facture.

Pensive, Anne se frotte la bouche avec son index. Effectivement, ils ont effectué leur travail à l'époque. Mais il reste encore plusieurs ficelles à attacher. Voyant Anne réfléchir, Peter ne peut s'empêcher d'ajouter :

— Et elle venait de s'acheter un nouveau survêtement et des bottes de marche. Donc, logiquement, tout me porte à croire qu'elle s'est effectivement mise à la randonnée pédestre.

L'expérience de Anne avec ces cas lui dicte qu'elle doit être très prudente quand vient le temps de tirer des conclusions par extrapolation. La personne en question a disparu. Au fait, elle est décédée. Elle ne peut donc pas confirmer ou infirmer leurs hypothèses. Arrimer deux preuves pour en tirer une conclusion et affirmer que celle-ci est la réalité n'a pas toujours été juste. Elle demeure très critique au sujet des conclusions de Peter.

Voyant son hésitation dans son regard, Peter veut conclure l'entrevue rapidement afin de ne pas tomber dans une discussion stérile où elle remettrait tout en question jusqu'à demain matin. Il est évident qu'il va poursuivre son enquête plus loin maintenant qu'ils ont trouvé le corps, mais il ne veut pas encourager cette enquêteuse amateur à poursuivre son travail. Malgré son esprit impressionnant, il doit la renvoyer au plus vite sinon il risque de ruiner sa réputation qui est déjà ébranlée auprès de la population locale.

— Écoute Anne, je vais te donner des consignes très claires : tu arrêtes d'enquêter sur ce cas, tu ne collabores plus avec Marie pour découvrir des pistes, tu arrêtes de discuter de cette affaire avec les habitants de Poxton. Le cas est redevenu une priorité pour nous, donc tu dois nous laisser faire notre travail. J'espère de m'être bien fait comprendre… Ceci dit, Anne, je te remercie pour ton aide, mais je dois te demander de quitter Poxton maintenant que nous avons trouvé Johanne. Il n'y a plus rien à faire pour toi ici. Tu dois laisser les policiers effectuer leur travail pour boucler l'enquête correctement. C'est donc une demande officielle, je veux que tu retournes à Montréal le plus rapidement possible.

Interloquée par le changement d'à-propos, Anne ne sait comment répondre à cet ordre. Le vrai travail ne fait que commencer et elle ne veut pas abandonner. Par contre, elle n'a pas d'arguments pour justifier un prolongement de son séjour. De toute façon, ses vacances sont terminées et effectivement, elle doit retourner au travail. À contrecœur, elle accepte et supplie Peter de lui faire des suivis concernant de l'avancement des travaux. Elle ose même ajouter qu'elle cessera d'enquêter seulement si les suivis de sa part sont faits régulièrement. Elle ne veut pas que le cas tombe à nouveau dans les oubliettes. Sans prononcer un seul mot, le regard de Peter ne laisse planer aucun doute, ce n'est pas en lui lançant des ultimatums qu'elle obtiendra ce qu'elle désire.

Finalement, c'est au bout de trois heures que Anne sort du poste de police. Avant de quitter définitivement Poxton, elle donne rendez-vous à Marie au bar afin de lui dire au revoir, mais aussi lui demander de garder ses yeux et oreilles ouverts. Elle n'est pas dupe… si Peter daigne la tenir au courant des développements, elle sait qu'il ne lui dira pas tout. À défaut de pouvoir rester sur place, aussi bien avoir une autre personne qui l'aidera à conserver le lien avec Poxton et donc, avec le cas de disparition de Johanne Reed.

∞ ∞ ∞ ∞ ∞ ∞ ∞ ∞ ∞

Depuis son retour à Montréal, Anne ne fait que penser à Poxton. Malgré l'interdiction formelle du Chef Peter Moore, elle ne cesse d'envoyer des textos à Marie afin de voir s'il y a des détails de l'enquête qui transpirent. Ses soupçons se sont confirmés. Depuis son départ, c'est silence radio de la part de Peter. Elle ne sait pas si l'enquête continue ou si, puisqu'ils ont retrouvé le corps, tout s'est arrêté. Afin de calmer son anxiété, elle décide d'aller se promener sur les berges de la rivière des Prairies près de chez elle.

Assise sur son banc préféré, elle sursaute quand elle entend son téléphone émettre le son familier d'un texto. C'est Christopher Reed. Il lui annonce que les funérailles de Johanne auront lieu jeudi de la semaine qui vient. Il aimerait que Anne soit présente. Après tout, c'est grâce à elle qu'ils peuvent procéder à ce rite et permettre à la famille de l'enterrer. Il ne cesse de la remercier même s'il était très réticent lors de leurs premières conversations. Il réitère qu'il veut qu'elle soit présente, qu'elle a sa place et qu'elle doit s'y rendre.

Anne ne se fera pas prier. Elle fera définitivement le voyage. Elle ne peut refuser une invitation directement de Christopher juste parce que Peter Moore l'a chassée de la ville. Ce sera l'occasion rêvée de parler avec les gens qui étaient près de Johanne. Qui sait, peut-être découvrira-t-elle d'autres éléments qui pourront faire la lumière sur ce qui est arrivé pour que Johanne finisse dans cette crevasse dans la montagne.

Le cœur plus léger, elle rebrousse chemin et retourne rapidement à son appartement. Elle doit communiquer avec CCs0lv3r, alias le hacker et son grand complice, afin d'élaborer une stratégie pour tirer pleinement avantage de sa deuxième visite à Poxton.

Chapitre 12

— Ce fut tellement une belle cérémonie Christopher. Avec tous les témoignages, j'ai l'impression de connaître un peu plus Johanne. Très, très touchant. Je suis reconnaissante d'avoir pu y être. Merci de m'avoir invitée.

Cette fois-ci, Anne fait comme les Américains et donne un câlin à Christopher et à Mia, elle laisse tomber la bise.

— Anne, je suis content que tu aies pu te libérer pour venir aux funérailles, dit Christopher en lui prenant les mains. J'exprime encore une fois toute ma reconnaissance que tu aies trouvé Johanne. On peut maintenant arrêter d'espérer son retour. Nous savons maintenant où la trouver. Nous allons pouvoir venir la voir de temps en temps.

— Merci pour tes bons mots. Ça me touche vraiment. Tu sais, dit-elle en passant son bras sous le sien, c'est la raison pour laquelle je me suis intéressée à ce genre d'enquête. Je sais, par expérience personnelle que l'on doit savoir ce qui s'est passé pour continuer à avancer. On ne peut pas réellement guérir tant qu'on ne sait pas avec certitude ce qui est arrivé à un proche qui a disparu.

— Je ne croyais pas ça au départ. J'étais tellement frileux lors de ton premier appel. Je pensais que j'avais réussi à passer par-dessus et à me faire une raison pour le bien de Maxime. Maintenant que nous savons qu'elle est décédée, je me sens plus serein face à l'avenir. J'espère que tu peux rester un peu et venir casser la croûte. Il y a quelques bouchées dans le sous-sol de l'église, tu es la bienvenue si tu veux.

— Effectivement Anne, renchérit Mia, tu avais raison. Ça va mieux maintenant qu'on sait qu'elle ne souffre pas ou qu'elle n'a pas abandonné son fils. On s'en fait une raison et on est résolument tourné vers l'avenir, ajoute Mia en se tamponnant les yeux.

Anne est tellement touchée qu'elle aussi, en a les larmes aux yeux. Voyant que d'autres personnes veulent parler avec Christopher et Mia, elle leur fait une rapide embrassade et leur souhaite bon courage en acceptant l'invitation à rester pour le goûter.

Cherchant Marie du regard, Anne reconnaît Marty Cole, le travailleur social, qui marche tout juste derrière elle. Il marche lentement et discute tranquillement avec un autre homme. L'atmosphère est plutôt calme comme c'est le cas au retour d'une cérémonie au cimetière.

— C'est gentil de votre part d'être venue pour les funérailles de Johanne, lui dit Marty Cole en guise de bonjour lorsqu'il est à sa hauteur, toujours flanqué de cet homme sur sa droite.

Surprise qu'il l'ait reconnue, elle lui sourit.

— Je ne pouvais pas ne pas venir. C'était plus fort que moi. C'est aussi très gentil de votre part de venir appuyer Christopher et Maxime malgré les circonstances. J'imagine que ce n'est pas tous les jours que vous perdez une patiente de cette façon.

Il y a quelque chose d'indéfinissable dans le regard du travailleur social. Il semble particulièrement affecté par le décès de Johanne et Anne présume que c'est le cas quand on habite une petite ville telle que Poxton. Tout le monde se connaît et personne ne peut rester indifférent.

Après quelques pas en silence, Marty reprend :

— Johanne avait encore tellement à donner. Elle commençait à accepter sa séparation même s'il lui restait encore beaucoup de travail à faire. J'aurais aimé la voir reprendre son envol.

— Je croyais que vous ne l'aviez vu que lors des sessions de thérapie de couple avec Christopher ? Vous semblez bien au fait de son ressenti.

— En fait, c'est que Johanne a continué à venir me consulter lorsque la séparation fut définitive, dit Marty d'un air un peu gêné. Je l'aidais à cheminer dans son épreuve.

— Ah, désolée. Je ne croyais pas que vous la connaissiez si bien. Donc, vous la suiviez régulièrement ?

Un malaise s'installe dans ce trio mal assorti. Marty semble vouloir couper court à la conversation, et son compagnon ne fait que regarder le sol sans dire un mot. Anne sait que Marty est encore tenu au secret professionnel même si sa patiente n'est plus, mais elle est convaincue que Marty peut lui fournir encore des informations pertinentes. Avec ce qu'elle vient d'apprendre, elle commence à croire que Marty connaissait Johanne beaucoup plus qu'il n'en laissait paraître. Peut-être que Johanne rencontrait Marty Cole pendant ces deux fameux soirs de semaine lorsqu'elle n'avait pas la garde de Maxime ?

— Je ne suis pas vraiment à l'aise de partager ces détails. Tu dois comprendre que si Johanne n'a pas informé son entourage de nos rencontres, alors ce n'est pas mon rôle de le divulguer maintenant, ajoute-t-il d'un ton définitif.

— Je comprends, effectivement. Désolée je ne voulais pas vous mettre mal à l'aise, s'excuse Anne.

Sur ces entrefaites, Anne est abordée par Marie. Tous les trois sont soulagés de pouvoir mettre fin à cette conversation de plus en plus malaisante. Elle salue Marty et son compagnon pour se tourner vers Marie, se rendant compte que, bizarrement, elle s'est ennuyée de cette petite journaliste pleine d'énergie.

— Qu'est-ce que tu avais tant à dire à Marty Cole ? Tu te cherches un travailleur social ? demande Marie, un sourire en coin.

— Haha, non, pas du tout. En fait, savais-tu que Johanne continuait à consulter M. Cole après sa séparation ?

— Ah non, répond Marie en se demandant pourquoi Anne s'intéresse autant à ce fait. Ça coule de source que d'aller consulter un thérapeute lorsqu'on traverse une passe difficile.

Comme si Anne lisait dans ses pensées, elle explique.

— Tu te souviens qu'il y avait un trou dans l'horaire de Johanne les semaines qu'elle n'avait pas la garde de son fils ?

— … et tu penses que c'est ce qu'elle faisait ? Qu'elle était en consultation ? Avec Marty Cole ?

— Ben, ça fonctionne. Et si j'ai raison, Marty Cole connaît Johanne très très bien. Bien mieux qu'il ne le laisse paraître. Penses-y, voir quelqu'un deux fois par semaine à toutes les deux semaines pendant neuf mois, ça fait beaucoup de conversations.

— Ouais, tu n'as pas tort. OK. Je vais voir si je peux creuser un peu plus pour confirmer tout ça. Je te tiendrai au courant.

— Bon enfin, je vois Peter, dit Anne en s'étirant le cou. On se voit à l'intérieur ? Garde-moi une place et on mangera ensemble.

Anne doit presser le pas pour rattraper Peter avant qu'il n'entre dans l'église. Elle a deux mots à lui dire à celui-là. Il n'a pas tenu sa promesse même si elle a accepté de quitter Poxton sans faire de bruit quand il le lui a demandé.

— Hé l'étranger ! dit Anne lorsqu'elle rejoint Peter sur le parvis de l'église.

N'aimant pas être apostrophé de la sorte, Peter se retourne rapidement. Aussitôt qu'il aperçoit Anne, son visage s'éclaircit et il semble heureux de la revoir. Anne croyait qu'elle serait la dernière personne qu'il aurait voulu voir. Elle est encore plus perplexe quand il la prend de côté de sorte à l'éloigner des oreilles indiscrètes.

— J'espérais te voir aujourd'hui, dit Peter d'un air sincère.

— Oui, moi aussi. J'ai deux ou trois choses à te dire, dit-elle d'une voix qu'elle tente de rendre sermonneuse en fronçant les sourcils.

— Eh, la petite. Ne prends pas cet air-là, dit-il d'un air un peu offusqué. Elle se prend pour qui de lui parler de la sorte ? se demande-t-il.

— Je n'ai pas eu de tes nouvelles et ça fait presque deux semaines que j'ai quitté Poxton à ta demande afin de te laisser toute la place pour l'enquête. Je pensais qu'on avait une entente et que tu me tiendrais au parfum.

Avec un air d'adolescent pris en défaut, Peter lui présente ses excuses et s'empresse d'ajouter :

— Tu sais qu'une enquête peut prendre du temps. On attend après des expertises donc, la patience est de mise. De toute façon, je n'avais rien de nouveau pour toi.

D'un air conspirationniste, il regarde à droite et à gauche afin de s'assurer qu'il n'y ait personne à proximité.

— C'est-à-dire que je n'avais rien de nouveau jusqu'à hier soir.

La colère de Anne disparaît d'un coup et sa curiosité prend rapidement le dessus.

— Oooouuuuuuh, qu'as-tu trouvé ? chuchote-t-elle.

— Les résultats de l'analyse du contenu de la bouteille sont revenus. Tu sais, ce n'était pas évident. Ça faisait longtemps que c'était dans la bouteille et le contenu aurait pu être contaminé par les éléments.

Anne est impatiente de savoir ce qu'ils ont trouvé, mais Peter prend son temps. Il aime bien la faire macérer un peu.

Il continue :

— Finalement, tu avais raison, ce n'était pas de l'eau. C'était du jus.

Un peu déçue, Anne ne comprend pas pourquoi Peter lui a fait tout un scénario pour lui annoncer que Johanne avait apporté du jus au lieu de l'eau pour sa randonnée.

— Mais pas seulement du jus, dit-il en baissant le ton. Il continue en chuchotant, nous avons trouvé aussi du GHB.

— De la drogue du viol ? dit Anne un peu plus fort qu'elle ne l'aurait voulue. Elle sent son excitation revenir un peu. Et ça veut dire quoi exactement ? Pourquoi aurait-elle apporté un jus au GHB pendant une randonnée pédestre ?

— Chut. Baisse le ton un peu. Ce que je te dis est strictement confidentiel. Tu vois, moi aussi je suis capable de remplir ma promesse, lui dit-il en lui faisant un clin d'œil.

— Oh ! doit-on présumer qu'elle a été violée ? Pourquoi aurait-elle pris cette drogue volontairement ? Johanne ne m'apparaissait pas comme une personne qui consomme de la drogue pour le plaisir… Elle défile les questions rapidement et doit s'arrêter pour prendre une inspiration. C'est à ce moment que Peter l'arrête dans son élan.

— Waouh, je ne connais pas toutes les réponses encore, mais, premièrement, on sait que Johanne a consommé du GHB. Les gens qui en consomment disent que ça donne de l'énergie dès que la drogue est ingérée. Donc on peut penser que ce mélange lui a donné l'énergie nécessaire pour faire la randonnée. Deuxièmement, quand les effets diminuent, on a remarqué chez certaines personnes qu'il y a de la confusion et une grande fatigue qui s'installent. Si notre théorie est bonne, Johanne a pris de ce jus dans lequel il y avait du GHB, a emprunté le point d'accès au sentier le plus près de chez elle, ce qui explique que son sac à main, ses clés, son cellulaire et sa voiture ont tous été retrouvés chez elle. Elle a marché très longtemps et s'est rendue près de l'endroit où elle a été retrouvée. On suppose que c'est à ce moment qu'elle s'est sentie très fatiguée et a dû penser à trouver un refuge pour se reposer un peu, soit dans la crevasse du rocher.

— D'accord, je comprends le raisonnement. Mais ça n'explique pas pourquoi elle est décédée dans la crevasse, dit Anne qui avait recommencé à frotter son index sur sa lèvre, indiquant qu'elle était en réflexion.

— Ça, c'est une histoire pour un autre jour. Peter prend Anne par le coude afin de la guider vers l'intérieur. Nous avons assez trainé. On s'en reparlera bientôt. Cette fois-ci, je te le promets pour vrai !

Chapitre 13

— Bon, alors vas-tu me le dire ce qui se passe ou quoi ? demande Marie en tendant un verre de vin à son amie tout en s'assoyant en tailleur près d'elle sur le futon. Tu es restée longtemps à jaser avec Peter avant le lunch à l'église. Il s'est ennuyé de toi pendant les deux dernières semaines ? ajoute-t-elle en clignant rapidement des paupières, se donnant un air innocent rempli de sous-entendus.

Marie a invité Anne à passer la nuit dans son minuscule appartement. Selon Marie, l'aller-retour Montréal-Poxton représente vraiment beaucoup trop de route à faire dans la même journée. Sans compter que Marie ne pouvait presque plus tenir à la réception. Elle veut savoir tout ce que Peter avait à dire à sa copine. Sa curiosité est sans bornes tandis que sa patience, très limitée. Se prêtant au jeu, Anne a accepté l'invitation de son amie sous le prétexte de la longue route, sachant très bien que c'est plutôt le désir d'assouvir sa curiosité que la préoccupation du bien-être de son amie qui est au cœur de l'invitation.

Marie habite un tout petit appartement aménagé au-dessus du garage de ses parents. Le minime salaire qu'elle gagne au journal local ne lui permet pas de se payer un logement digne de ce nom. Malgré tout, elle a réussi à rendre le tout très accueillant dans un décor qui respire la jeunesse et la bonne humeur. Des murs orange au futon qui lui sert de divan et de lit jusqu'à la quantité époustouflante de plantes dans un si petit espace, tout respire la joie de vivre. Ce décor reflète exactement la personnalité de Marie. Anne se sent tout de suite à l'aise dans cet environnement et s'empresse de mettre sa jeune amie au parfum des derniers développements de l'histoire en mettant l'accent sur la découverte du GHB dans la bouteille d'eau. Elle a tenté d'employer la tactique théâtrale de Marie pour annoncer la trouvaille et l'effet est plutôt réussi.

— Oh que c'est excitant tout ça ! Waouh ! Ça veut dire que nous avons une nouvelle énigme à résoudre, s'exclame Marie en tapant des mains comme une enfant le matin de Noël.

— Je ne suis pas certaine de tout ça. N'oublie pas que j'ai fait une promesse à Peter de le laisser faire l'enquête selon ses règles, dit Anne en prenant une gorgée de vin et en essayant de calmer ses remords d'avoir trahi la confiance de Peter si rapidement.

— Oui, mais, ajoute Marie avec un air espiègle, on peut quand même faire un petit bout de chemin. Ça n'enlève rien au Chef Moore et à son équipe. Je te gage que nous serions plus efficaces de toute façon.

— Peut-être, dit Anne en frottant son index sur sa bouche. Si seulement on pouvait savoir pourquoi Johanne a consommé du GHB pendant sa marche. Le savait-elle qu'elle en buvait ? Ça ne colle tellement pas avec ce que je connais d'elle. C'est vraiment bizarre.

— Vraiment ? OK, je te l'accorde… ça ne colle pas avec ce que l'on sait d'elle jusqu'à maintenant. Mais on ne sait pas tout ! Et c'est super facile de se procurer du GHB sur le web. Il suffit de faire une recherche rapide et BINGO ! Tu obtiens une livraison et la promesse d'une soirée palpitante.

Anne est interloquée et regarde son amie avec un mélange de surprise et de curiosité.

— Tu as l'air d'être pas mal au courant. Est-ce que tu en as déjà pris ? lui demande-t-elle une fois la surprise passée.

Anne est une femme bien rangée. Elle l'a toujours été même pendant son adolescence. Elle n'a jamais touché à quelque drogue que ce soit, à moins que ce ne fût prescrit par un médecin. Elle n'a jamais pris d'alcool avant ses dix-huit ans, l'âge légal pour boire de l'alcool au Québec. C'est et c'était une femme bien rangée et au fond d'elle-même, elle assume que tout le monde l'est aussi, même si elle sait que la réalité peut être très différente.

— Ben, disons que ça m'arrive d'en prendre avant d'aller à une fête, lui répond Marie en levant son verre comme si elle portait un toast.

Anne s'est presque étouffée avec la gorgée de vin qu'elle venait de prendre.

— Quoi ????? Les gens prennent ça volontairement ????? On entend que des histoires d'horreur de filles qui se sont fait droguer à leur insu pour ensuite se faire violer.

Marie répond avec un haussement d'épaules :

— Quand c'est à leur insu, il est évident que ce n'est pas acceptable, mais c'est quand même pas mal trippant quand tu décides de te gâter un peu.

Anne regarde son amie avec la bouche entrouverte, ne sachant comment réagir.

— Anne ! Arrête de me regarder comme ça. Je suis jeune, mais je ne suis pas si innocente !

Les deux éclatent de rire et ne peuvent plus s'arrêter. En reprenant son souffle, Anne soupire en disant :

— Ouf, ça fait du bien de rire comme ça. Je suis désolée, Marie. Je crois vraiment que je viens de trahir non seulement mon âge, mais aussi ma petite vie plate.

— Si toi tu as une vie plate, alors autant mourir maintenant. J'aimerais tellement pouvoir faire ce que tu fais. Résoudre des énigmes et démasquer les coupables. Que c'est passionnant !

— Trêve de plaisanterie et de flatterie, dit Anne avec un regard appuyé, nous avons deux scénarios possibles. Soit Johanne a pris le GHB en toute connaissance de cause ou bien quelqu'un lui a filé la drogue.

— Mais qui aurait pu faire ça ? Elle était seule.

— C'est que l'on pense, dit Anne. Peut-être était-elle accompagnée après tout ? Vois-tu Marie, si tu veux résoudre des énigmes, comme tu dis, tu dois te méfier des apparences et surtout de tes propres présomptions. On est souvent notre pire ennemi en pensant que l'on connaît ce qui s'est passé. Il faut garder l'esprit critique et tout requestionner, tout le temps.

Après quelques moments de silence, Anne demande :

— Marie, puis-je me connecter à ton wifi ? Je vais envoyer un courriel à un collègue. Du moins, je pense que c'est un collègue… c'est peut-être une collègue…. Bref, il ou elle m'aide toujours à voir les choses plus clairement.

Si les propos de Marie sont fondés, et qu'il est si facile de se procurer du GHB sur le web, alors, il n'y a qu'une seule personne qui peut vraiment l'aider.

Une fois son ordinateur allumé et connecté à internet, elle envoie un message rapide à CCs0lv3r. Elle commence simplement par lui demander s'il est libre. Elle ne donne pas beaucoup de détails pour le moment. Elle préfère l'avoir directement devant son écran avant de tout lui déballer. Elle sait bien aussi que s'il est doué pour pirater des sites web, il pourrait lui aussi être victime d'un autre hacker. Elle préfère lui envoyer son message en « live » pour qu'il puisse effacer les traces au fur et à mesure. C'est un code de conduite qu'ils se sont donné au fil des enquêtes. Quand Anne a de l'information délicate, elle commence par lui envoyer un court message et CCs0lv3r comprend que c'est le moment d'entrer en scène. En réalité, il n'attend que ce moment. Il adore travailler avec MissNane47. Il sait bien qu'elle ne sait rien de lui, il fait toujours très attention à ne pas trop se dévoiler, mais, déformation professionnelle oblige, il n'a pu s'empêcher de se renseigner sur sa partenaire. Il a réussi à trouver son identité, et ce, avec pas mal de facilité d'ailleurs. Il ne va certainement pas le lui avouer bêtement, mais de ce qu'il a pu apprendre, il ne peut s'empêcher de l'admirer encore plus. Quelle femme intéressante ! Sa personnalité dans les forums semble tout à fait contraire à ce qu'elle est dans la vraie vie. Il est tellement intrigué. Il ne cesse de penser à un stratagème pour provoquer une rencontre. C'est tout un défi, considérant qu'elle habite Montréal et lui, Stockholm. En plus d'être une détective hors pair, Lucas trouve qu'elle est plutôt jolie, ce qui rend toujours l'utile encore plus agréable. Jamais il ne tenterait de la séduire sur le web, il apprécie beaucoup trop sa collaboration avec MissNane47.

Le voilà donc de retour à son appartement dans le centre-ville de Stockholm, entouré de ses deux chats, après une énième soirée commémorative suite au décès de son père. En ouvrant son mobile pour vérifier s'il a reçu des messages, il voit une notification. Tombant à pic, le message de MissNane47 vient d'atterrir dans sa boîte. Heureux de pouvoir occuper son esprit à autre chose, il s'empresse de répondre à MissNane47 en lui donnant rendez-vous dans leur salle privée de chat habituelle. C'est l'heure d'entrer en scène et ça lui fera le plus grand bien.

Ouvrant une nouvelle session, CCs0lv3r démarre la conversation : *Salut MissNane47, que puis-je faire pour vous ? L'enquête avance ???*

— *Oui effectivement, ça avance. J'ai besoin de ton expertise. Peux-tu trouver une vieille commande de GHB d'il y a sept ans, qui aurait été envoyée à Poxton ?*

— *Pas de problème. Je suis toujours à ton service. En revanche, ça peut me prendre un peu de temps. C'est très ancien, en termes informatiques, c'est comme si on parlait de la préhistoire. En plus, ce n'est pas très précis comme demande. Je présume que tu as reçu les résultats de l'analyse de la bouteille d'eau ?*

— *Oui — affirmatif. C'est une piste et on ne trouvera probablement rien, mais ça vaut le coup d'essayer. Je suis à Poxton jusqu'à demain. Je t'écris lorsque je serai de retour à Montréal. Je t'en suis reconnaissante. MissNane47*

— *Je te reviens dès que je réussis à mettre la main sur quelque chose. Dix-quatre*

Entre-temps, Anne vérifie sa boîte de courriel et elle devient blanche comme un drap. C'est tellement soudain que Marie lui demande si elle va bien et espère que ce ne sont pas de mauvaises nouvelles.

— Non, ben oui, ben je ne sais pas. Depuis qu'on a trouvé le corps de Johanne, les messages de menaces avaient cessé, mais là ils semblent recommencer. Mais le ton est devenu encore plus mauvais. Ça ne présage rien de bon.

— De quoi parles-tu ? demande Marie en prenant position derrière Anne de façon à pouvoir lire son écran.

— Écoute bien ça. « *Là, ça suffit, petite garce, de venir mettre ton nez de citadine dans nos affaires. Johanne a été retrouvée et a été mise au repos. Ça ne suffit donc pas pour toi ? Je te le répète, tu n'as pas d'affaire ici. Ça va mal aller pour toi. Je t'ai vue avec le Chef Moore aux funérailles, en train de faire la messe basse. Tu auras été prévenue.* »

— Oh mon Dieu Anne ! Tu dois aviser Peter illico. Et peut-être que ton ami hacker pourrait trouver d'où le message a été envoyé ?

Même si elle a reçu plusieurs courriels de ce genre, Anne est déstabilisée. Elle prend quelques grandes respirations pour calmer sa nervosité. Elle sait exactement ce qu'il faut faire.

— Tu as raison, Marie. J'avise Peter, d'autant plus que cette fois-ci il est mentionné dans le message. CCs0lv3r va pouvoir nous dire la provenance, mais si c'est comme les messages précédents, il aura été envoyé d'un ordinateur public de la bibliothèque.

— Penses-tu que c'est Bridget ? Demande Marie avec les yeux gros comme des pièces de vingt-cinq sous.

— J'y ai pensé, mais je vois mal la vieille dame être en mesure de camoufler son identité numérique de cette façon. CCs0lv3r m'a mentionné que pour les autres messages, l'auteur avait tenté de brouiller les pistes, mais étant le génie qu'il est, il avait réussi à décoder l'adresse IP.

Les deux jeunes femmes tombent chacune dans un silence pensif. Après quelques minutes, c'est Marie qui s'avance.

— À quoi penses-tu, Anne ? Je commence à te connaître et quand tu frottes ton index sur tes lèvres, c'est que tu réfléchis à une nouvelle piste.

— Je ne pensais pas être si facile à lire.... Elle regarde son index comme le traître qu'il est et ajoute en hochant la tête : bref, effectivement, le message nous a quand même donné une nouvelle piste à explorer. Décidément, le fait que je sois à Poxton dérange. Quelqu'un croit que je suis encore en train d'enquêter. C'est certain que je le fais, mais de façon non officielle, on s'entend, dit-elle en regardant son amie du coin de l'œil. La personne a mentionné nous avoir remarqués, Peter et moi pendant qu'on discutait lors des funérailles. Forcément, c'est quelqu'un qui était présent. Donc, cette personne se sent assez interpellée par la mort de Johanne pour faire acte de présence.

— OK, alors, dès l'événement terminé, cette personne s'est précipitée à la bibliothèque pour envoyer le message ? Si on tient pour acquis que le message a été envoyé du même endroit que tous les autres, naturellement.

— Ouain... ça, c'est CCs0lv3r qui va nous le dire, dit Anne. Entre-temps, peux-tu me dresser une liste de toutes les personnes qui étaient présentes aux funérailles ? Je présume que tu dois connaître tout le monde de la région puisque tu as grandi ici.

— Oui tout à fait. Je te dresse la liste dès maintenant. Mais, il y a quand même quelques visages que je n'ai pas reconnus. Ils devaient venir des villages voisins. Je te fais ça tout de suite.

— Parfait, ajoute Anne d'un air satisfait. Je vais écrire à Christopher pour lui demander une copie du livre de sympathies. Je tiens pour acquis que toutes les personnes présentes ont signé le registre. Ça complétera ta liste et ça pourra nous aider à identifier les personnes que tu ne connais pas. À bien y penser, je crois que je vais lui écrire seulement demain. Je vais me garder une petite gêne et ne pas faire la demande aujourd'hui. Je pense que Christopher a eu une assez grosse journée comme ça.

∞ ∞ ∞ ∞ ∞ ∞ ∞ ∞ ∞

Après avoir passé le weekend à Poxton, Anne est très reconnaissante de se retrouver enfin chez soi. Elle adore Marie, mais n'en pouvait plus des questions incessantes et de l'énergie débordante de sa jeune hôtesse. En ouvrant la porte de son appartement, elle soupire : enfin chez nous ! En fermant ses yeux pendant quelques secondes.

Elle se sent complètement épuisée après le trajet de quatre heures même si elle en a profité pour écouter ses balados préférés. Elle s'est particulièrement intéressée aux épisodes traitants des histoires qui impliquent du GHB. Elle veut s'inspirer de ces histoires d'horreur pour mieux comprendre comment la drogue agit chez les victimes et surtout, comment les agresseurs l'utilisent. Au bout du premier épisode, elle en était déjà écœurée. Toutes les victimes du balado en question se sont fait droguer à leur insu pour ensuite se faire agresser. Certaines étaient dans un état tellement léthargique qu'elles ne se sont pas rendu compte de l'agression. C'est très déstabilisant pour Anne d'entendre tout ça. Elle trouve particulièrement difficile de penser que

Johanne aurait pu subir le même sort que ces victimes. Mais, elle s'est forcée de continuer à écouter d'autres épisodes en espérant trouver une histoire semblable à son cas.

Dans un des épisodes, elle a entendu parler de jeunes collégiens qui ont développé un vernis à ongles qui réagit en changeant de couleur lorsqu'il est exposé au GHB. En appliquant ce vernis avant d'aller dans les bars, les filles sont mieux outillées pour tester leurs boissons simplement en y trempant leur doigt, évitant ainsi d'être intoxiquées et victimisées. Elle se fait une promesse d'envoyer un don généreux aux développeurs de ce genre d'outils pour détecter le GHB dans les cocktails. Ces jeunes vont recevoir une belle somme pour les aider à continuer leur développement. Cependant, le balado ne lui a pas donné d'inspiration pour son cas en particulier. Johanne n'était pas dans une fête quelconque, sa bouteille d'eau comportait un couvercle hermétique. Si quelqu'un avait versé du GHB dans son jus, il n'aurait pas été en mesure de le faire sans attirer son attention.

Ne prenant même pas le temps de défaire sa petite valise, elle s'installe sur son balcon de façon à pouvoir observer sa rivière des Prairies tant chérie. Elle se conditionne à prendre plusieurs grandes inspirations afin de calmer l'effervescence de ses pensées. Elle se concentre sur le mouvement de l'eau. Elle doit réussir à faire le vide afin de voir un peu plus clair dans ce casse-tête. Elle est tellement hypnotisée par le mouvement de l'eau qu'elle n'a pas entendu son téléphone qui lui rappelle qu'elle a un message non lu. Ce n'est que quelques heures plus tard qu'elle lit le message de CCs0lv3r qui confirme qu'effectivement, le courriel menaçant qu'elle a reçu après les funérailles de Johanne a été envoyé à partir d'un ordinateur public, mais cette fois dans un café internet situé à vingt kilomètres de Poxton. Donc, il est difficile de déterminer qui est l'auteur, mais on peut penser avec pas mal de certitude qu'il est du coin.

Il y a aussi un autre message qui l'attend. C'est Christopher qui lui a envoyé la liste des gens qui ont signé le registre de sympathies. Marie a fait de son mieux, mais elle estime qu'il y a environ quinze personnes qu'elle n'a pas été en mesure d'identifier. Maintenant qu'elle possède la liste complète, elle devra tenter de comprendre le lien que chaque personne entretenait avec Johanne, ce qui ne sera pas une mince affaire.

Reconnaissante de toute l'aide apportée par Marie par sa connaissance de Poxton et de ses habitants, Anne réalise à quel point c'est différent de vivre dans une petite ville où tout le monde connaît tout le monde. Anne aime pouvoir se fondre dans une foule sous le couvert de l'anonymat comme elle peut si facilement le faire à Montréal. Elle a besoin de cette liberté de pouvoir faire ce qu'elle désire au moment qu'il lui plaît, sans devenir le sujet de conversation de la semaine à venir. Ces pensées l'amènent à se demander pourquoi Johanne a réussi à si bien cacher ce qu'elle faisait de ses deux soirs par semaine lorsqu'elle n'avait pas Maxime. Comment a-t-elle pu conserver ce secret et empêcher les gens de Poxton de jaser ?

∞ ∞ ∞ ∞ ∞ ∞ ∞ ∞ ∞

Pendant tout la semaine suivante, Anne tourne et retourne la question dans sa tête. Elle est en train de devenir folle en tenant de trouver une explication. De plus, CCs0lv3r ne lui a toujours pas donné de nouvelles concernant les commandes de GHB. Elle lui réécrira vers la fin de la semaine pour savoir si le travail avance. S'il n'a toujours pas trouvé, elle devra éliminer cette piste. La question est peut-être trop vague pour trouver quoi que ce soit. Bref, elle rumine ces pensées et inévitablement, son petit démon intérieur se montre la tête et commence à lui souffler qu'elle a atteint la limite de ce qu'elle peut faire pour ce cas. Elle n'est simplement pas à la hauteur.

Quelques jours plus tard, tandis qu'elle est dans le métro après sa journée de travail, son téléphone vibre dans son sac. Rapidement, elle le regarde pour voir que c'est CCs0lv3r qui lui demande si elle est devant son écran. Elle lui envoie un message rapidement, lui indiquant qu'elle le sera dans trente minutes. Rassérénée, elle se dit que c'est de bon augure s'il lui donne rendez-vous dans leur salle privée de chat. Ça veut dire qu'il a trouvé quelque chose, du moins c'est ce qu'elle espère.

— *Alors comment ça se passe ? Est-ce que je t'ai fait chercher une aiguille dans une botte de foin ?*

— *Oui effectivement. J'ai des bonnes et de mauvaises nouvelles pour toi. Laquelle veux-tu entendre en premier ?* écrit CCs0lv3r.

— *Allons-y pour la mauvaise »* je le savais, je le savais, je le savais, se dit Anne en écrivant son message. *Nous sommes dans un cul-de-sac.*

— *La transaction est trop ancienne pour que j'aie pu trouver quoi que ce soit. Sept ans, en informatique, c'est comme si on faisait des recherches à l'âge de pierre.*

— *Au moins, on aura essayé… Là, j'ai besoin d'un petit remontant. C'est quoi la bonne nouvelle ?*

— *D'abord, sais-tu combien de sites web proposent de la vente de GHB ? J'ai commencé par chercher via les sites américains. Je me suis dit, si on veut éviter les douanes et* les chances de se faire découvrir, aussi bien commander dans le même pays. Ensuite, j'ai fait le tri parmi toutes les livraisons à destination de Poxton. Laisse-moi te dire qu'il y a beaucoup de gens qui aiment le GHB dans cette ville. C'est vraiment impressionnant quand on compare le nombre de commandes par habitant. Bref, je m'éloigne. En regardant les livraisons faites dans les deux dernières années, j'ai commencé à voir une cadence régulière. Il y a une commande à destination d'une case postale qui est effectuée toutes les deux semaines. C'est hyper régulier. Ça semble être toujours la même quantité, car les dimensions et le poids du paquet sont toujours identiques. C'est la seule livraison qui est faite avec autant de régularité. Ça ne change pas. Toutes les deux semaines, un paquet est livré. La prochaine livraison est prévue pour la semaine prochaine.

— OK, mais on est sept ans plus tard… est-ce que ça pourrait avoir un lien ?

— Pas certain de ça. Mais c'est le seul filon que nous avons actuellement. Il vaudrait peut-être la peine de suivre la trace. Je ne sais pas comment ça se passe aux États-Unis, mais est-ce qu'il sera possible de savoir qui est le propriétaire de cette case postale ?

— Bonne question… je ne suis pas certaine. Je vais me renseigner. Tu as raison, on va suivre cette piste à défaut de n'en avoir aucune autre. Je te remercie grandement CCs0lv3r. Tu réussis toujours à trouver l'info *qu'il faut, peu importe l'extravagance de la demande. Merci, tu as fait ma journée.*

Encouragée d'avoir une autre piste à explorer, Anne envoie un message à Marie afin de partager les trouvailles de CCs0lv3r. Aussi, elle devra demander à sa jeune amie de l'aider de manière un peu plus concrète. Elle sourit à son écran en écrivant son message, en pensant que Marie sera très heureuse d'avoir un petit devoir à faire la semaine prochaine.

Pendant quelques secondes, elle considère envoyer un message au Chef Peter Moore aussi, mais, puisqu'elle veut que Marie ait une liberté d'action pour faire ce qu'elle lui demande, elle décide de laisser tomber. De toute façon, se dit-elle, il finira bien par le savoir si le travail donne les résultats escomptés.

Chapitre 14

Sans hésiter, Marie accepte la demande d'aide de Anne. À bien y penser, elle a peut-être accepté de manière un peu trop impulsive. Elle veut tellement contribuer à l'enquête qu'elle aurait accepté de faire le devoir demandé même si elle avait pris le temps d'y réfléchir.

— OK, OK, OK, respire ma grande. C'est le moment de prouver que tu es capable toi aussi, de faire avancer des enquêtes.

Marie est bien assise dans son véhicule et tente de calmer son excitation. Lorsque Anne lui a révélé les trouvailles de CCs0lv3r, Marie savait ce qu'elle avait à faire. Selon les informations qu'il a trouvées, la livraison devrait se faire aujourd'hui. Elle a tout prévu, elle a apporté plusieurs collations, un thermos de café, des jumelles et son téléphone est complètement chargé. Elle a pris une journée de congé au journal afin de s'assurer qu'elle ne se ferait pas déranger pendant sa surveillance du comptoir postal.

Le comptoir postal de Poxton doit ouvrir dans dix minutes. Marie voulait s'assurer d'être bien positionnée avant l'ouverture pour s'assurer de voir tout le monde qui se pointe pour ramasser leur courrier. Elle ne veut pas courir de risque. Surtout, que selon Anne, les livraisons sont faites aux deux semaines, donc, si elle ne réussit pas aujourd'hui, elle devra attendre encore une quinzaine de jours. Marie ne sera pas capable d'attendre aussi longtemps, elle se connaît. Elle n'est simplement pas assez patiente. Mais aujourd'hui sera quand même une rude épreuve. Passer toute une journée assise dans sa voiture à attendre. Elle tente de se convaincre que, malgré les apparences, elle est en train de faire avancer l'enquête ; elle est en train de faire quelque chose.

Au moins, elle connaît le numéro de la boîte postale. Dès l'ouverture, elle ira localiser la boîte afin de pouvoir la surveiller plus efficacement.

Ça y est, ça commence à bouger à l'intérieur. Un employé vient tout juste de déverrouiller la porte.

— It's showtime, se dit-elle en ouvrant la portière de sa voiture.

En entrant au comptoir postal, elle se fait interpeller par son nom. Surprise, elle pivote deux fois sur elle-même pour localiser la voix qui tente d'attirer son attention. Son regard s'arrête sur Matt qui lui sourit de toutes ses dents, appuyé derrière son comptoir.

Matt est un vieux copain. En fait, il a été son premier petit copain lorsque tous les deux étaient au primaire. À cet âge-là, un petit copain, il faut le dire vite. Ils tentaient d'imiter les adultes en se donnant de petits bisous secs sur la bouche et se mettaient à rigoler. En fait, chaque fois qu'ils se voient au bar, ils rigolent ensemble de cette période qui semble si loin.

Marie avance lentement vers le comptoir en espérant que sa chance va tourner et que Matt pourra lui donner la réponse qu'elle cherche au lieu de demeurer dans sa voiture pendant Dieu sait combien de temps.

— Salut mon beau Matt ! Comment vas-tu ? Lui lance Marie en plantant son regard dans le sien. Je ne savais pas que tu étais maintenant un employé de la USPS[4] !

— Oh bo-boy ! On sort les grands moyens.... Mon beau Matt ! Tu ne m'as jamais appelé comme ça. Même pas quand tu étais ma copine, lui dit-il en lui faisant un clin d'œil. Et le boulot est nouveau. Il faut bien manger dans la vie ! J'avais besoin de me trouver quelque chose de stable, tu sais. Son regard rieur est intrigué, mais Marie voit bien qu'il s'amuse comme un fou.

— En fait, j'espère que tu peux m'aider. Je ne peux pas trop te divulguer d'informations… tu sais… je suis sur une enquête, lui dit-elle d'un air conspirationniste.

— Ah ben, je suis très content pour toi, Marie. Je le savais que tu utiliserais tes multiples talents pour accomplir quelque chose d'extraordinaire. C'est cool que le journal t'ait confié une histoire à enquêter.

Même si elle sait qu'elle devrait détromper Matt, Marie ne peut s'amener à le faire. Elle ne veut pas trop attirer l'attention des gens de la région sur le fait qu'elle travaille avec Anne et qu'elles sont toujours en cours d'enquête. Elles ont été sommées d'arrêter tout

---

[4] United States Postal Service qui est le service postal fédéral aux États-Unis

effort d'enquête dans l'affaire. Elle n'a quand même pas insinué quoi que ce soit pour que Matt se trompe sur la raison de sa présence au comptoir postal. Il a tiré ses propres conclusions. Bref, sans le détromper, elle poursuit :

— En fait, je suis à la recherche du nom de la personne qui a loué une boîte postale ici. Je connais le numéro de la boîte. Si je te donne le numéro, est-ce que tu pourrais me donner l'identité de son propriétaire ?

Même si Marie tente d'adopter un ton désinvolte, sa voix la trahit et se met à trembler de plus en plus. Matt doit se concentrer afin de ne pas éclater de rire. Il n'a jamais vu Marie perdre contenance de cette façon. Elle doit vraiment être stressée pour le travail, pense-t-il.

Matt la regarde et hausse les épaules :

— Malheureusement, je ne peux pas t'aider, chère Marie. C'est criminel de divulguer le nom du propriétaire d'une boîte postale. À moins que tu me dises que tu as un document légal prouvant que tu as besoin de l'information afin de compléter des démarches judiciaires.

Au fur et à mesure que Matt débite sa phrase, Marie se dégonfle comme un ballon. Elle était tellement certaine que Matt l'aiderait. Mais finalement, elle devra se rabattre sur sa première idée soit de surveiller la boîte postale de sa voiture.

Elle remercie Matt pour son temps et son aide, même s'il ne l'a pas vraiment aidée. Elle localise la boîte postale en question avant de quitter le comptoir postal. Quelle chance, la boîte postale est près de la grande fenêtre sur la devanture. Elle n'aura aucun problème à identifier la personne qui se pointera pour y ramasser le contenu.

Sa bonne humeur maintenant revenue, elle salue une dernière fois son ami et quitte le commerce.

Bon, ça commence pour vrai, se dit-elle lorsqu'elle prend place dans sa voiture. Disons qu'il n'y a pas foule au comptoir postal à son ouverture. Elle devra être patiente, ce qui risque d'être la chose la plus difficile pour elle aujourd'hui.

∞ ∞ ∞ ∞ ∞ ∞ ∞ ∞ ∞

Anne vient tout juste de terminer son souper. Elle doit commencer à laver sa vaisselle et elle va sûrement passer l'aspirateur par la suite. Elle doit s'occuper sinon elle va se faire toutes sortes de scénarios. Toute la journée, elle a envoyé des textos à Marie afin de savoir comment se déroulait la surveillance de la boîte postale. À chaque fois, la réponse était la même. Aucune personne ne s'était pointée pour ramasser son courrier dans la fameuse boîte postale.

Certes, il y a eu un va-et-vient constant et Marie a reconnu plusieurs clients qui entraient pour poster une lettre, pour envoyer un colis ou simplement pour saluer Matt. Ce n'est qu'en fin de journée, que trois personnes se sont arrêtées devant les boîtes postales pour en récupérer leur contenu. Elle a photographié chacune d'elle. Malheureusement, elle ne connaissait aucune de ces trois personnes. De ces trois personnes, elle peut tout de suite en éliminer une dont la boîte postale se trouvait tout juste à côté du comptoir de Matt donc, au fond complètement du commerce. La boîte en question était clairement loin de celle qui l'intéressait.

Il n'en reste plus que deux à identifier. Elle ne peut savoir laquelle de ces deux personnes a ouvert la case postale suspecte. Elle est un peu trop loin pour voir avec précision, même en utilisant ses jumelles. Elle décide donc d'envoyer ces deux images à Anne via le site sécurisé mis sur pied par CCs0lv3r. En appuyant sur le bouton envoyer, Marie se dit qu'effectivement, ce n'est pas toujours aussi glorifiant qu'elle le croyait enquêter sur des affaires. Elle est plutôt vidée et elle veut simplement aller dormir même si elle n'est que restée dans sa voiture pour plus de dix heures.

Dans son appartement de Montréal, Anne sursaute en entendant la sonnerie de son téléphone. Elle se précipite sur celui-ci et oublie même d'essuyer ses mains mouillées tant elle est tendue. Ça y est, se dit-elle, Marie a trouvé quelque chose. Oubliant le reste de la vaisselle, Anne s'installe devant son ordinateur et télécharge avec impatience l'envoi de Marie.

Il ne lui a fallu que quelques minutes pour faire le lien. Un des hommes photographiés par Marie lui est familier. Anne ferme les yeux pour tenter de replacer le visage. Quelque chose lui échappe. Elle sait qu'elle l'a déjà vu, mais elle n'arrive pas à se rappeler du lieu ni des circonstances. Elle décide d'appeler Marie via vidéo. Elle veut voir les expressions faciales de son amie. Plus d'une fois, le visage de Marie a trahi ses paroles. Elle veut s'assurer de bien comprendre toutes les informations que Marie aura à lui transmettre.

— Salut ma belle Ma... Mon Dieu, on dirait que tu as passé la nuit debout ! Est-ce que tu vas bien, Marie ?

— Oui, oui, Anne, je t'assure. Passer une journée assise dans une voiture, ça finit par te fatiguer. Je ne savais vraiment pas dans quoi je m'embarquais quand j'ai accepté de surveiller la boîte postale.

— Oh ma pauvre.... J'espère que tu n'as pas fait tout ce travail pour rien. Je te rassure, tu as fait du bon boulot. J'ai regardé les images que tu m'as envoyées.

— Ouais, ce n'est pas riche. Ce sont les deux seules personnes qui ont ramassé leur courrier près de l'endroit où se trouve la boîte postale. Je n'arrivais pas à voir exactement quelle boîte ils ont ouverte. J'étais de l'autre côté de la rue et il s'est mis à pleuv...

— Tu n'as pas besoin de me donner des excuses. Je crois reconnaître l'homme aux cheveux bruns, mais je n'arrive pas à le replacer. Il m'est drôlement familier, mais...

En parlant avec Marie, Anne continue de regarder les photos. La photo de l'homme alors qu'il était dans le commerce ne l'aidait pas vraiment. Anne était plutôt fascinée par les deux autres images de lui lorsqu'il embarquait dans sa voiture.

— Ça y est Marie... je viens de le reconnaître ! crie Anne. Je n'en crois pas mes yeux, mais il était présent aux funérailles de Johanne. Nous allons pouvoir l'identifier grâce à la liste du registre envoyé par Christopher.

— Impossible ! lui dit Marie. Je ne le replace pas du tout.

— C'est normal, tu marchais derrière nous. C'est l'homme qui marchait aux côtés de Marty Cole, le travailleur social. Nous avons marché ensemble un peu en revenant du cimetière. Il n'a pas pipé mot pendant toute ma conversation avec Marty. Je ne sais même pas comment il s'appelle. Marty ne nous a jamais présentés.

Un grand sourire s'étire doucement sur le visage de Marie. Elle est aux anges de savoir qu'elle a trouvé quelque chose qui pourrait s'avérer utile. Elle n'est pas encore certaine si c'est important, mais au moins, un lien semble se faire.

— Vraiment, c'est un excellent travail Marie. Bravo ! Maintenant, tu n'aimeras probablement pas ce que je vais te demander comme deuxième devoir. Est-ce que tu veux toujours m'aider ?

— Mais certainement Anne. N'importe quoi ! dit Marie maintenant revigorée.

— Lors de la prochaine livraison, il faudrait trouver un moyen de savoir où cet homme apporte le GHB. Est-ce que c'est pour sa consommation personnelle ? Est-ce que c'est un revendeur ? Il est peut-être simplement un messager ? Qu'est-ce que tu en penses ?

— Je pense que l'on devrait appeler le Chef Moore pour le mettre au courant. Souviens-toi comment il était en colère lorsque tu as fait appel aux chiens pisteurs.

— Je comprends ce que tu dis Marie, mais je pense qu'il est encore trop tôt. On n'a pas encore beaucoup d'informations pour lui. On va lui dire quoi ? Que plusieurs personnes dans sa ville aiment se péter la gueule au GHB, dont un homme plus que tous les autres ? Non, je veux qu'on ait quelque chose de plus solide que ça… en plus, on a une chance de connaître son nom. On a encore des recherches à faire avant de passer le tout aux policiers.

— OK, lui répond Marie avec un air espiègle. Je pense que j'ai un bon moyen pour trouver où il se dirige une fois qu'il a ramassé le paquet.

— Ah ! Marie et tes grandes idées ! Mais je veux que tu sois prudente, compris ? Je ne veux pas que tu prennes des risques inutiles. On ne le connaît pas après tout.

Marie se met à rire.

— Ne t'inquiète pas « maman », je ne serai même pas dans les parages. Je te garantis que l'on va savoir où il se rend avec la prochaine livraison. Bon, je dois filer. Je t'embrasse Anne. On se reparle sous peu.

En refermant l'écran de son portable, Anne sourit en se disant que c'est réellement plaisant de travailler en équipe sur une affaire. C'est la première fois qu'elle opère sous sa vraie identité et non pas sous son pseudonyme. Si elle ne fait pas attention, elle pourrait y prendre goût.

∞ ∞ ∞ ∞ ∞ ∞ ∞ ∞ ∞

Au cours des deux dernières semaines, Anne et Marie se sont parlé presque tous les jours. Elles élaborent toutes sortes de scénarios qu'Anne envoie à son tour à CCs0lv3r pour avoir son point de vue. C'est comme s'ils opéraient en trio sans en être un réellement.

Marie a mis la table pour bien préparer la filature de l'homme au GHB, comme ils se sont mis à l'appeler. Le plan est assez simple. En fait, ils vont opérer avec l'information qu'ils connaissent, c'est-à-dire l'adresse de la boîte postale et le fait que l'homme en question habite dans la région. Il ne doit pas habiter très loin pour être en mesure de venir ramasser le paquet au comptoir postal de Poxton à toutes les deux semaines. Déçue de n'avoir pu déceler le nom de l'inconnu, Anne essaie de garder bon espoir. En effectuant une recherche sur les médias sociaux, aucun des noms inconnus provenant de la liste du registre ne correspond avec les images saisies de l'homme au GHB.

C'est donc en ce mardi matin d'automne, que nos trois détectives amateurs sont devant leurs ordinateurs respectifs à suivre une puce sur une carte électronique de la ville de Poxton.

Marie a eu la brillante idée de poster, bien cachée dans une enveloppe, une puce électronique munie d'un GPS, un genre de bidule que les gens utilisent pour suivre leurs valises lors de leurs voyages, à la boîte postale. Quand l'homme au GHB récupérera la drogue, il prendra également la puce électronique. Ils espèrent tous que l'homme va attendre d'être rendu à sa destination avant de faire le tri de son courrier. Afin de ne pas attirer trop d'attention, Anne et Marie ont caché la puce à l'intérieur de ce qui semble être un envoi promotionnel. Si l'homme au GHB n'est pas trop allergique à la publicité, il devrait mener notre trio à sa destination. Du moins, c'est ce qui est espéré.

La puce a été mise à la poste il y a deux jours afin de s'assurer qu'elle soit livrée dans la boîte postale à temps pour la prochaine livraison de GHB qui a bien été posté comme à l'habitude, tel que confirmé par CCs0lv3r via le site web. Cette puce est donc suivie en temps réel par un ordinateur de Poxton, de Montréal et de Stockholm. La puce se trouve effectivement au comptoir postal depuis la veille. On présume donc qu'elle a bien atterri dans la case postale. Si l'on se fie au dernier ramassage, l'homme au GHB devrait passer ramasser le courrier en fin de journée. Plus l'heure approche, plus nos enquêteurs sont nerveux.

Marie est la première qui réalise que la puce est en mouvement. Rapidement, elle envoie un texto à Anne qui à son tour envoie à peu près le même message à CCs0lv3r. Anne retient son souffle en regardant son écran. Marie donne des coups de poing vers le plafond pour célébrer le succès de sa ruse. En fait, elle craignait que son stratagème ne fonctionne pas. Si la puce avait arrêté de fonctionner avant que l'homme au GHB puisse ramasser l'enveloppe, il aurait fallu attendre encore deux semaines avant de mettre un autre plan en branle. Heureusement, ce n'est pas le cas et la puce semble faire un bon bout de chemin sur les routes environnantes de Poxton.

Au bout de vingt minutes, la puce s'est immobilisée. C'est l'arrêt complet. Son énergie nerveuse ne lui permet pas de demeurer dans son appartement à ne rien faire. Rapidement, Marie envoie un texto à Anne en lui indiquant qu'elle se déplace. Elle va se rendre à l'endroit où la puce s'est arrêtée.

Inquiète, Anne appelle Marie directement sur son cellulaire.

— Écoute Anne, n'essaie pas de me persuader de ne pas y aller, dit Marie en répondant à son téléphone avant même qu'Anne n'ait la chance de placer un seul mot. Il faut que j'aille voir.

— Marie, ce n'était pas dans les plans. On s'est dit que la sécurité doit être la priorité. Tu te mets directement dans le pétrin.

— Anne, je n'ai pas le choix. Il faut que j'aille voir. On ne sait jamais. Il a peut-être simplement jeté la puce dans une poubelle. Il faut que j'aille m'assurer que ce n'est pas le cas.

— OK Marie. Je ne peux pas faire grand-chose de mon appartement à Montréal tandis que toi, tu es à Poxton. Je vais rester au téléphone avec toi. Mais je t'avertis, si j'ai le moindre soupçon que ça ne se passe pas bien, j'appelle Peter. On gérera son humeur par la suite.

— Parfait Anne. Ça va me faire du bien de faire quelque chose. J'avais l'impression d'être comme une lionne en cage aujourd'hui. Tout ce temps à attendre. OK, je viens de sortir de Poxton. J'arrive dans la ville voisine.

Pendant que Marie décrit sa route, Anne s'empresse de demander à CCs0lv3r de suivre le téléphone de Marie à la trace. Anne s'en voudrait tellement s'il arrivait malheur à sa nouvelle amie par sa faute. Mais d'un autre côté, elle est impatiente de savoir ce qui se trame avec l'homme au GHB. C'est peut-être une fausse piste, mais son intérêt a été piqué.

« *OK Anne, elle est à cinq kilomètres de la puce présentement. Ce ne sera pas long avant que l'on sache le fond de l'histoire* » lui écrit CCs0lv3r via leur chat privé.

Après quelques minutes de silence, Marie souffle dans le téléphone :

— Oh mon Dieu… et c'est le cas de le dire ! La puce s'est arrêtée dans le stationnement d'une église.

— Quoi ? Tu es certaine, Marie ? Ça me surprend.

— Je vois la voiture de l'homme au GHB dans le stationnement. Je la reconnais. C'est la même voiture que notre homme conduisait quand je l'ai vu au comptoir postal. D'ailleurs, c'est la seule voiture dans le stationnement en ce moment.

Au bout de quelques minutes de silence tendu, Marie chuchote : « Mais… l'homme n'est pas dans la voiture. »

— Marie, sors de là. Je n'aime pas ça. C'est…

Anne entend un froissement de vêtements au bout de la ligne.

— Marie, Marie es-tu là ? demande Anne. Elle ne reconnaît pas sa propre voix. C'est l'effet du stress qui se fait sentir. Sa voix a grimpé d'au moins une octave. Qu'est-ce qui se passe ? Si tu ne réponds pas dans cinq secondes, j'appelle Peter.

— Calme-toi, Anne. Je suis là. Je me suis cachée un peu dans ma voiture. Tu ne devineras jamais qui vient d'arriver.

Anne n'en peut plus. Elle est tellement nerveuse qu'elle en a des sueurs froides. Elle se sent aussi tendue d'un fil de fer. Elle se lève et commence à faire les cent pas dans sa cuisine.

— Qui, qui, QUI ? exige-t-elle de Marie.

— C'est ton ami Marty Cole, le fameux travailleur social… Tsé, celui qui ne nous a pas tout dit. En fait, on devrait plutôt parler de SON ami. Tu ne m'avais pas dit que l'homme au GHB accompagnait Marty aux funérailles de Johanne ?

— Ah ben, tu parles comme c'est bizarre, dit Anne en soufflant un peu.

— Ouaip.... Marty vient de se stationner dans le stationnement de la même église et se dirige vers l'entrée. OK Anne, je vais quitter. Il y a plusieurs voitures qui arrivent et les gens semblent tous se connaître. Il doit y avoir une rencontre qui se prépare. Je file.

— OK. Merci Marie, pour tout le travail. Vraiment, je ne sais pas comment j'aurais découvert tout ça sans toi. Tu es une alliée précieuse.

— Oh Anne. C'est moi qui devrais te remercier. Tu n'as aucune idée comme je trippe en ce moment. On se redonne des nouvelles.

En raccrochant avec Marie, Anne met l'eau à bouillir pour préparer son énième café. Elle doit diminuer sa consommation de caféine, ses nerfs en ont assez pour ce soir. Mais le breuvage chaud, son odeur et les gestes automatiques qu'elle répète pour le préparer sont réconfortants, ça lui permet de continuer à réfléchir un instant. Elle sent qu'ils sont tombés sur des informations importantes, mais elle n'arrive pas à mettre les pièces du puzzle ensemble.

Une très longue soirée s'annonce, car Anne et CCs0lv3r vont passer en revue toutes sortes de scénarios pour tenter d'expliquer ce qu'ils viennent de découvrir.

∞ ∞ ∞ ∞ ∞ ∞ ∞ ∞ ∞

Malgré sa nuit blanche avec CCs0lv3r, Anne ne se sent pas plus avancée dans son enquête. Elle ne cesse de retourner les informations découvertes par Marie et son instinct lui souffle que quelque chose lui échappe toujours.

Au petit matin, elle décide donc d'appeler le Chef Peter Moore. Elle doit se rendre à l'évidence : elle est dans un cul-de-sac et elle doit comprendre ce qui manque. Peut-être que Peter pourrait, avec un œil nouveau et sa formation en tant qu'enquêteur, l'amener à voir le tout sous un autre angle.

En composant le numéro, son estomac se noue juste à penser à la colère de Peter quand il va réaliser, que non seulement elle continue d'enquêter, mais qu'elle a impliqué Marie dans tout ça.

Bref, elle n'a plus le temps d'y penser, Peter répond dès la deuxième sonnerie.

— Salut, Peter, c'est Anne. Comment ça va ? dit-elle en tentant d'adopter un ton léger.

Un peu surpris que Anne l'appelle sur son cellulaire personnel si tôt un matin de semaine, Peter sourit en se disant qu'elle doit faire face à une impasse dans son enquête. Même s'il lui a demandé de laisser tomber et de cesser ses jeux amateurs, il n'est pas dupe. Comme un vieux sage, il se doutait bien qu'Anne continuerait à fouiller le dossier. En fait, il y comptait presque. En tant qu'enquêteur officiel de l'affaire, il n'avait pas d'autre choix que de lui demander de cesser son enquête. Mais tout au fond de lui, il sait que ce sera Anne qui va trouver la clé de l'affaire. Il espère simplement que ce coup de fil va donner un nouveau souffle à sa propre enquête. Malgré toutes ses bonnes volontés et sa confiance, il n'a pas réussi à avancer beaucoup par lui-même. Le temps manque et de nouvelles affaires prennent le dessus.

Il s'éclaircit la gorge et tente d'adopter un ton chaleureux comme s'il saluait un vieux chum.

— Ça va bien et toi, ma belle ? Quoi de neuf ?

— Je suis contente que tu me poses la question. J'ai une question qui va te paraître assez bizarre. Ne me demande pas pourquoi je te demande ça. Je ne veux pas te mentir.

— Ouais, tu sais comment mettre la table, toi. Pose-la ta question. Qu'est-ce que je peux faire pour t'aider ?

— En fait, j'aimerais savoir ce qui se passe les mardis et jeudis soirs à l'église Notre-Dame de Branton.

Peter se sent particulièrement de bonne humeur ce matin, il se permet donc un peu de taquinerie.

— Oh – tu veux allumer un cierge pour t'aider à avancer dans ton enquête ? dit-il en ricanant.

Anne se sent rougir violemment même si elle est au téléphone. Elle ne cachait pas son intention de continuer son enquête, mais quelque chose la rend mal à l'aise de ne pas l'avoir clairement dit à Peter. Maintenant qu'elle lui demande de l'aide, elle se sent coupable d'avoir tenté de le contourner.

— Ouais, ben je croyais que j'avais été plus subtile dans mon enquête. Depuis le début, tu le sais que je n'ai pas arrêté d'enquêter, n'est-ce pas ?

— Bingo Anne. Je le sais depuis le début et je dois avouer que j'attendais cet appel. Il y a des limites à ce qu'une étrangère à Poxton peut accomplir seule.

Sentant l'embarras de Anne à l'autre bout du fil, Peter veut faire durer le moment. Il prend son temps pour prendre une bonne gorgée de café avant de continuer :

— Bon, pour répondre à ta question, tu dois faire référence au groupe d'entraide le Phoenix.

— Groupe d'entraide ? demande Anne surprise.

— Oui, c'est le groupe de Marty Cole. En tant que travailleur social, il anime le groupe quelques fois par semaine. C'est vraiment un bon gars ce Marty. Toujours prêt à aider les gens qui en ont besoin.

Anne réfléchit à toute vitesse. Les informations transmises par Marie concordent : plusieurs véhicules qui arrivent à peu près en même temps et les gens semblaient se connaître d'après elle.

Prise d'une inspiration soudaine, Anne demande :

— Qu'est-ce que tu fais mardi soir prochain ? Je serai dans le coin. Peut-on se voir au bar ? J'ai plusieurs choses à te raconter et je préférerais le faire en personne.

— Ben certain ma belle que j'y serai. J'y suis tous les soirs dernièrement. Envoie-moi un texto quand tu seras prête. Bon, on me fait signe, je te laisse. À la semaine prochaine.

La bonne humeur de Peter prend de l'ampleur. Il ne s'est pas trompé. La petite a avancé dans son enquête. Elle pense avoir trouvé quelque chose de significatif à l'église Notre-Dame, à Branton. Il en est certain.

Même si elle veut demeurer mystérieuse, il ne faut pas être un génie pour deviner qu'elle a l'intention de se pointer à la prochaine rencontre du groupe Phoenix. Il prend une autre gorgée de café en ricanant tout bas. Ouais, ça va être une bonne journée.

Chapitre 15

Anne vient tout juste de passer les douanes et elle n'entend pas arrêter de rouler avant d'arriver à Poxton. De toute sa vie, il n'y a jamais eu de semaine qui s'est écoulée plus lentement que celle qui vient de passer. Anne n'en pouvait plus d'attendre.

Puisqu'elle avait épuisé toutes ses journées de vacances, elle a même dû travailler aujourd'hui avant de trouver un prétexte pour quitter le bureau plus tôt qu'à l'habitude pour arriver à temps à la rencontre du groupe Phoenix.

Finalement, elle n'est peut-être pas si incompétente que ça. Une petite voix lui a soufflé que la découverte de l'homme au GHB était significative pour l'enquête. Elle ne sait pas encore comment tous les morceaux s'arriment, mais ça s'en vient.

En repensant à sa conversation avec Peter, elle ne peut s'empêcher de sentir de la colère remonter. Lors de son appel la semaine dernière, elle était très surprise d'apprendre que le groupe Phoenix ne semblait pas vraiment être un secret. C'est en raccrochant qu'elle s'est mise en colère en se demandant pourquoi on ne lui avait jamais parlé du groupe d'entraide. Si le groupe était si connu et pas tant un secret, c'est un simple travail de déduction pour comprendre que Johanne faisait probablement partie de ce groupe. Il faut voir les vraies choses… elle était jeune et fraîchement divorcée. Armée du nom du groupe, Anne a réussi facilement à trouver leur site web. Comme elle s'en doutait, le groupe se rencontre deux soirs par semaine, les deux mêmes soirs où Johanne semblait disparaître, les semaines dont elle n'avait pas la garde de Maxime. Mais pourquoi personne n'a fait le rapprochement ? Et surtout, pourquoi ne lui a-t-on jamais parlé du groupe Phoenix ?

Arrivée dans le stationnement de l'église, elle doit se dépêcher si elle ne veut pas manquer la fin de la rencontre. Les quatre heures de route qui séparent Montréal et Poxton ne l'ont pas aidée à arriver à l'heure. Avant de pousser la porte du sous-sol de l'église, Anne se force à prendre une grande respiration. Il faut qu'elle aborde cette soirée avec un esprit ouvert sinon, elle pourrait faire plus de tort qu'autre chose à son enquête.

Elle trouve une chaise libre dans la dernière rangée tout près de la porte et s'assoit discrètement. Plusieurs chaises sont disposées en demi-cercle, l'une derrière les autres sur trois rangées. Plusieurs personnes sont présentes, mais on remarque quelques trous dans l'assistance. Ils écoutent tous religieusement Marty Cole qui anime la rencontre de main de maître. Il invite les gens à partager ce qu'ils ont trouvé difficile depuis la dernière rencontre et il enchaîne en donnant des trucs et conseils pour mieux gérer ce genre de situation si elle devait se reproduire. Pendant les interventions de Marty, plusieurs personnes hochent la tête en signe d'approbation. Le voilà qui donne quelques dernières consignes, il rappelle aux gens qu'il se reverront à la prochaine rencontre et il les invite à faire le plein. De quoi exactement ? Anne a eu de la difficulté à comprendre.

C'est à ce moment que Marty Cole balaie la salle du regard et ses yeux rencontrent ceux de Anne. Sans trahir sa surprise, il la salue avec un petit signe de tête et signale la levée de l'assemblée.

Anne se dit que c'est sa chance, elle doit réussir à s'entretenir avec Marty, du moins pour lui demander pourquoi il ne lui a pas parlé de ce groupe quand elle le questionnait sur Johanne et ses activités.

Cependant, la foule s'est levée d'un coup et plusieurs se dirigent vers elle. En réalité, les gens se dirigent vers la table de breuvages située tout juste derrière elle. Quelques personnes la reconnaissent et viennent la saluer pour la remercier d'avoir permis à la famille et aux amis de faire leur deuil de Johanne. Même si la police de Poxton s'est attribué la responsabilité de la découverte de ses restes, la population n'est pas dupe. Poxton et ses environs étant de petites villes, les ragots se propagent à la vitesse de l'éclair. Tout le monde a vite compris que c'est grâce à cette étrangère que l'on connaît le sort de Johanne Reed. Anne est flattée par tant de bons mots. Quelques personnes ont même les larmes aux yeux. Pendant un instant, Anne se permet de ressentir un sentiment d'accomplissement qui vient avec le fait d'aider les gens à trouver des réponses. Ceci est la vraie raison pour laquelle il est si important pour elle de trouver une résolution aux enquêtes, même si ce ne sont pas les réponses souhaitées.

Malgré le sentiment de plénitude, elle ne doit pas perdre de vue son objectif. Il faut qu'elle réussisse à accrocher Marty. Plusieurs personnes sont autour de lui et veulent lui parler. Elle n'aura d'autre choix que d'attendre son tour. Afin de faire passer le temps et pour se donner quelque chose à faire, Anne se sert un verre du breuvage qui est offert aux membres sur la table située à l'arrière de la salle. Quelques verres sont déjà remplis à l'intention des membres et disposés sur un cabaret. Pour une fraction de seconde, Anne se demande si le GHB qui a été livré la semaine dernière se retrouve dans son verre. Rigolant intérieurement de sa paranoïa, elle balaie ses pensées en se disant qu'on est loin d'une fête où les membres sont à la recherche d'émotions fortes. En fait, plusieurs personnes ont apporté leur propre contenant et les remplissent allègrement à même les barils mis à leur disposition derrière la table. En prenant une autre gorgée, elle tombe face à face avec l'homme qui accompagnait Marty lors de funérailles de Johanne. D'après les photos envoyées par Marie, c'est lui, l'homme au GHB. C'est lui qui a ramassé l'enveloppe à la boîte postale de Poxton et dont elle ne connaît toujours pas le nom.

Anne est prise de court et s'étouffe avec sa gorgée de jus. Elle tousse de façon incontrôlable et a les yeux pleins d'eau. Sur ses entrefaites, Marty s'est libéré et arrive à sa rencontre.

— Bonjour Anne. Je suis content que tu te sois joint à nous ce soir.

Malgré son attitude avenante, Anne perçoit un peu de froideur dans le ton de Marty qui feint un sourire. Il ne doit pas être si content que ça de la voir ici après tout.

Après un bref instant de silence, Marty reprend en se balançant nerveusement d'un pied à l'autre :

— Je ne savais pas que tu étais séparée. Si le groupe peut t'aider dans cette période difficile, j'en serais bien heureux.

— Je ne suis pas ici pour profiter de l'aide thérapeutique, répond Anne en s'essuyant les yeux. Je viens de m'étouffer, désolée, explique-t-elle en gesticulant vers la table des breuvages.

— Ah bon ? demande Marty, mais toute trace d'amabilité a soudainement disparu de son visage. Que fais-tu ici alors ? Au fait, je croyais que tu habitais Montréal, n'est-ce pas un peu loin ?

— Effectivement, je suis arrivée en retard, car j'ai dû quitter Montréal qu'après le boulot. J'aurais aimé vous parler en tête à tête. Auriez-vous quelques minutes à m'accorder ?

Évitant de croiser son regard, Marty répond de manière évasive indiquant qu'il est très occupé et lui souhaite le bon soir en interpellant, d'un signe de la main, l'homme que Marie a baptisé l'homme au GHB.

Un peu dégonflée de la tournure des événements, Anne envoie un texto à Marie en lui donnant rendez-vous au bar. Elle indique à Marie que sa soirée n'a pas été si fructueuse qu'elle espérait et elle ne devrait pas avoir des attentes trop élevées.

C'est avec une humeur changeante qu'Anne se dirige vers sa voiture.

Chapitre 16

Arrivée à sa voiture, Anne se sent fébrile. Elle n'arrive pas à comprendre ce qui se passe. Elle n'a pas le goût de prendre le volant immédiatement. Un texto lui indique que Marie ne peut se libérer avant une autre heure. Au lieu de passer encore du temps assise, Anne décide d'aller marcher dans le quartier. La marche lui a toujours fait du bien et de toute façon, elle a un regain d'énergie tout à coup. Elle a passé trop de temps dans la voiture aujourd'hui. Il faut qu'elle se dégourdisse les jambes.

Au bout de quelques minutes, selon la perception de Anne, son téléphone se met à vibrer dans la poche de son jean. Elle a manqué plusieurs textos de Marie qui lui demande si elle arrive bientôt au bar. Le dernier texto exprime d'ailleurs une certaine inquiétude de son amie. Afin de la rassurer, Anne décide de la rappeler.

— Marie ! Je pensais que tu ne pouvais pas te libérer avant une autre heure.

— Ben voyons Anne ! Ça fait déjà une demi-heure que je suis au bar à t'attendre. Je commençais sérieusement à m'inquiéter. Où es-tu ? demande Marie décidément tendue.

— Relaxe ma chère. J'ai décidé de faire une petite marche pour faire passer le temps. Je suis tout près de ma voiture qui est dans le stationnement de l'église Notre-Dame.

— Pardon ? Anne, ça fait presque deux heures que la rencontre est terminée. Amène-toi vite. Ce n'est pas dans tes habitudes de perdre la notion du temps comme ça.

— Excuse-moi Marie. La marche m'a fait plus de bien que je ne le pensais. Oh, mon dieu, tu as raison, ça fait plus d'une heure que je me promène dans le quartier. OK, j'arrive. Attends-moi.

Il ne lui a fallu qu'une vingtaine de minutes pour faire le trajet jusqu'à Poxton. Anne espère que Marie va lui pardonner son retard. Elle a réellement perdu la notion du temps pendant sa marche. Au moins, ça lui a permis de faire le vide dans sa tête et prendre le temps de bien analyser le comportement de Marty pendant leur brève interaction.

En entrant dans le bar, elle repère rapidement Marie qui l'attend au bar en compagnie d'un homme qui lui fait dos. Elle apprécie de plus en plus sa nouvelle amie et constate qu'elle devrait peut-être agir un peu plus comme elle et profiter de tous les instants pour rencontrer des gens.

— Salut, Marie, dit Anne quand elle est tout près d'elle. À sa grande surprise, Marie n'était pas en train de draguer, elle était en grande conversation avec le Chef Peter Moore. Anne se tourne vers lui en le saluant et en lui faisant la bise « à la Québécoise ».

Peter n'arrive pas à s'habituer à cette manie qu'ont les Québécois d'embrasser les gens quand ils se rencontrent. À voir la surprise sur le visage de Marie, celle-ci est tout aussi surprise par cette marque de familiarité.

— Bonjour la petite. Comme ça, tu t'es pointée à la rencontre du groupe Phoenix ? demande Peter, indiquant que Marie l'a mis au parfum de leur manigance.

En temps normal, Anne aurait été embêtée que Marie ait tout dévoilé à Peter sans l'attendre. Mais, ce soir, elle n'a pas le goût de se mettre en colère. Même si sa soirée n'a pas donné les résultats escomptés, elle décide de profiter du moment présent.

Ne laissant pas la chance à Anne de répondre à la question, Marie les interrompt en demandant :

— Alors, qu'as-tu trouvé ? Tu semblais découragée à la sortie de la rencontre. Est-ce que quelque chose est arrivé pour changer la donne ?

Avec un sourire espiègle, Anne prend le verre des mains de Marie et prend une bonne gorgée de bière. Ce comportement inhabituel fait sourciller Marie et Peter qui s'échangent un regard d'incompréhension. Connaissant Anne, elle n'est pas du genre à être aussi détendue et de bonne humeur, surtout après un échec d'initiative.

— Il me semble que la musique est vraiment bonne ce soir. Vient Marie, on va danser, dit Anne en attrapant Marie par le bras.

À défaut de trouver des mots pour exprimer son refus, Marie la suit sur la piste de danse. Elle n'a jamais vu son amie agir d'une telle façon. En s'approchant de l'oreille de son amie afin qu'elle l'entende par-dessus la musique assourdissante, Marie veut savoir ce qui s'est passé lors de la rencontre Phoenix. Anne balaie sa main pour lui indiquer qu'elle ne veut pas parler maintenant, elle veut juste danser.

À travers les danseurs, Marie cherche Peter du regard. Il y a quelque chose qui cloche avec Anne ce soir. Ce n'est pas habituel qu'Anne soit en retard à une rencontre et qu'elle agisse d'une manière si frivole. Comme si Peter a compris l'appel à l'aide silencieux de Marie, il se fraie un chemin sur la piste de danse. Il attrape Anne par le coude en disant :

— C'est bon ma petite. Tu viens avec moi. On s'en va.

Anne proteste un peu, mais finit par les suivre à l'extérieur.

Une fois sortie du bar, Anne prend trois grandes respirations en fermant les yeux et sent le regard suspicieux et inquiet de ses compagnons.

— Quoi ? Pourquoi me regardez-vous comme ça ? Vous n'avez jamais vu quelqu'un profiter du moment présent ? leur demande-t-elle en les enlaçant par les épaules. Vous savez que je vous aime vous deux ? Je suis sérieuse ! Je vous aime d'amour…

Ce faisant, elle se penche vers Peter pour humer son odeur. Il sent un mélange de crème après-rasage mélangé à de la bière. C'est une drôle d'odeur, mais Anne trouve ça très réconfortant. En se penchant un peu plus, Anne manque de tomber et s'accroche de toutes ses forces à ses deux amis en riant à gorge déployée.

— OK, c'est fini. Je t'emmène à l'hôpital, dit Peter en stabilisant Anne par le bras. Ça ne va vraiment pas là.

Voyant que Peter est sérieux, Anne est complètement abasourdie tandis que Marie est très inquiète. Peter installe les filles dans sa voiture de police. Tous trois font le trajet jusqu'à l'hôpital en silence.

∞ ∞ ∞ ∞ ∞ ∞ ∞ ∞ ∞

Le lendemain matin, Anne a de la difficulté à s'orienter à son réveil. Ça lui prend quelques minutes avant de reconnaître l'appartement de Marie. Elle doit y avoir passé la nuit. Cherchant son téléphone à l'aveuglette, elle doit appeler au bureau pour aviser Violette, sa collègue à la Presse canadienne, qu'elle prendra une journée de maladie. Peut-être qu'elle ne rentrera pas au boulot le reste de la semaine. Elle ne sait pas, elle n'est pas capable d'aligner ses pensées pour prendre une décision. Violette lui souhaite prompt rétablissement d'une voix soupçonneuse. Elle ne pense pas que Anne soit réellement malade. Coupant court à la conversation, Anne se sent bizarre. Non pas qu'elle se sente comme un lendemain de veille, mais quelque chose cloche dans sa tête. Il lui manque des bouts de la soirée de la veille et elle n'aime pas ça du tout.

Voyant que Anne est réveillée, Marie lui sert un bon café fort et la regarde avec un air de pitié.

— Pis, comment te sens-tu aujourd'hui ? Tu as eu toute une soirée hier, lui dit Marie en guise de bonjour.

— Pourquoi me regardes-tu comme ça ? dit Anne d'un ton reflétant sa mauvaise humeur. Je ne comprends pas ce qui m'a pris. Je me suis dit que je devais profiter du moment présent, mais une fois que je suis arrivée au bar, mes souvenirs s'embrouillent. Est-ce que toi et Peter m'avez réellement amené à l'hôpital ou si j'ai rêvé cela ? demande Anne en examinant un petit diachylon à l'intérieur de son coude.

— Oui, on t'a amené à l'hôpital hier soir. Marie indique du menton son bras, ils t'ont fait une prise de sang. On attend les résultats ce matin. Peter a exigé que les tests soient passés en priorité.

Marie est très sérieuse ce matin. Anne ne voit plus de trace de sa légèreté légendaire.

— Une prise de sang ? dit Anne en retirant le mini bandage de son bras. Pourquoi ?

— Écoute Anne, on ne t'avait jamais vu agir de la sorte. Ce que j'ai vu hier soir n'était vraiment pas toi. Dis-moi exactement ce qui s'est passé au groupe Phoenix. Je veux tout savoir à la minute près.

Se sentant très lasse, Anne enserre sa tasse de café de ses deux mains. La chaleur du breuvage la réconforte un peu. Elle commence son récit détaillé de la soirée de la veille. Anne insiste sur la froideur de l'accueil de Marty et son face-à-face avec l'homme au GHB à la table des breuvages.

— Tu es certaine que tu n'as consommé rien d'autre que le jus ? Tu n'as rien bu ou mangé autre chose ? demande Marie qui commence à formuler sa propre hypothèse pour expliquer le comportement bizarre de son amie.

— Absolument certaine. Je n'ai même pas mangé tellement j'étais pressée d'arriver à la rencontre avant la fin et ensuite j'étais tellement en retard à notre rendez-vous que je n'ai pas osé m'arrêter pour manger.

En repensant au fil des événements, Anne ne se souvient pas d'avoir ressenti de la faim tout au long de la soirée, ce qui est hautement inhabituel pour elle. Plus elle repense à sa soirée de la veille, plus un sentiment de malaise s'installe. Quelque chose s'est produit, mais elle n'arrive pas à s'en souvenir.

Elle referme les yeux afin de mieux se concentrer quand le téléphone de Marie se met à sonner.

— Allô ?... OK, et c'est une bonne chose ou pas ?... On arrive.

En raccrochant, Marie prend la tasse de café des mains de Anne et lui dit :

— Viens, on s'en va au poste de police. Les résultats de tes prises de sang sont entrés. Peter veut nous voir.

Rapidement, les deux jeunes femmes s'habillent et se rendent au poste de police. Anne est particulièrement nerveuse, car elle n'a pas l'habitude de perdre le contrôle et surtout d'avoir de la brume dans ses souvenirs concernant ses actions.

Avant de sortir de la voiture, Anne se force à prendre ses fameuses trois grandes respirations. Autant pour ralentir ses battements cardiaques que pour prendre son courage à deux mains. Elle se demande quelle bévue elle a bien pu faire pour mériter une rencontre au poste de police.

Lorsqu'elles sont dirigées vers une salle d'interrogatoire, la nervosité de Anne atteint des sommets. Elle ne peut contrôler le tremblement de ses mains et sa respiration s'accélère malgré son effort pour garder son calme.

Les deux amies sont assises en silence et n'osent se regarder. Anne regarde le sol comme une enfant qui attend une punition, tandis que Marie ne cesse de croiser et décroiser ses jambes pour libérer son énergie nerveuse.

Enfin, Peter entre dans la salle d'interrogatoire avec une filière dans les mains. Son regard se pose sur Anne et il est rempli d'inquiétude.

— Comment te sens-tu ce matin la petite ?

— Euh, ben correct. J'étais fatiguée quand je me suis réveillée, mais maintenant, je suis inquiète. Pourquoi sommes-nous ici ? Est-ce un interrogatoire en bonne et due forme ?

Peter n'avait pas envisagé qu'Anne perçoive leur convocation au poste autrement qu'une rencontre confidentielle. Sans pouvoir s'empêcher de trouver la situation comique, il sourit en réalisant que les deux jeunes femmes ont l'air terrorisées.

— Rassurez-vous les cocottes. J'ai voulu vous voir ici pour parler des prochaines étapes de l'enquête… et on n'est pas dans mon bureau puisque je ne veux pas qu'il y ait d'oreilles indiscrètes, dit-il en s'assurant que leur conversation ne soit ni enregistrée ni écoutée.

Tout d'un coup, les deux jeunes femmes sentent la tension quitter leur corps. Marie relaxe ses épaules sans avoir eu conscience qu'elles étaient tendues. Anne ferme les yeux en expirant bruyamment.

— Bon, maintenant qu'on est tous sur la même longueur d'onde, dit Peter en fixant son regard sur Anne, j'ai les résultats de tes tests sanguins. Et ça confirme mes soupçons.

— Quels soupçons ? Interromps Marie, ne pouvant plus contenir sa curiosité et espérant que ça fera avancer l'enquête. Tu ne m'as pas parlé de tes soupçons.

Ignorant les questions de Marie, Pierre se concentre sur Anne et continue :

— On a retrouvé des traces de GHB dans ton sang la petite. Je peux me tromper, mais je ne pense pas que tu sois le genre de personne qui prend de la drogue de manière récréative, n'est-ce pas ?

Anne n'en revient pas. Elle a été droguée. Elle sent son cœur qui se met à battre rapidement, son visage s'empourpre et ses idées se bousculent. Rapidement, elle met les morceaux du puzzle en place. Elle regarde Marie d'un regard intense.

— Qu'est-ce que tu lui as dit de notre enquête ?

— Quoi, de notre enquête, demande Marie sentant qu'elle est sur un terrain miné.

— Quand je suis arrivée au bar hier, tu étais déjà en conversation avec Peter. Il savait que j'étais allée à la rencontre du groupe Phoenix. Est-ce que tu lui as dit pourquoi j'étais là ?

Marie s'empourpre à son tour et regarde Peter du coin de l'œil.

— Non, je ne lui ai pas tout dit. Il s'est juste adonné à être au bar quand je te cherchais et il a bien vu que j'étais inquiète.

Peter se doutait bien que les filles ne lui avaient pas tout dit. En temps normal, il aurait été fâché qu'on lui ait caché ce genre d'élément, comme quand Anne avait fait faire des recherches avec des chiens pisteurs dans la montagne, mais la situation est plutôt grave et il doit connaître ce qui s'est passé. Il aura amplement le temps de se fâcher plus tard. Anne a été droguée à son insu, et c'est un acte criminel. Il a besoin de connaître le déroulement de sa soirée pour pouvoir agir.

Le seul geste qui trahit l'impatience de Peter est le tambourinement de ses doigts sur la table. Il veut bien donner le temps qu'il faut à Anne pour qu'elle rassemble ses idées, mais le temps presse. Il veut savoir qui a glissé le GHB à Anne sans son consentement. Il se trouve qu'il s'attache de plus en plus à Anne et Marie. Au début, il pensait que c'était strictement du respect envers ses compétences d'enquêteuse amateur et la fougue et l'enthousiasme de la jeunesse de Marie, mais plus il apprend à les connaître, plus il se sent comme un grand frère envers elles. Il ressent un besoin de les défendre et de les protéger.

Enfin, Anne commence à tout lui raconter. Elle commence par lui raconter leurs discussions chez Marie après les funérailles de Johanne, leur traçage de la provenance du GHB, le pistage de « l'homme au GHB », l'élimination des gens sur la liste du registre envoyé par Christopher Reed, pour terminer avec la rencontre du groupe Phoenix. Pendant tout le récit, Peter a pris des notes, mais s'est gardé de poser des questions ou de faire des réflexions à voix haute. Son expérience lui a appris que quand un suspect commence à avouer, il faut lui laisser tout déballer d'un coup. Ce sera le temps par la suite de décortiquer son aveu mot par mot. Non pas que Anne et Marie soient accusées de quoi que ce soit, mais s'il veut avoir une vue d'ensemble de leur travail, il doit les laisser tout leur raconter comme elles le désirent.

Au bout d'une bonne heure, Peter se lève, s'étire et offre du café à Anne et Marie. Une fois le récit terminé, Anne et Marie s'attendent à n'importe quelle autre réaction qu'une offre de café. Peter n'a pas dit un mot pendant toute leur histoire. Interloquées, elles acceptent et regardent Peter quitter la pièce en silence. Une fois la porte refermée, elles se regardent, silencieuses et inquiètes.

— Penses-tu que je lui en ai trop dit ? Je commence à connaître Peter et je ne pense pas que son silence soit de bon augure, dit Anne à son amie.

— Je ne sais pas… je ne sais plus quoi penser… après un court silence malaisant, Marie ajoute d'un ton plus assuré, non Anne. Je pense que tu as fait exactement ce qu'il fallait faire. Il faut arrêter de jouer à des jeux. C'est sérieux. Tu t'es fait droguer à ton insu ! C'est pas rien.

Quelque peu rassurée, Anne tombe dans un silence pensif. Elle tente de comprendre quelles seront les prochaines étapes. Est-ce que Peter va agir ? Qu'est-ce qu'il peut faire ? Tranquillement, son insécurité refait surface. Elle n'est pas une si bonne enquêteuse que ça, finalement. Elle n'a même pas réussi à découvrir l'identité de l'homme au GHB. Est-ce que Marty Cole, le thérapeute qui guide le groupe Phoenix, était au courant que le jus distribué au groupe contenait de la drogue ? Finalement, elle est probablement bonne pour découvrir quelques pistes, mais elle est incapable d'en tirer des conclusions. Elle ne peut trouver la résolution. Pour la énième fois, elle remet en question sa valeur en tant qu'enquêteuse quand Peter revient dans la salle d'interrogatoire avec les cafés.

Peter prend le temps de s'asseoir en face des deux jeunes femmes et il les regarde tour à tour.

— Bon, voici ce qui va se passer mesdames.

Sous la table, Marie prend la main de Anne à la recherche d'un peu de courage. Le ton solennel de Peter n'augure rien de bon. Elles ont le policier devant elles, et non pas l'ami.

— Vous deux, vous allez rester ici au poste de police. On a envoyé un policier chez Marty Cole et on va l'emmener au poste pour lui poser quelques questions concernant le jus qui a été servi au groupe Phoenix. On a aussi trouvé l'identité de celui que vous avez baptisé « l'homme au GHB ».

Presqu'en même temps, Anne et Marie laissent tomber une exclamation de surprise.

Anne demande incrédule :

— Mais comment avez-vous pu faire ça aussi vite ? Je ne vous ai même pas fourni une photo ou quoi que ce soit d'autre !

— Eh ma petite… tu viens de la grande ville. Il y a clairement des avantages de vivre dans une petite communauté. La sœur d'un de mes agents a brièvement fréquenté le groupe Phoenix lors de sa séparation. À ce moment-là, son frère était son chauffeur désigné puisqu'elle n'avait pas de permis de conduire. Il arrivait souvent avant la fin de la rencontre et s'adonnait à jaser avec un homme qui préparait une collation pour les membres. Il a été en mesure d'identifier l'homme qui prépare le jus pour les convives, en attendant de repartir avec sa sœur. Cet homme que vous avez baptisé l'homme au GHB, s'appelle William Ross.

Décidément, Anne a encore beaucoup de choses à apprendre quand vient le temps d'enquêter dans une petite ville. Le bouche-à-oreille est tellement plus puissant qu'un quelconque ordinateur pour trouver de l'information. Impressionnée, Anne demande :

— Wow, je suis sans mots : c'est drôle, ce nom ne figurait pas dans le registre des funérailles de Johanne. Mais alors qu'est-ce qui va se passer ? Vous pensez vraiment qu'il va avouer qu'il drogue des gens à leur insu ?

Avec sa main, Peter mime le geste de peser sur le frein et regarde Anne directement dans les yeux. Il veut s'assurer que sa prochaine directive soit très bien comprise :

— Tu ne dois plus enquêter sur cette affaire à partir de maintenant. C'est vraiment du sérieux cette fois-ci. Nous allons interroger M. Cole et M. Ross et voir ce qu'ils auront à nous dire. Pointant tour à tour Anne et Marie, vous deux, vous allez rester dans mon bureau pendant qu'ils sont ici. Je ne veux pas vous voir quitter mon bureau et encore moins le poste de police pour quelque raison que ce soit.

Surprise par la tournure des événements, Anne comprend que Peter est inquiet de la situation, mais qu'il désire aussi les garder près de lui afin de mieux les surveiller. Encore une fois, Anne se sent comme une petite fille à qui l'on vient de donner une leçon. Resignées, les deux filles se lèvent pour suivre Peter jusque dans son bureau.

Chapitre 17

Peter Moore adore interroger des suspects. Il aime jouer le jeu du chat et de la souris. Sa tactique n'est pas très originale, mais très efficace. Il commence par mettre le prévenu en confiance. Il joue le bon gars. Il est compréhensif. Il fait des blagues. Tout ce manège vise à mettre le suspect en confiance avant de pouvoir plonger dans le vif du sujet et de le faire passer aux aveux. Contrairement à ce qui est vu et revu dans les séries policières, Peter aime faire les interrogatoires seul. En fait, seul en tant que policier dans la salle avec le suspect. Il y a toujours des agents qui observent derrière la vitre en miroir. C'est important qu'il y ait des témoins oculaires et vidéo à toute forme d'interrogatoire. On ne sait jamais ce qui peut se passer.

C'est donc en pleine possession de ses moyens que Peter ouvre la porte de la salle d'interrogatoire numéro trois. Le suspect est assis sur la chaise droite avec ses bras appuyés sur la table devant lui. En entendant la porte ouvrir, le suspect lève les yeux et a un contact visuel avec Peter par le biais de la fenêtre-miroir. Peter fait le tour de la table afin de s'asseoir en face de William Ross, membre du groupe Phoenix, et prend le temps d'étayer quelques feuilles devant lui. Pendant son manège, Peter explique à William comment leur discussion va se passer. Il lui dit que la conversation est enregistrée en vidéo et qu'il y a un agent derrière la fenêtre-miroir.

— Alors William, comment ça va ?

Peter aime bien commencer avec une question anodine. Mine de rien, cette question déstabilise les suspects. On s'entend, lorsque des policiers viennent vous chercher à votre domicile pour vous amener au poste pour un interrogatoire, la dernière question à laquelle on s'attend est comment on se porte.

Ne sachant pas trop pourquoi les policiers sont venus l'appréhender à la maison pour l'emmener au poste de police, William est sur ses gardes. Non pas qu'il ait quelque chose à se reprocher, mais ça déstabilise un homme de se faire embarquer par deux policiers qui ne dévoilent rien à son domicile. Les policiers ont été très clairs qu'il n'était pas en état d'arrestation, mais qu'ils désirent lui parler de manière confidentielle au poste de police. William a vite compris qu'il avait intérêt à les suivre sans résister.

Dans la salle d'interrogatoire, intimidé et essayant de contrôler ses expressions faciales, William répond de manière mécanique, comme on le fait sans vraiment réfléchir à la réponse, que ça va bien. Sitôt dit, William se rétracte et tente une plaisanterie :

— Ben, disons, aussi bien que possible dans la situation actuelle.

— Oui, je comprends, ça peut être un peu intimidant... Je suis désolé pour le branle-bas de combat ce matin. On voulait juste vraiment te parler.

— OK, mais pourquoi débarquer chez moi ? Vous ne pouviez pas juste me parler au téléphone ?

— Oui, oui, t'inquiète, on voulait juste avoir une conversation en face à face sans avoir de voisins trop curieux, dit Peter d'un ton rassurant. On est aussi allé chercher Marty Cole. On ne voulait pas que tu apprennes ça par des racontars. On a un mystère entre les mains et on pense qu'un de vous peut éclairer notre lanterne. On s'est donc dit, pourquoi ne pas leur parler en même temps ?

— Ah ? dit William, Marty est ici ? Pour éclaircir un mystère ? Mais qu'est-ce qui se passe ? Pourquoi vouloir nous parler en même temps ? Je ne comprends rien.

Au-delà des paroles, les policiers sont formés pour évaluer le langage non verbal des suspects pendant un interrogatoire. À la mention que Marty aussi était interrogé, William commence à se tortiller les doigts et à transpirer un peu. Ce changement rapide indique à Peter qu'il avait raison de vouloir lui parler dans un environnement contrôlé.

— En fait, tu n'as pas besoin de t'inquiéter. On veut juste te parler concernant le groupe Phoenix. Tu es bien membre de ce groupe n'est-ce pas ?

Même si Peter est très au courant que William appartient au groupe, il aime faire dire quelques « oui » aux suspects, question de les mettre en confiance. Ça donne une cadence à la conversation car le suspect confirme des informations qu'il croit banales, superflues ou connues de tous. Ce sont des informations non menaçantes.

— Oui, oui, je suis membre du groupe depuis ma séparation en 2008.

— Waouh, ça fait un bout que tu es là. On peut dire que tu es fidèle....

William s'est mis à rire en entendant le mot fidèle. C'est le moins qu'on puisse dire. William a toujours été celui qui est fidèle. Mais pour l'instant, il se contente de répondre aux questions de l'enquêteur. Il ne sait pas pourquoi les policiers veulent lui parler d'un groupe de célibataires. Il se garde de demander la raison à Peter. Il préfère voir où les questions mènent.

Peter reprend :

— En fait, je voulais te parler, car on a besoin d'un peu d'information concernant ce qui se passe pendant les rencontres du groupe.

Surpris, William s'empresse de répondre. Après tout, il n'y a rien de sorcier.

— Marty Cole, travailleur social, anime les soirées où les gens sont appelés à partager ce qu'ils ont trouvé difficile pendant la dernière semaine. Les gens parlent de leur cheminement dans leur séparation. Ensuite, il y a des encouragements de la part d'autres membres et Marty en profite pour leur donner quelques trucs à appliquer s'ils éprouvent d'autres difficultés. C'est vraiment très simple comme formule.

— Ah ben, c'est simple effectivement. Et puis, j'imagine, puisque les gens parlent beaucoup, c'est la raison pour laquelle vous servez des breuvages pendant la rencontre, n'est-ce pas ?

À la mention des breuvages, William comprend qu'ils en sont arrivés à la vraie raison de sa présence au poste de police. C'est ce qui les intéresse. Il doit faire très attention à ce qu'il va dire. Il ne doit donner aucun prétexte à l'enquêteur de creuser le sujet. Il tente de trouver la meilleure façon de répondre et croise ses mains pour se donner contenance. Ses mains le trahissent. William espère que Peter n'a pas aperçu le tremblement de ses doigts.

— Oui, c'est exactement pour ça qu'on sert à boire. Quand les gens parlent beaucoup, ils ont soif, dit William en tentant un petit rire pour alléger l'atmosphère qui est devenue lourde tout à coup.

Peter prend quelques minutes pour observer William. Il a bien noté le tremblement de ses mains lorsqu'il a entrecroisé ses doigts. Il utilise le silence afin de rendre William un peu plus maladroit. On doit passer à la prochaine partie de l'interrogatoire.

— Alors, dis-moi William, qu'est-ce qui est ajouté au jus pour les membres du groupe ?

— Euh, euh, je ne comprends pas ce que vous insinuez, dit William en essuyant une petite goutte de sueur juste au-dessus de son sourcil droit avec le bout du doigt.

— Bon, on va arrêter de tourner autour du pot William. Je te pose la question, mais tu sais que l'on sait déjà ce qui se passe au groupe Phoenix. Nous savons que le groupe se rencontre deux fois par semaine. Nous savons que ce groupe est composé de personnes fraîchement séparées ou divorcées qui viennent chercher de l'aide pour passer à travers cette épreuve. Nous savons que vous servez du jus aux membres pendant la rencontre. Nous savons aussi que le jus contient du GHB. Nous avons des résultats sanguins provenant d'une personne qui a consommé du jus pendant une de vos rencontres. Elle a été droguée au GHB à son insu. Est-ce que tu commences à comprendre là où je veux en venir ?

William ne sait plus comment répondre. Il en perd ses moyens. Il ne peut pas nier la présence de la substance qui a été confirmée par un test en laboratoire, mais il ne veut pas le confirmer non plus. C'est une substance illégale et les membres ne savent pas que le jus de randonnée en contient. Tout ce qu'ils savent est que sans le jus, ils ne pourraient pas aller méditer en marchant. Sans nier ni confirmer les informations de Peter, William se contente de regarder ses mains.

Chapitre 18

Afin de donner le temps à William de rassembler ses idées, Peter décide de sortir de la salle d'interrogatoire. Il en profite pour se glisser dans la pièce vitrée de la salle d'interrogatoire voisine pour écouter un peu l'échange entre ses collègues et Marty Cole. Comme il s'en doutait, M. Cole ne dit mot en prétendant que tout est confidentiel puisqu'il agit au sein du groupe en tant que travailleur social. Il est lié par le serment de confidentialité entre un thérapeute et ses patients. Cependant, Marty semble avoir perdu un peu de son assurance. Il a les pommettes et le cou rouge-écarlate. Il doit exercer un très grand contrôle sur ses émotions.

— Je le répète, je ne sais pas pourquoi le breuvage contenait du GHB ce soir-là, affirme Marty Cole aux deux policiers devant lui.

— Allez, Marty, je le sais que tu es un bon gars et que tu veux juste aider le monde. Je le sais tout ça. Tu te souviens quand ma sœur fréquentait le groupe Phoenix quand elle s'est séparée ? Je ne te dis pas tout le bien que ce groupe de soutien lui a apporté, mais il faut que tu m'aides l'ami, dit le policier qui a identifié William Ross un peu plus tôt. Il est assis tranquillement devant le suspect comme s'ils avaient une conversation amicale dans un bar.

— On a des tests sanguins qui prouvent qu'une personne qui était présente à une rencontre du groupe a été droguée. Allez, Marty, tu n'es pas franc avec nous. Tu peux avoir de gros ennuis dans les prochaines semaines, dit l'autre policier qui est debout et fait les cent pas derrière son partenaire, en jetant des quelques œillades menaçantes à Marty.

En observant l'interrogatoire derrière la fenêtre-miroir, le chef Moore est très fier de ses policiers. Ils ont adopté la technique classique du bon et du méchant policier pour tenter de tirer des informations de M. Cole.

— Aïe c'est assez, s'impatiente Marty. Je te dis que je n'ai rien à voir avec toute cette histoire. Peut-être que c'est un membre qui a pris l'initiative. Pourquoi ne pas regarder de ce côté-là ? Hein ?

Peter n'en croit pas ses oreilles. Le thérapeute est prêt à accuser un des membres de son propre groupe ? C'est impossible qu'il ne soit pas au courant de la présence du GHB dans le jus. Si on se fie aux preuves, le breuvage servi aux participants est bonifié de drogue depuis au moins sept ans. Comment un membre peut-il cacher ce fait au thérapeute pendant autant d'années ? Au moins, Marty vient de donner un nouvel angle à exploiter dans l'interrogatoire de William Ross. Satisfait, Peter quitte la pièce.

En retournant vers la salle d'interrogatoire numéro trois, Peter arrête à son bureau afin d'informer Anne et Marie de la teneur des interrogatoires de William Ross et de Marty Cole. Il veut s'assurer que les filles ne lui cachent pas encore de l'information qui pourrait s'avérer importante pour la suite. Étrangement, les filles l'écoutent sans dire un mot et l'assurent qu'elles ne sont pas plus au courant que lui concernant le fameux jus. Jusqu'à ce que Anne en consomme, elles ne savaient pas comment était utilisé le GHB qui était livré à Poxton toutes les deux semaines.

Chargé de deux cafés, Peter retourne voir William. Il adore cette partie de l'interrogatoire. Le suspect ne peut plus reculer. Il doit continuer à parler puisqu'il en a déjà trop dit.

En temps normal, il n'était pas suggéré de prendre une pause à ce moment-ci afin de conserver le rythme de la conversation, mais William avait besoin de s'arrêter un peu. Il semblait être sur le point de faire une apoplexie. Peter préférait lui donner le temps de respirer un peu au lieu d'être obligé de s'arrêter parce que son suspect a besoin d'aide médicale.

— Alors William, on peut continuer ? Tu étais en train de me dire pourquoi le jus servi aux membres du groupe Phoenix contenait du GHB.

— Oh là, un instant, je n'ai jamais dit ça ! se défend William.

— Tu as raison, tu ne me l'as pas dit, mais tu ne l'as pas nié non plus. Alors, on arrête de jouer. Je suis de ton côté William. Je veux juste comprendre pourquoi on drogue les membres d'un groupe qui sont venus chercher de l'aide.

— Ce n'est pas qu'on drogue nos membres. On les aide à cheminer justement, et ce jus les aide énormément entre les rencontres.

William prend une grande respiration en fermant les yeux. Il le sait bien qu'il ne peut plus reculer. Ils ont réussi à identifier le GHB. Il comprend qu'ils connaissent probablement beaucoup plus de choses que le chef ne laisse paraître. Il est méfiant de l'attitude avenante du chef, William sait bien que le policier n'est pas son ami. Il prend une autre grande respiration, le regarde directement dans les yeux et reprend :

— C'est du jus de randonnée.

— Du jus de randonnée ? Je ne comprends pas... je pensais que c'était servi aux membres lors des rencontres.

Avec cette simple petite phrase, le cerveau de Peter s'emballe. Il commence à faire toutes sortes de liens, mais il doit réussir à amener William à lui confirmer chacune de ses suppositions. Il doit utiliser un doigté très léger ici pour encourager William à en dire davantage.

— Effectivement, on en sert aux membres, mais ils sont encouragés à s'en faire des réserves. Une des prémisses du groupe est que la seule personne qui peut réussir à passer au travers de sa séparation est soi-même. Pour ce faire, on doit faire attention à soi et aussi prêter attention à ce qui se passe dans notre tête. Nous nous empêchons souvent de progresser sans s'en rendre compte.

— D'accord, alors pourquoi ajouter du GHB dans ces jus ?

— En buvant ce jus, les gens se détendent et peuvent prendre le temps de bien évaluer leur situation.

— Mais ça peut être dangereux. Surtout pour des personnes qui ne savent pas que cette drogue est présente dans leur jus.

— La dose est tellement minime que nous n'avons eu aucun problème avec nos membres. Nous leur disons simplement que c'est un jus de randonnée puisqu'on veut que les gens marchent pendant que le jus fait effet. La marche est bonne pour leur santé physique et le jus leur permet de se détendre et de bien réfléchir à leur situation tout leur en donnant de l'énergie. C'est absolument sans danger !

— C'est sans danger ? Vraiment ? Et tu vas me dire que c'était sans danger pour Johanne Reed aussi ?

Sans le vouloir, William sursaute en entendant le nom de Johanne. Il regarde Peter sans avoir l'air de savoir comment lui répondre.

— Puisque tu n'as plus de mots, mon William, laisse-moi t'informer d'un fait qui nous intéresse énormément depuis qu'on a retrouvé Johanne, c'est qu'à côté de ses restes, nous avons retrouvé une bouteille. Au début, nous avons assumé qu'elle était partie marcher dans la forêt et qu'elle avait apporté une bouteille d'eau. Tout bon randonneur prévoit apporter de l'eau quand il part pour une longue marche.

— Ouais, mais je ne vois pas le rapport avec le GHB.

— C'est drôle, nous non plus… au début. En fait, quand nous avons reçu les résultats sanguins de la personne qui a bu le jus lors de la rencontre, tu comprends que je ne dévoilerai pas son identité, nous avons décidé de regarder le contenu de la bouteille d'eau un peu plus attentivement. On a réalisé que le liquide contenu à l'intérieur de la bouteille d'eau de Johanne contenait la même substance interdite.

En entendant ces paroles, William est devenu blanc comme un drap. Il n'en croit pas ses oreilles. Afin de ne pas perdre le contrôle de l'échange, Peter continue sans attendre :

— On a alors fait le lien. Nous pouvons assumer que personne n'a touché à cette bouteille depuis la disparition de Johanne. Alors, tu comprends William, je ne crois pas aux coïncidences. Comment se fait-il que nous ayons deux personnes ayant été en contact avec le groupe Phoenix qui se sont fait doser avec du GHB ?

— Ben voyons donc ! C'est… C'est… Ce n'est pas ce que nous faisons. Accuser le groupe Phoenix de cette façon, c'est l'équivalent de signer son arrêt de mort. Ce groupe est le seul fil qui me retient. Vous ne devez pas le démanteler. Ce groupe fait un bien immense pour tellement de personnes.

Réalisant que son seul groupe social risque de disparaître, William a peur. C'est une peur soudaine et paralysante. Tout d'un coup, il a de la difficulté à respirer. Il recule sa chaise subitement et se penche en avant afin de mettre sa tête entre ses genoux. La pièce s'est mise à tourner. Il sait qu'il est en proie à une crise de panique. Ça faisait des années que ça ne lui était pas arrivé. Croyant à une ruse pour faire cesser l'interrogatoire, Peter regarde William en silence. Si William avait pu lever les yeux pour voir policier, il aurait vu la moue de satisfaction sur le visage de Peter.

Après quelques minutes, Peter relance :

— Tu as dit : ce n'est pas ce que nous faisons ? Qui est ce nous ?

— …

— William ! Qui est ce nous ? Reprends Peter encore plus fort afin de faire sortir William de sa torpeur.

— De… nous… les membres du groupe Phoenix, tente William. Conscient qu'il devra impliquer Marty

Cole tôt ou tard, il essaie de repousser ce moment fatidique le plus possible.

— OK, on va arrêter de niaiser une bonne fois pour toutes, mon cher William. Est-ce que tu es conscient que dans la salle voisine, ton cher ami et leader du groupe Phoenix, Marty Cole t'accuse d'être l'unique personne responsable de la présence du GHB dans le jus de randonnée ? Le sais-tu, ça ? Qu'est-ce que tu as à dire pour te défendre ?

Cette révélation, quoique pas entièrement juste, a l'effet d'une douche froide sur William Ross. Toujours aussi inquiet pour la survie du groupe, il n'est pas vrai qu'il portera seul le blâme pour le GHB. Il est un bon soldat, mais Marty Cole vient de franchir une ligne. William est fatigué et stressé. Les événements des dernières semaines entourant la découverte du corps de Johanne et ses funérailles ont été très difficiles pour lui. Toutes sortes d'émotions qu'il croyait enfouies pour de bon sont remontées à la surface. Il ne se sent pas capable d'en supporter en plus, d'être accusé de droguer des gens à leur insu. Épuisé, il se prend la tête à deux mains. Incapable de regarder le Chef Moore, William laisse tomber :

— Je n'en peux plus, je n'en peux plus, je n'en peux plus...

— Pardon William ? Qu'est-ce que tu dis ? Je t'entends mal. Tu sais, quelqu'un m'a dit récemment que personne ne peut nous aider autre que nous-même. Il n'y a que toi pour t'aider à surmonter ton malaise. Allez, dis-moi ce qui te pèse.

Le bon flic a disparu. William fait maintenant face à l'enquêteur qui détient son homme et qu'il ne le laissera pas se défiler. D'une voix rauque, William chuchote :

— D'accord. Je te raconte. Je crois que je suis la dernière personne qui ait vu Johanne vivante.

∞ ∞ ∞ ∞ ∞ ∞ ∞ ∞ ∞

2008

Comme à son habitude, quand William revient à la maison après le travail, il dépose ses clés dans le ramasse-tout près de la porte d'entrée, suspend son manteau et dépose son attaché-case au pied de l'escalier. Il entend sa femme qui le salue de la cuisine. Ça sent drôlement bon ce soir. Elle a dû avoir une bonne journée pour s'être mise aux chaudrons dès son retour à la maison. Attiré par la délicieuse odeur, il va la rejoindre. Dès qu'il entre dans la cuisine, sa femme lui tend une flûte à champagne remplie. William accepte la flûte d'un air surpris. Ça fait longtemps que sa femme n'a été d'humeur si joyeuse.

— Ne me regarde pas comme ça ! J'ai le droit d'avoir une bonne nouvelle une fois de temps en temps, dit-elle tout sourire. Et ne t'en fais pas, ce n'est pas alcoolisé, c'est un moût de pomme.

— OK alors, qu'est-ce qui vaut cet air de fête ? demande William de plus en plus curieux.

— Ça y est. C'est fait ! dit-elle avec les yeux qui pétillent autant que le contenu de la flûte à champagne.

— Quoi ? Je ne comprends pas tes charades. Qu'est-ce qui se passe ?

— Je suis enceinte, mon homme. On a réussi !

William reste bouche bée. Ça fait tellement d'années qu'il espère entendre ces mots de la bouche de son épouse. Plus précisément, ça fait trois ans qu'il attend que sa femme prononce ces paroles. Ça fait trois ans qu'ils essaient de concevoir un enfant. Puisque le moment marquant n'arrivait pas, ils ont fini par aller consulter en clinique de fertilité tout juste le mois dernier.

— Je suis tellement heureux, ma douce. Wow, dit-il en mettant sa main sur son front dans un geste d'incrédulité. On n'a même pas commencé les traitements que ça a déjà marché ? C'est vraiment incroyable, ma chérie.

— Crois-moi, j'ai fait trois tests de grossesse tellement je voulais être certaine. Il faut croire qu'on était vraiment dus. On n'aura pas besoin de passer à travers tout le reste du processus après tout. On va pouvoir appeler Dr Douglass et lui dire que nous n'irons pas plus loin. C'EST FAIT !!!!!!! s'exclame-t-elle en riant à gorge déployée.

∞ ∞ ∞ ∞ ∞ ∞ ∞ ∞ ∞

Le lendemain matin, ne croyant toujours pas à sa chance, William laisse un message à la clinique de fertilité indiquant qu'il doit annuler ses prochains rendez-vous. Il se sent tellement fier de pouvoir annoncer qu'il sera papa. Il a toujours voulu être père. À un certain moment, voyant que sa femme ne réussissait pas à tomber enceinte, il craignait de ne jamais pouvoir expérimenter la paternité.

Tout l'avant-midi, il flotte sur un nuage. Il a de la difficulté à se concentrer sur son travail et ne fait qu'annoncer la bonne nouvelle à ses collègues. Sur l'heure du diner, son portable se met à sonner et il reconnaît le numéro de téléphone de la clinique de fertilité.

— Bonjour Docteur. J'ai laissé un message ce matin, mais j'imagine qu'il ne s'est pas rendu. Nous sommes enceintes ! Nous n'aurons pas besoin de continuer plus loin dans les traitements. C'est fait ! Mission accomplie !

— Je suis très heureux pour vous, William. Tu féliciteras ta femme. Mais je t'appelle puisque j'aimerais quand même te voir en fin de journée si c'est possible pour toi.

— Ah oui ? OK alors. Je vais appeler ma femme pour voir quelle heure lui conviendrait.

— Non, non. Pas besoin que vous soyez là tous les deux. Juste toi, William. J'ai besoin de discuter d'un point avec toi.

— Ah bon d'accord. Je passerai vers 17 h alors. À plus tard.

C'est un drôle de personnage ce médecin, pense William en raccrochant. Il avait l'air d'insister sur ce rendez-vous, mais William est tellement heureux depuis qu'il a appris la nouvelle, que rien ne pourra le faire descendre de son nuage.

Ce n'est qu'une fois assis dans la salle d'attente de la clinique qu'il commence à se demander sérieusement pourquoi le médecin voulait le voir de manière si urgente. Ils n'étaient pas très avancés dans les traitements. En fait, ils n'ont complété que les tests de dépistage afin de confirmer l'infertilité ou pas du couple. Il faut croire que tout est beau puisque le bébé est là, ou du moins, qu'il est en route.

Le médecin l'appelle enfin.

— Bonjour William. Encore une fois, mes félicitations à la maman pour l'heureux événement.

— Ben merci docteur, mais j'ai aussi eu ma part à jouer, lui dit-il en faisant un clin d'œil.

— En fait, tu ouvres bien la conversation. C'est exactement la raison pour laquelle je voulais te voir. Je voulais te rencontrer afin de te donner tes résultats des tests de dépistage.

Ne voyant pas trop où il veut en venir, William le regarde et lui fait un signe de tête en guise d'invitation à continuer.

— Bon, il n'y a pas de manière facile de t'annoncer ça, surtout avec la nouvelle de la grossesse, mais, William, tu es infertile.

— C'est impossible docteur. Ma femme est enceinte !

— Non William, je crois que tu ne me comprends pas. Aucun de tes spermatozoïdes n'est vivant. Aucun. Tu as probablement toujours été stérile. Il est donc impossible que tu aies mis ta femme enceinte.

William regarde toujours le médecin, mais en entendant sa dernière phrase, sa tête a commencé à tourner et sa vision s'est embrouillée un peu. Tout d'un coup, il a compris. S'il n'est pas le père de cet enfant, alors un autre l'est. Ne sachant plus quel comportement adopter, il veut fuir ce bureau à tout prix. Il bredouille des remerciements et quitte la clinique rapidement.

Assis dans sa voiture, la réalité le frappe de plein fouet. Il n'est pas en état de conduire. Il ouvre sa fenêtre même s'il est encore dans le stationnement de la clinique. Il respire rapidement et il est de plus en plus étourdi. Ça y est, une autre crise de panique l'envahit. Depuis qu'il est adolescent, il est affligé par des crises d'anxiété lors d'événements stressants. Il sait donc qu'il ne faut pas céder au sentiment de panique et qu'il doit tenter de se calmer afin de reprendre le contrôle. Une fois les étourdissements passés, il commence à réfléchir aux conséquences de la nouvelle annoncée par Dr Douglass. Il sait qu'il ne pourra prendre la route de la maison que lorsqu'il aura un plan de match en place pour adresser la situation à sa femme. Plus il tente de développer un plan de match, plus il sent la panique refaire surface.

∞ ∞ ∞ ∞ ∞ ∞ ∞ ∞ ∞

— Où étais-tu ? demande la femme de William quand il entre à la maison avec trois heures de retard. J'étais vraiment inquiète.

William ne peut se résoudre à la regarder, encore moins à lui répondre. Comme à l'habitude, il dépose ses clés dans le fourre-tout près de l'entrée, suspend son manteau et dépose sa mallette près des escaliers. En silence, il passe près de sa femme pour se diriger vers la cuisine, il ouvre la porte du réfrigérateur et se prend une bière.

Sa conjointe, voyant que son homme n'est pas dans son état habituel, s'inquiète et le suit à la trace en lui posant toutes sortes de questions afin de comprendre ce qui lui arrive. William finit sa bière d'un trait et en débouche une deuxième.

— Ben voyons William. Tu m'inquiètes. Ce n'est pas dans tes habitudes de boire comme ça en entrant à la maison. Tu devrais ralentir un peu.

Ce sont ces remontrances qui sortent William de sa torpeur. Pour la première fois depuis qu'il est entré, il regarde sa femme et lui parle d'un ton calme, trop calme. Un ton qui le surprend lui-même :

— Écoute, on a pas mal de choses à discuter toi et moi.

Le ton employé par William n'augure rien de bon. Elle a l'impression que c'est le calme avant la tempête… mais la tempête de quoi, elle n'en a aucune idée.

Une fois installés dans le salon, chacun assis aux extrémités du canapé, William ne sait pas comment commencer la conversation. Ce sera une conversation difficile. Malgré la panique qui l'a envahi à la sortie de la clinique, il a eu un moment de clarté dans sa voiture.

— Tu as raison, William. Nous avons beaucoup de choses à discuter. Avec le bébé qui s'en vient, on ne peut pas se permettre de jouer à des jeux. Où étais-tu ?

— À la clinique de fertilité, lui annonce-t-il bêtement, presqu'en chuchotant. Il s'éclaircit la gorge et reprend d'une voix un peu plus forte. À la clinique de fertilité. Le docteur Douglass voulait me voir pour me donner mes résultats des tests de dépistage.

— OK, reprend son épouse avec une voix chevrotante. Mais ce n'était pas nécessaire, car je suis enceinte. On n'a pas besoin de son aide en fin de compte. Je le sais que c'est une perte de revenus pour lui, mais…

— En fait, c'est pour ça qu'il voulait me voir.

Il regarde sa femme. Il veut voir toutes les expressions de son visage quand il va aborder le prochain sujet.

— Il te félicite pour ta grossesse en passant. Mais il ne comprend pas comment c'est arrivé. Vois-tu, je

381

suis stérile. Complètement et irrévocablement stérile. Il paraît que c'est impossible que je sois le père de cet enfant.

Plus il en dit, plus sa confiance semble revenir. Comprenant les sous-entendus, sa femme pâlit d'un coup. Son expression confirme ses pires soupçons.

— Peux-tu m'expliquer toi, comment ça s'est fait ? Comment se fait-il que ma femme se retrouve enceinte tandis que moi, je ne serai jamais un père ?

— De quoi parles-tu ? Tu seras le père de cet enfant ! s'indigne-t-elle.

Perdant tout contrôle, William lui répond en haussant la voix.

— Comment peux-tu dire une chose pareille ? Je ne suis pas con. Je sais comment se font les bébés et le fait qu'aucun de mes spermatozoïdes ne soit vivant, fait en sorte que jamais je n'aurai d'enfant biologique. Vas-tu me dire ce qui s'est passé à la fin ?

Le visage en larmes, la femme de William comprend que les dés sont jetés. Elle avait espéré ne jamais avoir cette conversation avec son mari qu'elle aime tant.

— C'est vrai. Tu n'es pas le père biologique, mais tu seras le papa de cet enfant. J'ai tout fait pour que l'on puisse, pour que TU puisses connaître cette joie.

William ne pouvant plus tenir en place, il se lève et commence à faire les cent pas. Son épouse continue.

— Je le sais depuis quelque temps que tu es stérile. Je ne te l'ai jamais dit, mais j'ai déjà été enceinte quand j'étais adolescente. J'ai avorté plusieurs années avant notre rencontre.

William s'arrête devant le foyer et se retourne pour la regarder, incrédule. Il veut lui poser mille questions, mais elle l'arrête.

— Non, laisse-moi te raconter. Je ne te l'ai jamais dit puisque c'est sans importance. Mon amoureux et moi étions tous les deux encore très jeunes, trop jeunes. J'ai décidé d'avorter afin de nous donner une chance de continuer nos vies. C'était un amour de jeunesse et une erreur de parcours. Il y a trois ans, lorsque nous avons eu de la difficulté à concevoir, j'ai bien su que la difficulté était de ton côté. Je le savais que j'étais capable. Ça faisait plus de deux ans et demi qu'on essayait. J'ai donc décidé d'intervenir. J'ai choisi un homme qui te ressemble physiquement. Le plan était de tomber enceinte de lui et ne plus jamais le revoir. Il ne l'aurait jamais su et nous pourrions, toi et moi, devenir enfin la famille que nous désirons tant.

Ne pouvant plus tenir, William l'interrompt.

— Alors ta solution est d'avoir une liaison dans mon dos en pensant que je suis assez idiot pour ne pas m'en rendre compte.

— Non, ce n'est pas ce que tu crois. Je ne suis pas amoureuse du géniteur. C'est simplement un homme qui pouvait nous donner ce que nous désirions ardemment. Je surveillais mon cycle et je couchais avec lui seulement pendant ma période de fertilité. Ce n'est pas une relation. Je ne suis pas amoureuse de lui et lui n'est pas amoureux de moi. En fait, il a été très facile de le convaincre de participer à quelques parties de jambes en l'air quelques fois par mois.

— Mais pourquoi alors être allés en clinique de fertilité ?

— L'événement tardait à arriver. Ça faisait six mois que ça durait et je n'étais toujours pas enceinte. Je me suis dit que peut-être effectivement, je devais trouver une autre solution. Tout ça était pour nous. Pour assurer notre bonheur. Pour pouvoir te donner ce que tu désirais plus que tout !

William est détruit. Il pensait connaître sa femme. Ils se sont aimés pendant longtemps. Ils avaient traversé beaucoup d'épreuves. Il se sentait tellement trahi qu'il ne pensait pas survivre.

— C'est seulement un mauvais timing que je sois tombée enceinte au moment où nous commencions en clinique. Mais ça ne change rien William. Tu es mon mari. C'est avec toi que je veux avoir cet enfant et que je veux l'élever. Tu ne comprends pas que c'est pour toi que j'ai fait ce que j'ai fait ?

William serre et desserre les poings en tentant de garder le contrôle. Il sait qu'il doit garder la tête froide et ne pas exploser. Mais comment faire quand le centre de son univers est remis en question ? Il se force à parler lentement et doucement. Il chuchote :

— Au contraire, ça change tout. Tu penses que je pourrais continuer à te faire confiance ? C'est fini. On divorce.

— Tu ne sais pas ce que tu dis. C'est l'émotion qui parle. Attends un peu et tu vas voir qu'on va se rebâtir. Tu ne peux pas me renier après tout ce que j'ai fait pour toi, dit-elle en reniflant.

Ils ont continué à parler une bonne partie de la nuit, mais tout ce que la femme de William lui disait confirmait sa décision. Leur relation était anéantie. Il ne pourrait plus jamais l'aimer comme jadis. Il ne la connaissait pas vraiment malgré tout ce qu'ils ont traversé. La famille est sacrée pour William et quand une faille apparaît dans une relation, elle ne fera que s'agrandir pour ne laisser que les deux amoureux sur les rives opposées d'un grand canyon.

Au petit matin, William n'avait pas changé d'avis. Il a fait sa valise en silence et il quitta sa femme et sa maison pour de bon.

∞ ∞ ∞ ∞ ∞ ∞ ∞ ∞ ∞

2023

Sous le choc de la révélation que William croit être la dernière personne à avoir vu Johanne vivante, Peter l'encourage à continuer.

— C'est vrai. J'ai connu Johanne. Elle venait aux rencontres du groupe Phoenix les semaines où elle n'avait pas la garde de Maxime.

D'un air satisfait comme un chat qui vient d'avaler une souris, Peter se cale dans sa chaise, prêt à écouter très attentivement la suite du récit de William. Cependant, William en a déjà trop dit. Il est en colère. En colère contre lui-même, en colère contre Marty qui l'a mis dans cette position et surtout en colère de perdre le groupe Phoenix.

Peter reprend pour l'encourager à continuer sur sa lancée.

— Mais tu n'as pas pensé à ça quand Johanne a disparu ? Il fallait nous appeler. On aurait pu aider.

— Ah oui ? Réponds William furieux. Pour faire quoi ? Pour vous dire quoi ? Que j'aie drogué une fille et que maintenant je ne sais plus où elle se trouve ? Franchement…

— OK, OK, champion. On reprend tout depuis le début. Raconte-moi ton histoire tranquillement et ensuite on discutera de ce que l'on aurait peut-être pu faire.

Reprenant le contrôle, William commence lentement à déballer son sac. Maintenant qu'il commence à tout raconter, il se sent de mieux en mieux. Il n'avait pas réalisé à quel point cette histoire pesait sur sa conscience. Maintenant qu'il commence à livrer son secret, William relève la tête et regarde Peter sans le voir. Il est plongé dans ses souvenirs.

— C'était une très belle femme avec une âme sensible. Nous avons commencé à discuter et j'ai senti un lien se former. Je n'ai jamais été très doué auprès des femmes. Et ce que j'ai vécu avec mon ex m'a porté à me méfier de ce que me disent les femmes. Ce sont toutes des menteuses. Sauf que Johanne était différente. Elle est la seule qui m'a permis de voir qu'il y avait autre chose pour moi après ma séparation. Elle était douce, elle n'a jamais trompé son mari et a été franche avec lui tout au long de leur processus de séparation. J'avais besoin de rencontrer une personne comme elle pour me redonner confiance. Puisque le groupe encourageait les marches pour faire le ménage dans sa tête, j'ai saisi une opportunité afin de me rapprocher d'elle. Je lui ai proposé un rendez-vous pour aller faire une randonnée dans la forêt derrière chez elle. Au début, elle était réticente en disant qu'elle n'était pas une grande marcheuse et qu'elle détestait la randonnée, mais j'ai fini par la convaincre de m'accompagner. On s'était donc donné rendez-vous à l'entrée du sentier dans son quartier.

∞ ∞ ∞ ∞ ∞ ∞ ∞ ∞ ∞

2016

— Salut Johanne ! Es-tu prête pour la plus belle randonnée de ta vie ?

Pour Johanne, ces mots n'allaient pas ensemble. Les quelques fois qu'elle avait accompagné Christopher dans la forêt, ça s'était toujours terminé par une chicane. Malgré ses meilleures intentions, Johanne finissait toujours par avoir mal aux jambes, par se sentir très fatiguée ou encore, Christopher changeait leur trajet à la dernière minute. Bref, ses expériences de marche ne se sont jamais bien terminées. Malgré tout, elle voulait se donner une chance. Si elle voulait passer par-dessus la douleur de sa séparation, elle devait essayer de faire les choses différemment. De toute façon, William était tellement différent de Christopher. Il semblait très patient et à son écoute. Il lui avait promis de ne pas la pousser et qu'ils rebrousseraient le chemin dès qu'elle voudrait retourner à la maison. Elle avait même pris la peine de s'acheter un survêtement et une bouteille d'eau pour souligner ce nouveau départ. Elle voulait vraiment repartir à zéro. En entendant William l'aborder, elle avait eu une petite crainte par contre. Puis, en voyant son clin d'œil, elle s'est rendue compte que William la taquinait, connaissant bien ses mauvaises expériences de randonnées avec son ex.

— Bof, la randonnée de ma vie… je ne sais pas trop comment réagir à ça, dit Johanne qui ne peut s'empêcher de sourire à William.

— T'inquiète ma chère. J'ai apporté des provisions, dit-il en lui montrant sa propre bouteille d'eau. J'ai apporté du jus de randonnée.

— Du jus de randonnée, répond-elle un peu confuse. Comprenant sa référence, elle se met à rire. Ah, tu veux dire le jus du groupe Phoenix. Je n'ai jamais compris pourquoi on devait prendre ce jus. Est-ce vrai que c'est ce qui nous permet de profiter de la marche ?

— Tu n'en as jamais pris ? Alors, je ne te dis pas. Ça aide énormément, non seulement à profiter de la marche, mais aussi à faire le tri de ses pensées. C'est probablement un effet placebo, mais pour moi ça fonctionne.

William ressentait une pointe de regret en sous-entendant que ce jus n'avait rien de spécial, mais ça fait des années qu'il en prenait quand il marchait et c'était vraiment une aide précieuse. Mais en vue de ce rendez-vous avec Johanne, il avait ajouté un peu plus de l'ingrédient secret pour se donner du courage et calmer ses nerfs. Afin de faire passer son malaise, il a ouvert sa bouteille et a bu une grande gorgée du liquide. Johanne le regardait avec intérêt et curiosité, comme si elle s'attendait à le voir se transformer devant ses yeux. La voyant l'observer de la sorte, William pouffa de rire.

— Aller ce n'est pas sorcier. Vide ta bouteille d'eau. Je vais t'en verser.

Faisant entièrement confiance à son nouvel ami, Johanne a vidé son eau et lui tend sa bouteille. À son grand soulagement, William a constaté que Johanne a pris une bonne rasade du jus de randonnée. Ils ont commencé à marcher en parlant de tout et de rien.

Finalement, pense Johanne, ce n'est pas si désagréable de marcher en forêt avec William. L'expérience est tellement différente d'avec Christopher. Sans s'en rendre compte, ils ont marché très longtemps en sirotant leurs jus de randonnée une fois de temps en temps. En regardant sa montre, William se rend compte que ça fait près de deux heures qu'ils marchent. Ils doivent penser à faire demi-tour afin de ne pas se faire surprendre par la noirceur. C'est en opérant un demi-tour que Johanne ressent une fatigue soudaine. Ça y est se dit-elle, c'est comme avec Christopher. Ne voulant pas se plaindre à son nouvel ami, elle lui demande s'ils peuvent s'arrêter un peu avant de retourner. Elle est si fatiguée. En regardant Johanne, William s'empresse d'identifier un rocher assez gros pour qu'elle puisse s'asseoir. Elle est toute pâle et semble avoir un peu de difficulté à s'y rendre. Elle se laisse durement tomber sur le rocher en fermant les yeux.

Voyant qu'elle ne peut continuer, William commence à paniquer. Il vient de réaliser sa bévue monumentale. En augmentant la dose du GHB pour sa propre consommation, il n'avait jamais pensé à l'effet que ça pourrait avoir sur quelqu'un qui n'en a jamais consommé auparavant. À chaque rencontre du groupe, Marty insiste toujours sur le fait que les gens doivent y aller doucement lorsqu'ils commencent à consommer le jus de randonnée afin de voir comment ils y réagissent.

Fraîchement arrivé au groupe Phoenix après sa séparation, il avait questionné en long et en large le thérapeute concernant cette mise en garde. Il n'arrivait pas à comprendre pourquoi Marty insistait autant sur une possible réaction au jus. À ses multiples questions, Marty lui répondait de manière évasive que le jus contenait des produits naturels et que même s'ils étaient naturels, il fallait s'assurer de ne pas avoir de réaction à ces nouveaux ingrédients. Faisant entièrement confiance à son thérapeute, William avait décidé de le croire sur parole et avait cessé de le questionner. Ce n'est que quelques années plus tard qu'il a compris que cet aliment naturel ne l'était pas du tout !

Arrivé avec une vingtaine de minutes d'avance à une rencontre du groupe, William avait surpris Marty Cole en train de vider le contenu d'une enveloppe dans le baril de jus qui devait être servi aux membres ce soir-là. Un peu gêné d'avoir été pris sur les faits, Marty avait commencé à bredouiller que c'étaient des aliments naturels en poudre qu'il devait ajouter pour assurer que le jus soit thérapeutique. William avait conservé ses doutes sur le contenu de l'enveloppe puisque celle-ci ne portait aucune inscription ou aucun détail concernant son contenu. Ne voulant pas brusquer le leader du groupe Phoenix, William n'avait pas relevé l'incohérence. C'est alors que petit à petit, Marty Cole avait commencé à lui faire confiance. William a compris que la substance en question était illicite lorsque Marty lui a demandé de passer un jour au comptoir postal afin de récupérer une enveloppe en particulier. En respectant les multiples consignes du thérapeute et en voyant l'enveloppe anonyme qui se trouvait dans le casier en question, William a compris le subterfuge. Ce n'est que quelques années plus tard qu'il a compris que « l'aliment naturel » était du GHB, en écoutant un documentaire sur la fabrication de drogues synthétiques. Cependant, il n'a jamais soulevé la question avec Marty Cole. Désormais, ils étaient liés par un secret silencieux.

Constatant l'ampleur du dosage, William devait aller chercher de l'aide, mais Johanne ne pouvait plus tenir sur ses jambes. Il a intimé à Johanne de rester où elle est tandis qu'il allait chercher de l'aide. Elle n'avait pas l'air bien du tout. Dans son état d'épuisement profond, elle lui avait obéit.

William a pris la première entrée de quartier qu'il a aperçu et a sorti son cellulaire. Il n'y avait pas de signal dans la forêt, mais une fois arrivé dans un quartier, toutes les barres de signal se sont allumées. Il signale Marty Cole en espérant que Johanne ne fasse pas une mauvaise réaction du GHB contenu dans le jus de randonnée. Il sait bien qu'il ne peut pas appeler une ambulance. Il se ferait questionner et ne saurait pas comment répondre sans tout faire foirer.

Marty Cole est arrivé en moins de deux au point de rencontre mentionné par William. Dès qu'il l'a rejoint, les deux hommes se mettent en route pour récupérer Johanne tandis que William commence son aveu.

— Mais pourquoi as-tu augmenté la dose dans le jus de randonnée ? Il faut y aller mollo lors des premières consommations afin de s'assurer qu'on y réagit bien. Il me semble que je ne peux pas être plus clair dans les consignes. Tu sais que tu as mis en péril tout le groupe Phoenix en faisant ça ?

William n'avait jamais vu Marty aussi fâché. Il s'inquiétait pour Johanne, mais encore davantage d'avoir mis le groupe Phoenix en péril. Ce groupe était sa seule activité sociale. C'est une des raisons pour laquelle il a continué à fréquenter le groupe depuis tant d'années. Il perdrait tous ses repères si le groupe venait à disparaître.

Parallèlement, il refuse de prendre tout le blâme pour la situation. Son sentiment de culpabilité fait place à de la colère. En augmentant la cadence, il lance par-dessus son épaule :

— Et toi, pourquoi tu ne m'as jamais dit que l'aliment naturel était du GHB ?

— De quoi tu parles ? s'échauffe Marty

— Tu penses que je ne m'en suis pas rendu compte ? Tu crois que je suis si bête que ça ? Franchement Marty. Ça fait un petit bout de temps que je le sais que c'est du GHB qu'on ajoute au jus. Dès la première fois que tu m'as demandé d'aller récupérer l'enveloppe, j'ai tout de suite compris.

— Alors, pourquoi n'as-tu rien dit ? Ça fait des années que tu t'occupes d'aller récupérer l'enveloppe et que tu prépares le jus. Je te ferai remarquer que tu es aussi coupable que moi là-dedans, ajoute Marty d'un ton acerbe. Tu ne comprends pas ce que tu as fait. Le GHB est super bénéfique pour le travail de mes patients en petites doses. Tu le sais, ça. Tu as réussi à te remettre de ta propre séparation grâce à ce jus. Mais, en doses plus importantes, l'énergie fournie est remplacée par une fatigue immense. Sais-tu pourquoi les gens ressentent une fatigue soudaine William ?

— Ben non, depuis toutes ces années, je n'ai jamais ressenti un tel effet, répond William d'un air penaud craignant de tout son être l'explication que Marty s'apprête à lui fournir.

S'arrêtant de chercher, Marty se tourne pour faire face à William afin que celui-ci comprenne bien ce qu'il va lui expliquer.

— C'est parce que le battement cardiaque ralentit. D'un coup, les gens sont fatigués puisque le cœur ne peut fournir l'énergie nécessaire pour faire fonctionner le corps. Parfois, le cœur ralentit tellement qu'il s'arrête. Alors, tout s'arrête.

Ni l'un ni l'autre ne trouvent autre chose à ajouter à ces paroles. Maintenant que tout est dit, ils se rendent compte dans quel sérieux pétrin ils se trouvent. La seule chance qu'ils aient de sauver leur peau et le groupe Phoenix est de retrouver Johanne et de l'aider à passer la nuit.

Après plusieurs minutes de recherche en silence, William s'arrête et dit :

— OK, c'est ici que je l'ai laissé Marty. Elle était assise sur ce gros rocher-là, car elle avait besoin de se reposer un peu, dit William en tournant sur lui-même afin de voir où Johanne aurait bien pu aller puisqu'elle n'était plus assise sur le rocher.

Les deux hommes sont inquiets. Ils commencent à crier son nom et regardent partout pour tenter de la trouver. Ils sortent du sentier pour entrer dans la forêt. Ils fouillent le boisé, ils trébuchent sur de grosses racines et glissent sur des roches humides, en vain.

Au bout de quelques heures, fatigués, éreintés, avec plusieurs morsures de moustiques et d'égratignures sur les bras et les jambes, les hommes doivent cesser leurs recherches. Il fait nuit noire et la faible lueur générée par leurs cellulaires n'est pas suffisante. Avec un sentiment de défaite, ils décident de sortir du boisé en espérant que Johanne ait décidé de rentrer à la maison.

William rassure Marty qu'il tentera de la rejoindre soit en se rendant directement chez elle ou en lui téléphonant. Mais au bout du compte, il n'en fera rien. Il ne pourrait jamais lui avouer qu'il l'a droguée au GHB.

Ce n'est que le surlendemain que les deux hommes réalisent que non seulement Johanne n'est jamais retournée à la maison, mais qu'elle a complètement disparu. Par peur de conséquences, ni l'un ni l'autre ne va reparler de cet événement. Ils décident que l'omerta sera leur mot d'ordre. Sa famille finira bien par la retrouver.

∞ ∞ ∞ ∞ ∞ ∞ ∞ ∞ ∞

2023

Au cours de sa carrière de policier, Peter en a vu d'autres. Mais cette histoire est tout simplement incroyable, et pas dans le bon sens du terme. Il se désole de voir à quel point les gens veulent se protéger à tout prix. Même au péril d'une autre vie humaine.

Peter remercie William pour son honnêteté et sort de la salle d'interrogatoire. Il interrompt ses collègues dans la salle voisine afin de les mettre au parfum de la confession de William. Ils n'ont d'autre choix que de les arrêter tous les deux : William Ross, pour homicide involontaire et Marty Cole, pour complicité. Le Chef Moore devra discuter avec le procureur pour déterminer les chefs d'accusation qui devront être portés concernant le GHB.

Il est plutôt rare pour les policiers de Poxton de travailler sur ce genre de cas, et encore moins d'avoir un tel dénouement extraordinaire. Suivant les instructions du Chef Moore, le poste s'active comme une ruche. Plusieurs policiers sont au garde à vous et n'attendent que des ordres de la part de leur chef pour la suite des choses. Lorsque Peter émerge de la salle d'interrogatoire de Marty, un silence respectueux règne dans le poste de police.

— OK alors, on ne tournera pas autour du pot. J'ai besoin de faire faire une perquisition chez William Ross et Marty Cole. On doit fouiller leurs domiciles ainsi que leurs lieux de travail. Nous sommes à la recherche du GHB qui est utilisé dans le jus de randonnée distribué aux membres du groupe Phoenix. On va faire ça selon les règles de l'art. J'ai besoin des mandats de perquisition. On ne bouge pas tant que nous n'avons pas ces mandats. Il n'est pas vrai que le cas sera rejeté pour un manquement dans la paperasse.

Il interpelle deux policiers près de lui :

— Vous deux, procédez à l'arrestation de William Ross et de Marty Cole. Pour les autres, je vous soumets à l'omerta. Tant que nous n'avons pas toutes les preuves matérielles en main, personne n'en souffle mot. Cette affaire est ancienne, mais nous avons maintenant un cas d'homicide sur les mains. Ça ne sort pas dans les médias tant que nous n'avons pas avisé la famille. C'est bien compris ?

Le groupe répond en chorale « Oui chef » et tout le monde s'active d'un coup, sachant que la soirée et possiblement la nuit seront occupées par le cas de Johanne Reed. En retournant vers son bureau, Peter tombe face à face avec Anne et Marie qui sont dans le corridor. En entendant toute l'activité soudaine au poste, elles sont sorties du bureau pendant qu'il donnait ses instructions à ses policiers.

Il les avait oubliées ces deux-là. Anne le regarde avec un air indéfinissable tandis que les yeux de Marie pétillent d'excitation. Brusquement, Peter leur fait un signe rapide de la main.

— Vous deux, dans mon bureau, maintenant.

Une fois la porte refermée derrière eux, Marie est la première à prendre la parole.

— Comme ça, c'est fait ? Ils ont avoué ? Ils ont tué Johanne ?

Si ce n'était que de son enthousiasme de jeunesse, Peter pourrait laisser passer. Mais il veut à tout prix pouvoir travailler avant que les médias apprennent le dénouement de l'affaire. Avec Marie dans les parages, même si elle n'est qu'une simple stagiaire au journal local, il craint bien que cette période de grâce n'arrive déjà à échéance.

— Je t'en conjure, Marie. Je ne veux pas te voir faire carrière sur cette nouvelle. Tu ne peux rien publier sur cette affaire, du moins pas tout de suite.

Déçue, Marie fait la moue. On aurait dit une petite fille que l'on vient de surprendre avec la main dans la jarre à biscuit. Pendant cet échange, Anne ne dit mot. En fait, elle est sans mots. Elle ne comprend pas le lien entre l'homme au GHB, William Ross, et la mort de Johanne. Elle s'éclaircit la gorge et demande :

— Mais je ne comprends rien, Peter. Je sais que tu veux garder le tout secret, mais aide-moi à comprendre ce qui se passe s'il-vous-plaît.

— D'accord la petite. Mais avant de te dire quoi que ce soit, j'ai besoin d'avoir la promesse solennelle que ça va rester entre toi et moi. Marie, je te demande d'aller nous attendre dans la cuisinette. Sers-toi un autre café si tu veux.

— Mais ce n'est pas juste. Sans mon aide, il n'y aurait pas eu d'arrestations ! J'ai autant le droit de savoir qu'Anne.

— Je te demande de quitter la salle non pas, car je ne te fais pas confiance, mais à cause de ton rôle au journal. Ce n'est rien de personnel.

— Bon, je vois. En revanche, je veux que tu me promettes une primeur. Quand on pourra publier la nouvelle, je veux être celle qui écrit l'article. Tu ne parleras qu'à moi. Est-ce que ça marche ?

D'un air las, Peter accepte. Une fois seul avec Anne, il se laisse tomber lourdement sur sa chaise.

— Alors Peter, comment toutes les pièces de puzzle s'assemblent-elles ? Qu'est-ce que je n'ai pas compris ?

— Ce n'est pas que tu n'aies pas compris. Au contraire Anne, sans toi, on n'en serait pas arrivé au bout de cette histoire.

Peter lui résume l'aveu de William, son histoire de séparation et sa rencontre avec Johanne. Il explique comme il le peut l'erreur de William quant au dosage du GHB dans le jus de randonnée. Sans pouvoir retenir ses larmes, Anne pleure doucement en entendant le récit. Elle compatit avec Johanne, mais Christopher et Maxime aussi. Si William et Marty avaient seulement appelé de l'aide pour retrouver

401

Johanne, elle ne serait peut-être pas morte dans une crevasse et un petit garçon aurait toujours sa maman avec lui.

Chapitre 19

Plusieurs semaines plus tard, assise à son bureau à la Presse canadienne, Anne referme son ordinateur avec un sourire de satisfaction. Marie a finalement eu sa primeur et le journal de Poxton va enfin la prendre au sérieux. La vie a drôlement changé pour la jeune journaliste en herbe. Elle a prouvé sa valeur en tant que professionnelle. Le journal a publié son dossier d'enquête sur la disparition de Johanne Reed et lui a attribué le rôle de journaliste de faits divers. Ce sera la journaliste attitrée aux histoires de crimes de la région.

Marie a rejoint Anne sur les réseaux dans les groupes de détectives amateurs. Anne est sûre que l'avenir lui promet de grandes choses. À lire les articles publiés par Marie, on ne pourrait pas croire que quatre mois ont déjà filé depuis la fin de cette enquête.

Cette enquête n'a pas que souri professionnellement à Marie. Peter aussi a eu son moment de gloire. Le connaissant, il ne doit pas s'enfler trop la tête avec toute cette attention. Il restera toujours le flic assis au bar de Poxton à siroter une bonne bière froide à la fin de sa journée de travail, pense-t-elle en souriant.

Somme toute, Anne est très satisfaite de la tournure de l'enquête. Elle a permis à Christopher et à Maxime de faire leur deuil et de savoir ce qui est arrivé à Johanne. Elle se réconforte d'avoir réussi à fournir la fin de l'histoire à une famille et de leur permettre de commencer leur processus de guérison et de deuil.

— Mais qu'est-ce que tu fais encore ici toi ? demande Violette qui s'arrête à l'entrée de leur cubicule. Je croyais que tu tombais en congé aujourd'hui ? Tu n'es pas censée être à Poxton demain pour l'ouverture du procès de William Ross, « l'homme au GHB » ? demande-t-elle en mimant les guillemets avec ses doigts.

— Oui, oui, je suis sur mon départ. Je dois aller finir ma valise et passer prendre ma voiture de location. Je suis un peu nerveuse quand même. C'est la première fois que je vais témoigner dans un procès. J'espère ne pas tout faire foirer.

— Ben voyons Anne. Tu as si peu confiance en tes capacités ? Vraiment, tu me surprendras toujours.

Il y a juste Violette pour mettre le doigt sur mes plus grandes insécurités, pense Anne en attrapant son sac et en faisant la bise à sa collègue.

∞ ∞ ∞ ∞ ∞ ∞ ∞ ∞ ∞

Assise au bar entre Marie et Peter, Anne est très satisfaite de l'issue du procès. Elle ne s'est pas empêtrée dans son témoignage et William Ross a été reconnu coupable d'homicide involontaire envers Johanne Reed. Il connaîtra sa sentence dans quelques semaines. Quant à Marty Cole, le procureur a réussi à faire coller l'accusation de complicité pour laquelle il a été reconnu coupable. Le Chef Moore est très fier de son coup : il a réussi, avec l'aide de sa pirate contractuelle, à prouver que l'auteur des courriels menaçants envers Anne pendant l'enquête était bien Marty Cole. C'est cet élément qui a scellé son destin. Marty Cole ne pouvait soutenir une défense contre les accusations de complicité. Devant les faits et se sentant acculé au pied du mur, Marty Cole a fini par tout confirmer en espérant que ça réduirait sa peine. En attendant sa sentence, ils lui ont retiré son permis de travailleur social. Sans se réjouir de son malheur, Anne se félicite de savoir qu'il ne pourra plus mettre la vie de personnes susceptibles en danger.

— Hej[5] MissNane47, dit une voix masculine avec un accent suédois tout près de son oreille.

Surprise d'entendre quelqu'un l'aborder en utilisant son pseudo, elle se tourne vers la voix. Personne à Poxton ne l'aborde avec son pseudo. Pour ses nouveaux amis, elle est simplement Anne. En se retournant, ses yeux rencontrent ceux d'un beau grand jeune homme qui la dévisage.

— Est-ce que tu connais ce merveilleux spécimen de la race masculine, ma chère amie ? lui chuchote Marie à l'oreille.

— Euh… Bonjour, répond Anne ne sachant pas trop comment réagir.

Voyant l'embarras de Anne, le jeune homme lui tend une main amicale en se présentant.

— Je suis Lucas, ravi de pouvoir enfin vous rencontrer en personne, dit-il avec une moue qui exprime sa satisfaction face à l'effet de surprise créé chez Anne.

---

[5] L'équivalent de *Salut!* en suédois.

— On se connaît ? Réponds Anne en acceptant la main tendue.

Constatant le malaise de Anne, Peter se lève de son banc en tentant d'être aussi menaçant que possible face à l'intrus.

— Bien certainement ma chère, on se connaît. Sauf que pour toi, je suis CCs0lv3r. Enchanté !

Marie est la première à réagir et donne plusieurs coups de coude à Anne. Elle fait un signe de tête à Peter lui indiquant qu'effectivement, Anne connaît son interlocuteur et qu'il peut baisser la garde. En devançant Anne, Marie s'empresse de se présenter. Elle balbutie des idioties. On dirait une jeune adolescente qui rencontre son idole. Sans avoir échangé directement avec lui, Marie lui voue une admiration sans bornes. En plus, il est beaucoup plus séduisant que l'image qu'elle s'était construite de lui. Mais non, il est jeune, beau, et se trouve à être tout près d'elle.

— Ah, mais oui ! interrompt Anne en reconnaissant le pseudo. Oh mon dieu ! Mais que fais-tu ici ?

— J'ai finalement trouvé un prétexte pour provoquer une rencontre, dit-il en riant franchement. Je suis venu pour assister au procès de M. Cole et

M. Ross. Tu as fait du beau boulot dans la salle d'audience. Félicitations ma chère !

Anne est abasourdie. Elle a toujours présumé que CCs0lv3r était un homme, mais quelle agréable surprise de le rencontrer en chair et en os. Une fois le choc de la rencontre passé, elle ressent une soudaine gêne à l'avoir devant elle au lieu de derrière un écran. Reprenant ses esprits, elle demande maladroitement :

— Mais je croyais que tu habitais loin des États-Unis…

Ne comprenant pas trop pourquoi Anne était si abasourdie, Lucas lui propose d'aller s'asseoir à une table afin de discuter un peu plus. Il a une proposition à lui faire et il aimerait lui parler seul à seule.

∞ ∞ ∞ ∞ ∞ ∞ ∞ ∞ ∞

Les premiers instants malaisants passés, Lucas lui explique qu'il a été en mesure de prendre l'avion afin d'assister au procès. Il est assez rare que des enquêteurs amateurs soient appelés à témoigner pour une affaire qu'ils ont résolue. Il ne pouvait pas laisser passer cette chance. En plus, ça lui permettrait de rencontrer Anne sans avoir l'air d'un sociopathe. Maintenant que tout est bouclé pour la succession de son père, il se retrouve avec beaucoup plus de temps libres pour ses intérêts.

— Ne trouves-tu pas que ça fait assez longtemps qu'on se connaît pour enfin pouvoir nous dévoiler nos identités et se rencontrer dans la réalité ? D'autant plus que ton identité n'est plus bien secrète. J'ai pensé que tu méritais de me connaître pour vrai aussi.

— Wow, je suis encore sous le choc. Je ne pensais vraiment pas pouvoir te rencontrer un jour. Mais tout compte fait, j'en suis bien ravie.

Elle garde sous silence le fait qu'elle le trouve plutôt séduisant même s'il est plus jeune qu'elle. Elle avait toujours supposé qu'il avait un âge similaire au sien mais il est nettement plus jeune qu'elle. Elle avait aussi supposé qu'il avait l'allure stéréotypée d'un informaticien portant des lunettes et une chemise à manches courtes. En fin de compte, ce n'est pas une si mauvaise chose que les gens ne ressemblent pas tout à fait à l'image que l'on s'en fait. Mais si elle avait été une meilleure enquêteuse, elle aurait certainement pu le découvrir depuis les années qu'ils collaborent.

— Qu'est-ce que tu voulais me dire en personne ? demande Anne en reprenant ses esprits.

— En fait, je suis ici pour quelques semaines et je me demandais si tu avais entendu parler de la CrimeCon qui débute dans deux semaines à Montréal ?

— Oh oui, j'y ai acheté mon billet. J'ai hâte d'entendre les conférenciers nous dévoiler leurs secrets. Ça s'enligne pour être tout un événement pour les enquêteurs amateurs !

Tout d'un coup, Anne allume.

— Mais attends… tu as dit que tu t'appelais Lucas… Est-ce que par hasard tu serais le Lucas Jansson qui va donner une conférence sur les investigations numériques à la CrimeCon ?

— Bingo ! Tes talents d'enquêteuse ne me déçoivent pas.

Non seulement Anne est heureuse d'enfin pouvoir rencontrer son véritable partenaire d'enquêtes, mais elle très impressionnée par le fait qu'il donnera une conférence à cette prestigieuse conférence. Lucas, tout sourire reprend :

— En fait, je voulais te demander si tu aimerais être ma coprésentatrice lors de cette conférence. J'aimerais utiliser quelques enquêtes sur lesquelles nous avons collaboré à titre d'exemples. Et quoi de mieux que d'avoir ma partenaire sur scène avec moi ? Qu'en dis-tu ?

— Oh là… tu me prends de court. Je ne suis pas encore habituée d'évoluer sous ma vraie identité et maintenant, tu me demandes de me dévoiler à toute la communauté ? Je dois y penser…

Tentant sa chance, Lucas lui propose :

— Ben on pourra en discuter en long et en large lors de notre retour à Montréal. Je me cherche aussi un moyen de transport pour revenir sur Montréal. Aurais-tu une petite place pour moi dans ta voiture ?

Ne pouvant contenir ses émotions plus longtemps, Anne se met à rire à gorge déployée. Elle rit tellement fort que plusieurs têtes se sont retournées dans sa direction, dont Peter et Marie. Cette dernière regarde Anne avec un drôle d'air. Ne voyant pas comment elle peut refuser Lucas, elle lui donne donc rendez-vous le lendemain matin à la première heure pour le retour à Montréal. Elle aura toute la nuit pour penser à sa proposition de conférence à la CrimeCon et ensuite quatre heures de trajet pour en discuter avec lui. Quoiqu'elle sache déjà qu'elle va accepter de partager la scène avec lui. Elle devra trouver une façon de surmonter ses appréhensions et sa peur de parler en public. Elle devra passer deux autres semaines sur le qui-vive, mais cette fois, elle entend profiter pleinement du moment présent.

FIN

Remerciements

S'il faut un village pour élever un enfant, alors il faut certainement tout un voisinage bienveillant pour écrire un roman.

D'abord je veux remercier mon partenaire, mon meilleur ami, mon chum. Sans ton support, tes encouragements et ta foi inébranlable en mes capacités, même lorsque je n'y crois plus, jamais je n'en serais venue à bout de ce travail monumental. Tu as été le premier à me lire et tes commentaires ont été si précieux, non seulement pour améliorer l'histoire mais aussi pour nourrir l'auteure en devenir que je suis.

Un merci particulier à mes enfants, à qui j'ai raconté sans cesse toutes les étapes de la création du roman. Merci de m'avoir écouté patiemment. Vous m'avez encouragé à poursuivre ce projet complètement fou. N'abandonnez jamais vos rêves mêmes ceux qui vous semblent inatteignables. En persévérant, vous y arriverez.

Merci aussi à mes bêta lectrices, ma sœur Krista et mon amie Manon, qui ont validé mon histoire et m'ont permis de regarder le tout avec une vue d'ensemble. Vos commentaires m'ont aidé à mieux considérer le point de vue de mes lecteurs. Vous êtes tellement appréciées.

En terminant, un merci bien senti à Johanne Comeau une réviseure et correctrice sans pareil. Elle qui voit tout et fait des recommandations dans la bienveillance et le respect.

Merci à tous ceux de près ou de loin qui m'ont permis de réaliser cet exploit. Oui, oui, je considère que c'est un exploit. Je suis reconnaissante d'être si bien entourée ce qui me permet de faire de telles réalisations.

Merci à vous mes lecteurs qui me permettent de m'évader et de vous emmener avec moi.

Inscrivez-vous à l'infolettre

dès maintenant

pour connaître en primeur

les nouveaux titres à paraître

de Julie Jasmann

www.juliejasmann.com

Manufactured by Amazon.ca
Bolton, ON

39023679R00243